巡洋戦艦「浅間」

北米決戦 1

横山信義

Nobuyoshi Yokoyama

C★NOVELS

地図・図版　安達裕章
編集協力　らいとすたっふ
ＤＴＰ　平面惑星

目次

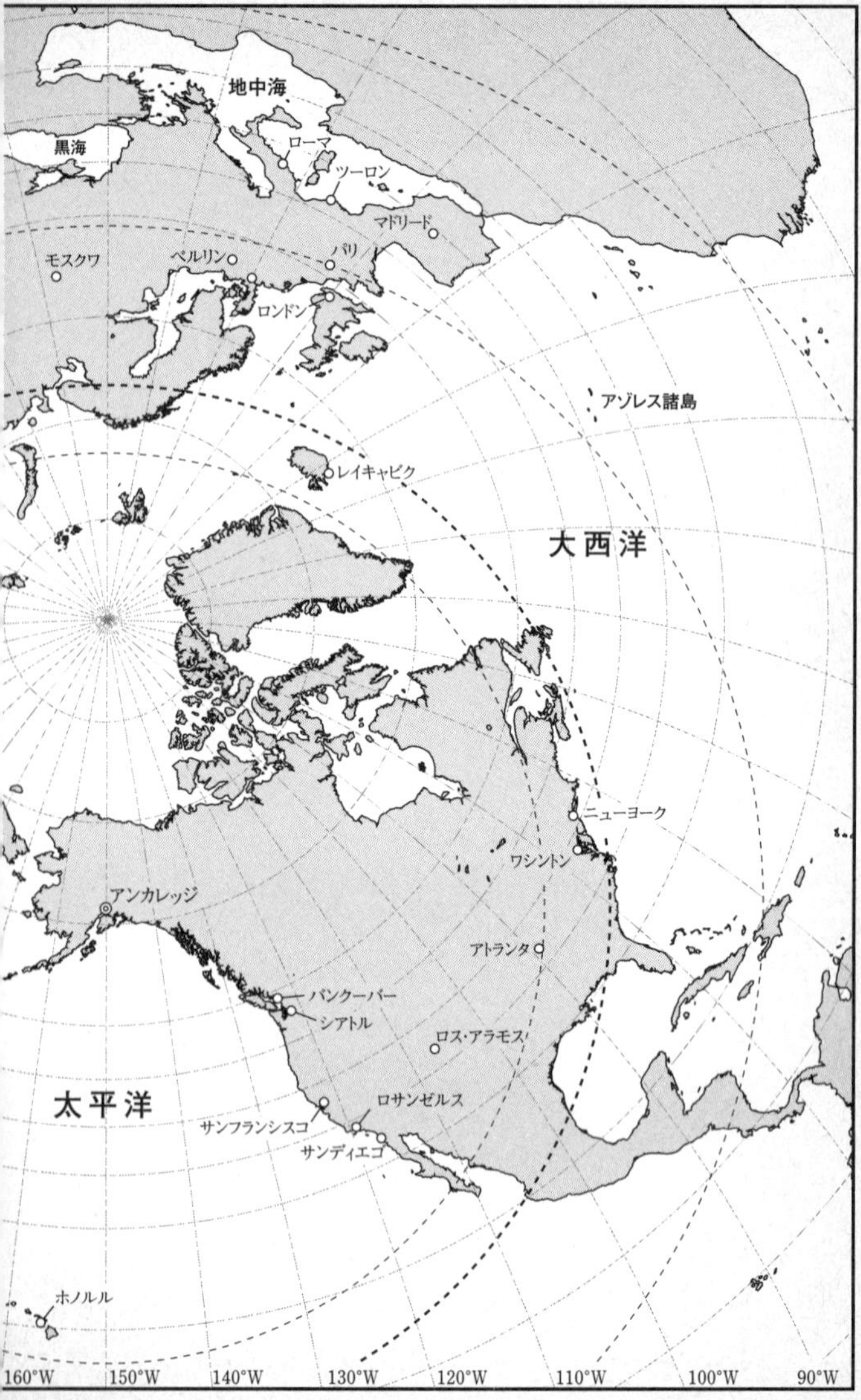
地中海
黒海
ローマ
ツーロン
マドリード
モスクワ
ベルリン
パリ
ロンドン
アゾレス諸島
レイキャビク
大西洋
ニューヨーク
ワシントン
アンカレッジ
アトランタ
バンクーバー
シアトル
ロス・アラモス
太平洋
サンフランシスコ
ロサンゼルス
サンディエゴ
ホノルル
160°W
150°W
140°W
130°W
120°W
110°W
100°W
90°W

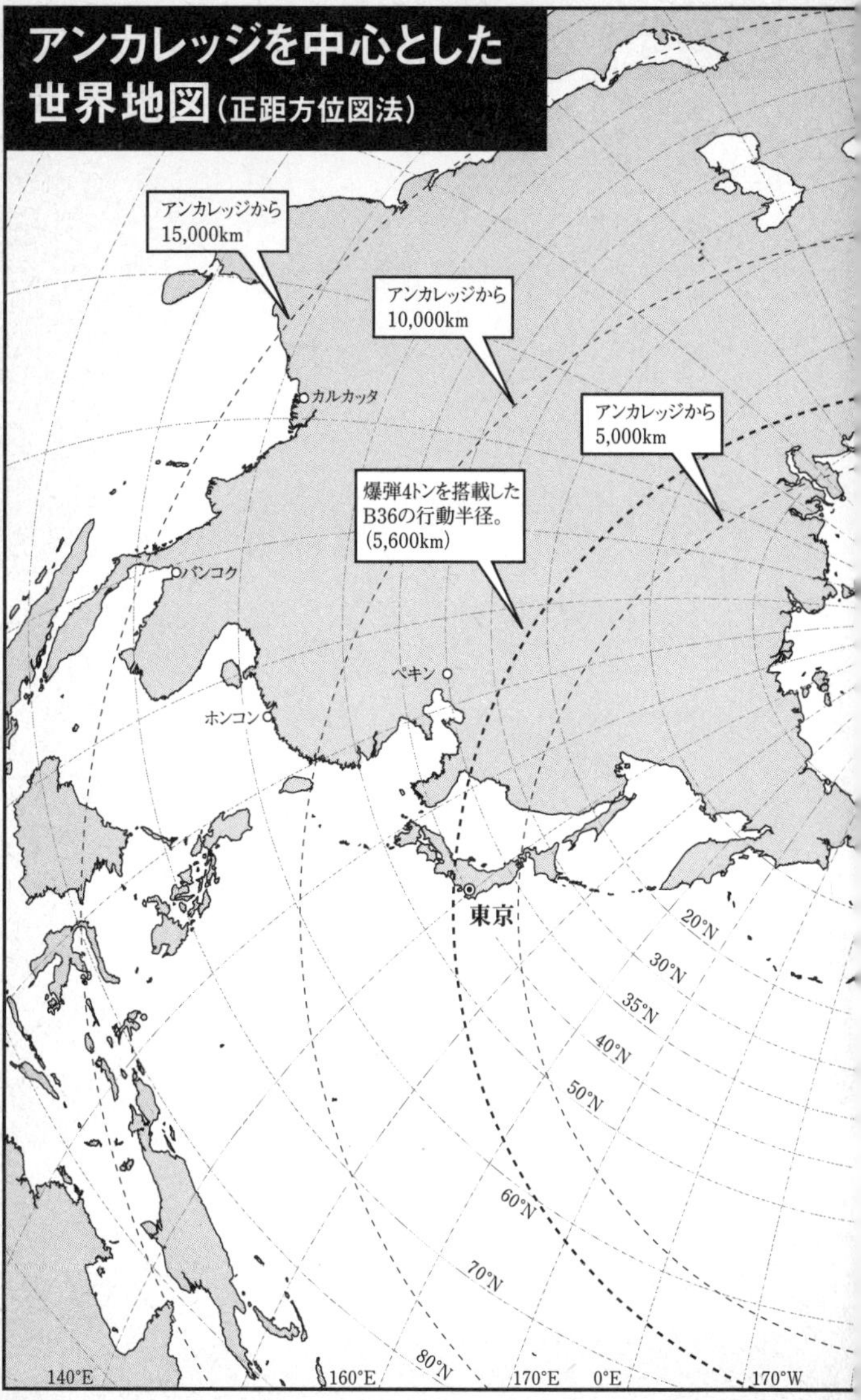
アンカレッジを中心とした
世界地図（正距方位図法）
アンカレッジから
15,000km
アンカレッジから
10,000km
アンカレッジから
5,000km
爆弾4トンを搭載した
B36の行動半径。
（5,600km）
カルカッタ
バンコク
ペキン
ホンコン
東京
20°N
30°N
35°N
40°N
50°N
60°N
70°N
80°N
140°E
160°E
170°E
0°E
170°W

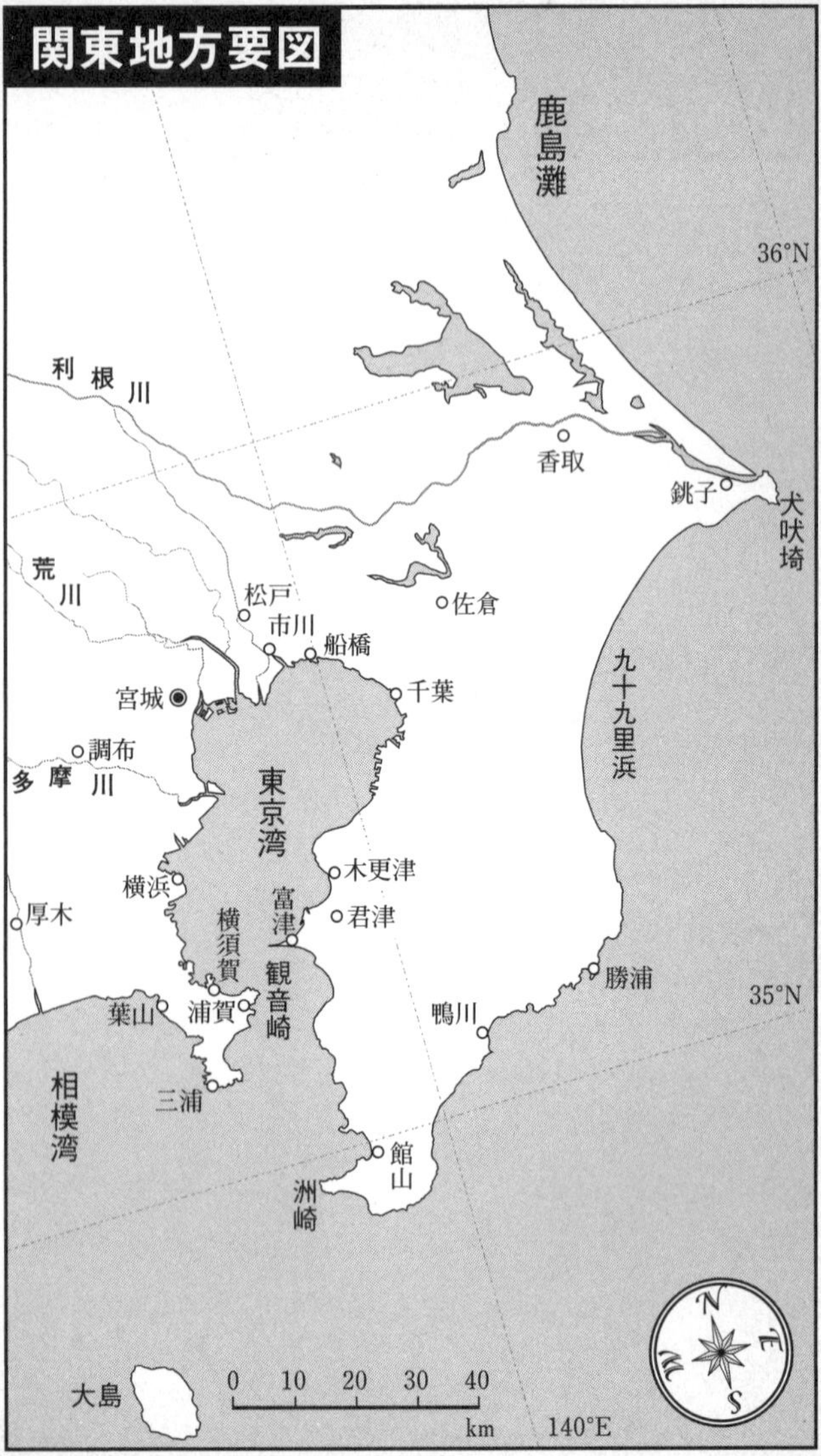

関東地方要図
鹿島灘
36°N
利根川
香取
銚子
犬吠埼
荒川
松戸
市川
佐倉
船橋
千葉
宮城
九十九里浜
調布
多摩川
東京湾
木更津
横浜
富津
君津
厚木
横須賀
観音崎
勝浦
35°N
葉山
浦賀
鴨川
相模湾
三浦
館山
洲崎
N
E
W
S
大島
0 10 20 30 40
km
140°E

巡洋戦艦「浅間」

北米決戦1

序　章

準備砲撃は、霧が立ちこめる中で開始された。

時刻は、現地時間の午前七時三〇分。周囲は闇に閉ざされている。

一九四五年（昭和二〇年）一一月一四日のアイスランドは、日照時間が極度に短くなる冬の季節を迎えていた。

「砲撃開始《オープン・ファイアリング》！」

の号令一下、キング・ジョージ五世級戦艦三隻、ロイアル・サブリン級戦艦二隻、リナウン級巡洋戦艦二隻、そしてネルソン級戦艦「ロドネイ」が、主砲に発射炎を閃《ひらめ》かせた。

艦周辺の霧を爆風が吹き飛ばし、発射炎が艦影を露《あら》わにする。

音速を遙《はる》かに超える初速で放たれた巨弾は、衝撃波で霧を散り散りにしながら、約二万メートルの距離をひと飛びする。

弾着と同時に、巨大な火焔《かえん》が奔騰《ほんとう》し、爆風が土砂を逆円錐《えんすい》形に噴き上げる。

地上にあるものは、防御陣地であれ、航空基地の地上施設であれ、例外なく破壊する。

地雷原に落下した巨弾は、複数の地雷を同時に誘爆させ、重砲陣地や機関銃陣地を襲った砲弾は土嚢《どのう》を吹き飛ばし、重砲を横転させ、機関銃を爆風に乗せて高々と舞い上げる。

滑走路への弾着は、コンクリートを粉砕し、自動車が丸ごと入りそうな大穴を穿《うが》つ。

一部の艦は、主砲の射角を低めに抑え、海面に砲弾を撃ち込んでいる。

主砲弾の水中爆発は、敷設《ふせつ》されている機雷を誘爆させ、海面に巨大な水柱をそそり立たせる。

一昨年から、英国を初めとする欧州各国に対して繰り返し行われた戦略爆撃は、全てこのアイスランドから発進した敵重爆によって行われた。

そのアイスランドに今、三六センチ主砲三〇門、三八センチ主砲二八門、四〇センチ主砲九門から、口径の異なる巨弾が繰り返し叩き込まれていた。

アメリカ軍の反撃はない。

レーダーマンも、ソナーマンも、敵の発見を報告していない。

戦艦の前方には、魚雷艇の襲撃を警戒し、多数の駆逐艦が展開しているが、彼らもまた沈黙している。

地上からの、野砲による反撃もない。

巨弾を何十発、何百発叩き込まれても、反撃の砲火が閃き、敵弾が飛んでくることはない。

アイスランドのアメリカ軍は、完全に沈黙しており、巨弾に蹂躙《じゅうりん》されるままになっていた。

「砲撃止め《ストップ・ファイアリング》」

の号令は、およそ二時間後にかかった。

戦艦、巡洋戦艦の主砲が沈黙し、海上に束の間の静寂が戻った。

いつしか霧が晴れ、南東の水平線に曙光《しょこう》が差している。アイスランドに、遅い日の出が訪れたのだ。

地上では、巨弾が噴き上げた土砂が塵《ちり》となり、風に吹かれて宙を舞っている。

炎とおぼしき赤い光のゆらめきも見えるが、火災の規模は、さほど大きなものではない。可燃物は少ないようだ。

戦艦を初めとする戦闘艦艇が睨《にら》みを利《き》かせる中、多数の掃海艇《そうかいてい》が前進する。

艦砲射撃だけでは処理しきれなかった機雷が、次々と爆破処理される。灰色の海面のそこここが大きく盛り上がり、弾け、鈍い爆発音が冷え切った大気を震わせる。

レイキャビク西方のファクサ湾に潜む危険は、そうやって一つ、また一つと取り除かれていった。

掃海艇は、戦艦や巡洋艦に比べ、遙かに小さく、そして弱い。地上から重砲弾でも撃ち込まれたら、ひとたまりもない。

戦艦六隻と巡洋戦艦二隻は、いつでも発砲できるよう、主砲の全てを内陸に向けていたが、その主砲が火を噴くことはなかった。

巨艦八隻の主砲に守られながら、五〇隻近くの掃海艇は、同じ海面を何度も行き来し、入念に機雷の除去作業を行っていた。


掃海作業と並行して、レイキャビク上空に偵察機が舞っている。

空母「インプラカブル」から発進したフェアリー・フィンバック——日本の艦上偵察機「彩雲《さいうん》」をライセンス生産した機体だ。

大西洋でも、太平洋でも、最大時速六四〇キロの快速性能によってアメリカ軍の戦闘機を何度も振り切った実績を持つが、今はその卓越した速度性能を発揮する局面ではない。

アイスランドの空に、フィンバックを脅《おびや》かす敵機の影はなく、対空砲の爆煙が湧くこともない。


フィンバックは高度を五〇〇メートルまで下げ、速力も時速二〇〇キロ程度まで落としている。

太陽は南の水平線付近から弱々しい光を投げかけてくるだけであり、地上は薄暗い。

フィンバックからの指示に従い、同行しているフェアリー・スピアフィッシュ——日本の艦上攻撃機「天山《てんざん》」をベースに、防弾鈑《ぼうだんばん》の追加等、英国独自の改良を加えた機体が星弾を投下した。

冬を迎えた北国の乏《とぼ》しい陽光と、星弾の青白い光が、艦砲射撃で徹底破壊された飛行場を浮かび上がらせた。

司令部棟、格納庫、整備場、兵舎、倉庫等の地上施設はあらかた爆砕され、元が何だったのか、ほとんど分からない。滑走路や誘導路には、至るところに巨大な破孔《はこう》が見える。

はっきり分かるのは、レイキャビクの飛行場が並々ならぬ広さを持つことだ。

過去の航空偵察で撮影された写真を、イギリス空軍が分析した結果、長さ三〇〇〇メートル以上の滑走路六本と、全長一万五〇〇〇メートルに及ぶ誘導路の存在が確認されている。

同盟軍がこれまでに占領した敵飛行場のうち、最大の規模を持つハワイ・オアフ島のホイラー飛行場と比較しても遜色《そんしょく》ない規模だ。

それほど巨大な基地を、アメリカは北の果ての島に築き、三年にわたって維持し続けたのだ。

基地の建設と維持に注ぎ込まれた予算や資材の量、動員された人員の数、それらを運ぶために投入された船舶の数がどれほどになるのか、見当もつかない。

アメリカが誇る巨人爆撃機ボーイングB29〝スーパー・フォートレス〟――全長三〇・二メートル、全幅四三メートルの巨軀《きょく》を持ち、最大九トンの爆弾を搭載し、アイスランドからイギリス本土まで余裕を持って往復できる機体を一〇〇〇機単位で運用するには、これだけの基地が必要だったのか。いや、これほどの基地を楽々と建設できるだけの工業力があるからこそ、B29などという怪物のような機体を一〇〇〇機単位で運用できたのか。

眼下に横たわるレイキャビク航空基地の廃墟《はいきょ》を見つめながら、フィンバックの機長はそんなことを考えていた。

「いませんね、敵は」

伝声管から、操縦員の声が聞こえた。「事前情報の通りということでしょうか？」

機長は、それには答えず、後席の電信員に聞いた。

「敵兵は見えないか？」

「何も見えません。動くものは、全くありません」

「残存機はどうだ？　B29でなくとも、他の機体でもいい。何か見当たらないか？」

「何も……いや、待って下さい。左一二〇度に何かあります！」

「左旋回！」

電信員の報告を受け、機長は即座に命じた。

フィンバックの機体が僅《わず》かに傾き、大きな弧を描いて左に旋回した。

ひたすらまっすぐ、速く飛ぶことを第一に設計されているため、スピットファイアのような機敏な動きはできない。旋回時の半径は、どうしても大きくなる。

緩やかに旋回し、高度を下げながら、フィンバックは発見された残骸《ざんがい》に接近した。

航空機ではないことは、一目で分かった。

ごつごつした巨大な車体。楔《くさび》を思わせる形状の砲塔。長く突き出した砲身。

M24〝マクファーソン〟——今年六月のオアフ島攻略作戦で、初めて同盟軍の前に姿を見せた、アメリカ軍の新型重戦車だ。同盟軍のアイスランド上陸作戦に備えて、配備されていたのだろう。

機能を失っていることは、一目で分かる。

砲身は垂れ下がり、履帯《りたい》はちぎれ、車体には多数の破孔が開いている。

艦砲射撃に巻き込まれたのか、アメリカ軍自身の手で破壊されたものなのかは、空中から見下ろしただけでは、判別できなかった。

フィンバックは、高度を五〇〇メートルに保ち、なおも偵察飛行を続けた。

最初に発見したM24以外にも、遺棄《いき》された兵器は多数にのぼった。

中戦車M4〝シャーマン〟、M3ハーフトラック、重自走砲M113、敵の砲兵が〝ロング・トム〟の愛称で呼ぶ一五五ミリ加農砲《かのうほう》。

どれ一つとして、まともなものはない。

戦車や装甲車は擱座《かくざ》し、加農砲は横転している。

ブルドーザー、キャリオール・スクレーパー、パワーショベルといった土木機械も散見されるが、これらも兵器と同じだ。

ことごとく破壊され、鉄屑《てつくず》と化している。

飛行場全体が、明らかに破棄された基地の様相を呈していた。

不意に、機長の視線が一点で釘付けになった。

地上に、複数の動く影を見つけたのだ。かなりの速さで駆けている。

フィンバックが右に傾き、大きな弧を描いて旋回した。地上が大きくせり上がり、飛行場の様子がこれまで以上にはっきり見え始めた。

駆けていたものが立ち止まり、空を見上げている。人間ではなかった。犬だった。

声は上空まで届かないが、フィンバックに向かって吼《ほ》えていることははっきり分かる。

アメリカ軍が飼っていた軍用犬なのだろう。

機長は、母艦を呼び出した。

「〝マローン〟より〝チャレンジャー〟。レイキャビク飛行場に敵兵、航空機とも発見できず。遺棄された陸戦兵器、並びに建設機械のみ確認せり。動くものは軍用犬五頭のみ。以上《オーヴァー》」

英国本国艦隊旗艦「キング・ジョージ五世」がファクサ湾に入ったのは、一五時三〇分を過ぎてからだった。

太陽は、南西の水平線付近から弱々しい光を投げかけているだけであり、空は紫紺《しこん》に染まりつつある。

この時期、アイスランドから望む太陽は、南の水平線付近を東から西に動くだけだ。気象班は、現地における昼時間を六時間二五分と報告している。

短い昼が、終わろうとしているのだ。

あと三〇分と経たぬうちに、アイスランドは長い夜を迎える。

「右舷《うげん》《スターボード》前方に残骸」

「取舵！」

見張員の報告を受け、航海長が素早く命じる。

「キング・ジョージ五世」の巨体は、ゆっくりと左舷側に舵《かじ》を切り、残骸を避けつつ前進する。

連絡将校として「キング・ジョージ五世」に乗り組んでいる日本帝国海軍中佐苅田鉄雄《かりたてつお》は、艦橋の窓から、着底している残骸を見つめた。

非常に巨大な構造物だ。全長は、この「キング・ジョージ五世」——基準排水量三万八〇三二トンの巨艦をも優に上回っている。

一見しただけでは、大きくひん曲がった鋼材の塊《かたまり》にしか見えなかったが、よく観察すると、広々とした鉄板の両脇に、二つの細長い箱状の構造物を配置していたことがわかる。

同様の残骸は、湾内の複数箇所にあるようだ。

ファクサ湾に進入した英本国艦隊の艦艇は、探照灯を点灯し、残骸の位置を確認しつつ、湾の奥へと進んでいる。

「アメリカ軍の自走浮きドックだよ」

英本国艦隊の情報参謀ニック・カーター中佐が言った。「戦艦、空母といった大型艦艇であっても、前線で完璧に近い修理や整備を行える。アメリカ大西洋艦隊の主力が、このアイスランドに長期間展開できたのは、アメリカ軍の補給能力に加えて、あのような設備があったからだ。航空偵察では、最盛期で二〇以上の浮きドックがあったことが確認されている」

「我が軍の艦砲射撃によって撃沈されたものではないな」

首席参謀ゴードン・ネルソン大佐が言った。「アメリカ軍が、自分の手で破壊し、沈めていったんだ。我が軍に接収され、利用されないためにな。我が戦艦、巡戦の主砲弾は、既に着底している残骸を叩いたんだ」

「なんて贅沢《ぜいたく》な国だ」

苅田は呟《つぶや》いた。

米軍の自走浮きドックは、今乗艦している「キング・ジョージ五世」のみならず、帝国海軍最大の戦艦「大和《やまと》」よりも大きい。

そのような構造物を、本国から遠く離れた最前線に多数展開させるのみならず、惜しげもなく放棄してゆく。

事実上、全世界を向こうに回した大戦で膨大《ぼうだい》な兵力を失い、疲弊《ひへい》しているかに見えるアメリカだが、まだこれだけのことをやってのけるだけの国力があるのだ。

日本には、いや同盟のどの国であっても、到底真似のできることではない。

湾内に点在する自走浮きドックの残骸が、米国の底知れない国力を象徴しているように、苅田には思えた。

「自分の眼で見ても、信じられない話だな」

英本国艦隊司令長官ブルース・フレーザー大将の声が、苅田の耳に入った。「本当に奴らは、アイスランドを手放したのか？　一切、抵抗しないままで？　三年にわたって、我が国に対する戦略爆撃の要地として使用し続けてきたこの島を？」

「全ての情報が、それを裏付けています」

カーターが答えた。「敵信の傍受、航空偵察写真、潜水艦による偵察、そして中立国の大使館経由で得られた情報の全てが、アメリカ軍のアイスランド撤《てっ》退《たい》を示しています。そして今日、我々は自分たちの眼で、アメリカ軍がアイスランドから撤退したことを確認したのです」

今年の三月九日、ロンドン空襲を皮切りに始まった第二次バトル・オブ・ブリテン——アイスランドを拠点とした、イギリス本土に対する戦略爆撃と同盟軍戦闘機隊の戦いは、一〇月一六日に終結した。

この期間中、Ｂ29が来襲した回数は一四二回、来襲延べ機数は一万三〇〇〇機以上を数えた。

Ｂ29は、航空基地、艦隊泊地等の軍事拠点は言うに及ばず、兵器の生産工場や市街地に無差別爆撃を繰り返した他、リヴァプール、プリマス、ポーツマスといった要港に多数の機雷を投下し、港湾の封鎖を図った。

機雷封鎖は、英本土だけではなく、他の同盟諸国の港湾都市——ドイツのキール、ブレーマーハーフェン、オランダのロッテルダム、ベルギーのアントワープ、フランスのルアーブル、ブレスト等にも繰り返し実施された。

空襲による英国民の死者は約一五万人、負傷者は約四〇万人、罹災者《りさいしゃ》総数は二〇〇万人に及び、焼失家屋は約五〇万戸に達した。

これだけの被害を受けたにもかかわらず、英国は遂に屈服しなかった。

同盟諸国が英国を助けるため、戦闘機隊を英本土に派遣したこと、B29の迎撃用に強力な新鋭戦闘機多数が前線に配備されたこと、更には英国民自身が、一昨年、昨年と繰り返された戦略爆撃の経験を生かし、被害を抑えるべく、民間での防衛態勢を整えたことが、英国を、ひいては欧州を救ったのだ。

一方米軍に与えた損害は、各国戦闘機隊の報告を集計した結果、B29の撃墜機数二九四〇機との数字が弾き出された。

他に、B29の護衛戦闘機を搭載し、英本土近海まで進出した米機動部隊に対し、英空軍の爆撃機や英独海軍の潜水艦部隊が攻撃をかけ、正規空母五隻、軽空母三隻、戦艦二隻、巡洋艦六隻を撃沈破した旨が報告された。

この結果を受け、同盟はアイスランド奪回作戦に着手した。

緒戦《しょせん》こそ、米海軍の猛攻に押しまくられ、大きな損害を受けたものの、英国本国艦隊には、戦艦、巡洋戦艦合わせて八隻、正規空母六隻、護衛空母八隻がある。フランス、イタリア海軍も、両国を合わせて戦艦七隻が健在だ。空母も、フランス海軍に一隻、イタリア海軍に二隻ある。

ドイツ海軍は、大戦全期間を通じ、Uボートと駆逐艦以下の小型艦艇しか建造しなかったが、それだけに数は半端ではない。戦没艦も少なくないが、今年の一〇月時点で、四〇〇隻以上が作戦任務に就いている。

アイスランドに展開する米艦隊が大幅に弱体化した今、これらの兵力を結集すれば、アイスランドの制圧は充分可能と思われた。

だが一〇月半ば以降、アイスランドの米軍は、思いもよらなかった動きを見せた。

同地に展開していたB29の数が、急激に減り始めたことが、航空偵察によって判明したのだ。

アイスランドと米本国を結ぶ補給線の攻撃に当たっていた英独の潜水艦も、一〇〇隻以上の大規模な輸送船団が往復する光景を目撃している。米本土に向かう輸送船は、いずれも喫水《きっすい》を大きく下げていた。

米軍は、アイスランドから兵力を引き上げつつあったのだ。

「アメリカ軍、『アイスランド』ヨリ撤退ヲ開始セリ」

の報告を、同盟各国の軍首脳は半信半疑で聞いた。

アイスランドに展開する海軍部隊が弱体化したからといって、米軍が一戦も交えることなく、戦略爆撃のための最重要拠点を放棄するとは信じられなかったのだ。

「これは、罠《わな》ではないのか」

「米軍は、我が軍をアイスランドに引きつけて大打撃を与え、戦局を一挙に逆転させるつもりではないのか」

といった意見も、英本国艦隊司令部や軍令部にあった。

それらの疑念を晴らすため、英軍はアイスランドに繰り返し航空偵察を実施すると共に、アイスランド方面における敵信の傍受に努めた。

偵察機が、敵戦闘機の迎撃を一切受けなくなり、アイスランドにおける敵の交信が完全に途絶えたとき、同盟軍はようやくアイスランド奪回に動いた。

これが罠ではないか――との疑念は、最後まで払拭できず、艦砲射撃による飛行場と防御陣地の破壊、掃海艇による機雷の除去、しかる後に陸軍部隊の上陸という、定石《じょうせき》通りの手順を踏んだ。

空母「インプラカブル」のフィンバックも、上陸した英陸軍部隊も、レイキャビク飛行場に遺棄された兵器と建設機械しか発見できなかった旨、報告している。

アイスランドには、レイキャビク近郊以外にも北部と東部に一箇所ずつ、飛行場が設けられていたが、状況はレイキャビクと同様だ。

米軍がアイスランドを放棄し、無血開城したことが、明らかとなったのだ。

「上陸部隊の報告によれば、どの航空基地にも、使えるものは全く残っていない、とのことです」

カーターが言った。「発見された軍用車輛、重火器、土木機械等には、艦砲射撃で破壊されたものも多数ありましたが、明らかに米軍自身の手で破壊されたと思われるものも多数確認された、と報告されました」

「なかなか周到だな」

ネルソンが、感心したように言った。「我が軍が利用できるようなものは、何一つ残さなかったか」

「我々は、慎重に過ぎたのではないでしょうか」

カーターが言った。「もう少し早くアイスランド奪回作戦を始めていれば、アイスランドに残存していたアメリカ軍の撃滅、機体や暗号書等の入手といった機会があったかもしれません」

「それは結果論に過ぎんよ」

ネルソンはかぶりを振った。「アメリカが戦わずしてアイスランドを明け渡すなど、事前に予測できた者はいなかった。本国艦隊司令部にも、軍令部にもな」

「貴官はどう思う、ミスター・カリタ？」

フレーザーが、苅田に意見を求めた。

「私には、敵が周到過ぎるように思えます」

「どういう意味かね？」

「米軍は、同盟がアイスランド奪回作戦を発動する以前から、アイスランドの放棄を決めていたのではないか、と」

米軍がアイスランドからの撤退を決めた理由について、英本国艦隊司令部では、

「第二次バトル・オブ・ブリテンで、空母、戦艦等

の主力艦艇を多数消耗し、アイスランドを守るための兵力が不足したからではないか」

との意見が支配的だった。

苅田は、その意見には同調していない。

米軍は、第二次バトル・オブ・ブリテンで大きな損害を受ける以前から、アイスランド撤退を決めていたのではないか。大胆な想定ではあるが、今年三月、B29による英本土空襲を開始した時点で、既にアイスランドからの引き上げは、予定されていたのではないか——と考えていたのだ。

「何故《なぜ》、そのように考えるのかね？」

「アイスランドが持つ戦略上の重要性です。米軍の立場で考えた場合、アイスランドは貴国を初めとする欧州諸国に戦略爆撃を実施できる唯一の拠点です。基地もそれに相応《ふさわ》しく、入念に整備されていたことは、偵察写真を見るだけでもはっきり分かります。アイスランドに駐留していた艦隊が弱体化したからといって、それほど重要な基地を戦わずに明け渡すというのは、考え難《にく》いことです。私は、アイスランドにおける米軍の動きに、何か作為的なものを感じるのです」

「アメリカ軍のアイスランド撤退が、何らかの計算に基づいて行われた。これは敵の謀略、あるいは罠かもしれない。それが、貴官の考えか？」

「はい」

「しかし現在に至るも、アイスランドの周辺に、敵の水上艦艇や航空機は確認されていません」

カーターの言葉に、苅田は反論した。

「私が考えているのは、戦術レベルの罠ではなく、戦略レベルの目論見《もくろみ》があるのではないか、ということです」

「戦略上の大転換という可能性は、考えられないだろうか？」

ネルソンが言った。「第二次バトル・オブ・ブリテンで、我が軍は三〇〇〇機近いB29を撃墜した。アメリカほど裕福な国家であっても、B29のような大型機を三〇〇〇機も失うのは、相当な打撃になるはずだ。航空機の損害だけではなく、人的資源の喪失もある。B29一機当たりのクルーは一一名であることが判明しているから、彼らは三万三〇〇〇人近いクルーを失ったわけだ。これだけの人材を失えば、アメリカといえども、攻勢を続けることは困難だろう。彼らは、第二次バトル・オブ・ブリテンにおける敗北を機に、守勢に転じたのではないか。アメリカ本土を守るため、アイスランドでの消耗を避け、兵力を温存したとは、考えられないだろうか？」

「ミスター・ネルソンが言われる通りであればいいのですが……」

「貴国の海軍は、我が軍のアイスランド奪回と並行して、ある作戦を進めていたな？」

フレーザーが思い出したように、苅田に聞いた。

「その通りです」

と、苅田は頷《うなず》いた。

帝国海軍は、同盟諸国の協力を得て、パナマ運河閉塞《へいそく》作戦にとりかかっている。参加部隊は、東西からパナマ運河に向かっており、一二月初旬には作戦を実施する予定だ。

成功すれば、米国の東海岸と西海岸を結ぶ最短航路を断ち切り、太平洋、大西洋間の兵力移動を困難にすると共に、米国の戦時経済に大打撃を与えることができる。

補給を受ける関係もあって、英本国艦隊の司令部には、計画の詳細が伝えられていた。

「我々同盟軍は、アイスランド奪回に成功し、我が国、ひいてはヨーロッパ諸国を、B29による戦略爆撃の恐怖から解放した。もうロンドンやマンチェスターやエディンバラに空襲警報が鳴り響くことも、罪のない国民が焼き殺されることもなくなったのだ。それに加えて、日本海軍が作戦に成功すれば、我々はアメリカに対して、決定的な痛打を与えることができる。うまくことが運べば、同盟諸国民は今年のクリスマスを、平和の中で迎えることができるかもしれん。そうなれば、貴官の懸念《けねん》も、取り越し苦労で終わるだろう」

「そうなることを、私も願っています」

とのみ、茢田は返答した。

フレーザーが状況を楽観し過ぎていることが気になったが、英国が戦略爆撃の恐怖から解放された喜びは理解できる。そこに水を差すつもりはなかった。

「本国宛、打電せよ」

フレーザーは、重々しい声で命じた。「我、アイスランドを奪回せり。奪回作戦に伴う損害なし」

第一章

帝都炎上

1

パナマ運河閉塞作戦を成功させた挺身《ていしん》攻撃隊が、無事内地に帰投したとの報告が、ベルリンの同盟軍事連絡会議に届けられたのは、一九四六年（昭和二一年）一月三〇日だった。

「……本作戦における喪失艦はありません。ただし、巡洋戦艦『浅間《あさま》』が、敵水上部隊との砲戦で中破と判定される損害を受け、修理や機関の整備に半年程度かかる旨が報告されています」

日本帝国海軍代表井上成美《いのうえしげよし》大将が、そう言って報告を締めくくると、会議室に拍手が湧いた。

「これでパナマ作戦は、完全に終わったわけですな」

英国海軍代表トーマス・フィリップス大将が満足げに言った。「あのような要衝《ようしょう》を攻撃して、作戦参加部隊に沈没艦がなかったというのは、何より喜ばしいことです」

「『アサマ』の修理に、半年もかかるのですか？」

ギュンター・リュッチェンス中将に代わり、ドイツ海軍代表となったエルンスト・リンデマン中将が聞いた。「浅間」が、元はドイツで建造された巡洋戦艦であることから、関心を惹《ひ》かれた様子だ。

「被害箇所の修理の他、摩耗《まもう》した砲身の交換や機関の整備まで合わせると、どうしてもそれぐらいはかかるとのことです」

「そのあたりは、盟邦が支援できそうですな」

リンデマンは、フランス海軍代表マルセル・ジャンスール中将をちらりと見て言った。「二八センチ主砲や対空兵装は、我がドイツのものを使っていますし、高温高圧缶の整備には、フランスに一日《いちじつ》の長があります。我が国やフランスから技術者を貴国に派遣すれば、『アサマ』の修理期間を、かなりの程度まで短縮できると考えますが」

リンデマンが、単なる厚意でこのような申し出をしたわけではないことは分かっている。

同盟軍は向こう半年以内に、〝キャメロット〟と名付けられた、各国海軍合同の大規模な作戦を予定しており、日本帝国海軍にも参加を求めているのだ。

帝国海軍では、まだ諾否《だくひ》の返答をしていないが、仮に承諾した場合、浅間型巡戦が参陣する可能性は高い。

リンデマンの申し出は、帝国海軍の〝キャメロット〟作戦参加を促す意味もあるのだろう。

その思惑は理解していたが、井上は素直に頭を下げた。

「御厚意、ありがたくお受けします」

「パナマ運河閉塞の効果につきましては、中立国の大使館を通じて、情報が集まり始めています」

アーチーボルド・ウェーベル大将に代わり、イギリス陸軍の代表となったルイス・マウントバッテン大将が発言した。「ハワイ準州を失い、パナマ運河を封鎖されたことで、リンドバーグ大統領の支持率は五〇パーセントを割り込み、議会では大統領を指弾する声まで上がっているとか。リンドバーグ政権が退陣を余儀なくされ、新政権が講和を話し合うテーブルに付けば、戦争を今年の前半で終わらせることも不可能ではない。我が大英帝国政府は、そのように見ております」

「アメリカ政府は、大統領の支持率回復に躍起《やっき》となっているようですな」

ドイツ空軍代表のフーゴー・シュペルレ大将が薄く笑った。「リンドバーグ大統領が、議会で、パナマ運河閉塞の報復を公約した、最後の勝利を摑《つか》むのはアメリカであると演説したといった情報を、我が国も摑んでいます」

（米国政府ではなく、大統領の私的な諮問《しもん》機関が、ではないのか）

胸中で、井上は呟いた。

リンドバーグ政権の成立と同時に、大統領の私的な諮問機関として、連邦戦略研究機関《USSL》なる組織が立ち上げられ、米国の国家戦略について、様々な助言を行っているという情報は、開戦前から把握《はあく》されていた。

これまで同盟は、USSLの存在をさほど重視してこなかったが、最近になって、USSLがアメリカ合衆国大統領チャールズ・L・リンドバーグに、極めて強い影響力を持つことが分かってきたのだ。

リンドバーグは、USSLの所長を務めるオーストリア系アメリカ人アドルフ・ヒトラーなる人物の言いなりになっているとの情報もある。

その情報通りなら、USSLも自分たちの立場を守るため、死に物狂いになるだろう。リンドバーグが失脚すれば、彼らも一蓮托生《いちれんたくしょう》だからだ。

「パナマ運河閉塞の報復と言いますが、彼らはそれをどのような手段で実現するつもりでしょうな？」

英国空軍代表リチャード・ソール中将が言った。

「大西洋、いや地球上のどこにも、アメリカが戦略爆撃を実施できるような拠点はありませんぞ」

全員の眼が、机上の広域図を向いた。

最盛期の米国の姿は、そこにはない。開戦後の占領地をことごとく奪回されたことに加え、ハワイ準州を日本軍に攻略されている。パナマ運河は閉塞され、使用不能の状態だ。

今のアメリカには、本土とアラスカ、西インド諸島の島々しか残されていない。

「パナマ運河閉塞の報復」など、虚勢としか思えなかった。

「可能性があるとすれば、ハワイ諸島の奪回作戦だと考えますが……」

フィリップスの疑問提起に、井上は答えた。

「我が軍がハワイ諸島を完全制圧した昨年八月から、パナマ運河を閉塞した一二月までの間に、米太平洋艦隊はそれほど増強されていません。ハワイ諸島を完全に失った後でも、米国は依然アイスランド重視を続けていました」

「同様の情報は、我々も摑んでいます」

リンデマンが言った。「アメリカがアイスランドを放棄した後、同地にいた艦隊は、東海岸のノーフォークに移動したことが、敵の交信分析やUボートによる索敵によって明らかとなっています。太平洋に移動した形跡はありません」

「そうしますと、大統領の演説はやはりブラフですか」

フリードリヒ・パウルス大将に代わり、ドイツ陸軍代表となったエーリヒ・ヘープナー大将が小さく笑った。「大統領が議会で根拠のない大言壮語をするようになっては、末期症状ですな。先にミスター・マウントバッテンが言われたように、戦争を今年の前半中に終わらせることも――」

ヘープナーの言葉は、途中で遮《さえぎ》られた。

「失礼します」の一言と共に、本部付の通信士二名が入室し、井上とソールに歩み寄ったのだ。

「アドミラル・イノウエとジェネラル・ソールに、本国より緊急信です」

「緊急信？」

井上とソールは、通信士から電文を受け取った。

一読するなり、井上も、ソールも、顔色を変えた。

2

昭和二一年一月三〇日一五時一八分、冬のさなかにある帝都の空に、不吉な響きを持った音が鳴り響いた。

開戦以来、内地では一度も聞かれなかった音だ。

昨年八月、大本営がハワイ諸島の完全制圧を宣言してからは、金輪際《こんりんざい》聞くことはあるまいと、誰もが思っていた音。ともすれば、存在そのものが、忘れ去られようとしていた音。

開戦四年目にして、初めて鳴らされた空襲警報の不気味な音が、霞《かすみ》ケ関《がせき》の官庁街にも、銀座《ぎんざ》、有楽町《ゆうらくちょう》等の繁華街にも、浅草《あさくさ》、本所《ほんじょ》、深川《ふかがわ》等の下町にも、殷々《いんいん》と響いている。

ラジオ放送では、アナウンサーが緊張に上ずった声で、

「東部軍管区警戒警報発令。敵重爆の大編隊、鹿島《かしま》灘《なだ》を南下しつつあり」

と告げ、街路では警察官や在郷軍人会の人々が、

「最寄りの建物に逃げ込め！」

「防空壕に入れ。急げ！」

と、民間人に退避を呼びかけている。

人々の多くは、開戦以来何度となく行われてきた防空演習の通りに動いた。昨年八月、日本軍がハワイ諸島の完全制圧に成功してからも、変わることなく繰り返されてきた演習が、ここに来て役立つこととなったのだ。

各所に設けられた防空壕でも、繁華街のビルでも、人々は押し合ったりもみ合ったりすることなく、警察官や在郷軍人の誘導に従い、整然と避難する。商店街では、店主が通行人を店の中に呼び入れ、雨戸を閉ざしてゆく。

新橋《しんばし》、虎ノ門《とらのもん》等にある地下鉄にも、大勢の群衆が避難してくる。

駅のホームも、階段も、みるみる人で埋まってゆくが、最も安全度が高いと思われるホームには、女性、子供、老人といった弱者が優先的に収容された。混乱の中、親とはぐれた幼児も、すぐ近くにいた大人が抱きかかえ、地下鉄の構内に連れ込んだ。

初めて経験する空襲に、東京全体が騒然となる中、各地の航空基地では、防空戦闘機隊が続々と出撃を開始している。

東京の調布《ちょうふ》、成増《なります》、千葉《ちば》県の木更津《きさらづ》、館山《たてやま》等の航空基地に、フル・スロットルのエンジン音が轟《とどろ》き、一機、また一機と、断雲がかかる空に舞い上がってゆく。

航空隊の精鋭は、最前線のハワイや英本土防空の応援に派遣されているため、内地には旧式の機体が多い。

現行の主力艦上戦闘機「烈風《れっぷう》」や、第二次バトル・

オブ・ブリテンで奮戦した三式戦闘機「飛燕《ひえん》」、四式戦闘機「疾風《はやて》」は少数であり、既に第一線を退《しりぞ》いた零戦や二式戦闘機「鍾馗《しょうき》」といった機体が過半を占めている。

それでも搭乗員の闘志は旺盛であり、新旧の機体は、翼を並べて発進していった。

神奈川《かながわ》県の厚木《あつぎ》に基地を置く海軍第三〇二航空隊隷下《れいか》の戦闘六〇六飛行隊も、出撃を控えた喧噪《けんそう》のさなかにある。

飛行隊長近江千景《おうみちかげ》少佐は、部下の搭乗員と共に地上で待機し、分秒単位で変化する戦況を見守りつつ、出撃命令を待っていた。

「敵編隊は、北東より本土上空への侵入を図っている。現在位置は、犬吠埼《いぬぼうざき》よりの方位六〇度、五〇浬《かいり》だ。洋上で哨戒《しょうかい》に当たっていた海防艦の報告では、重爆五〇機前後の編隊らしい。その後方五〇浬にも、ほぼ同規模の編隊がいるようだ」

「重爆ですか」

三〇二空司令柴田武雄《しばたたけお》大佐の言葉に、近江は首を傾《かし》げた。

昨年八月のハワイ諸島制圧で、太平洋上における米軍の拠点はほとんど失われた。日本本土に戦略爆撃をかけられるような基地は、もはや存在しないと思っていたが……。

「三航艦（第三航空艦隊）司令部は、敵機が発見された位置と侵入経路から考えて、アラスカかアリューシャンから発進したものと見ている。アリューシャン列島のうち、我が国に近いアッツ島あたりに飛行場を建設したのかもしれん」

（B29じゃないな）

近江は、そう判断した。

敵機がアッツ島から発進したのであれば、東京までは、直線距離にして一七〇〇浬以上。盟邦英国をさんざん苦しめたボーイングB29〝スーパーフォートレス〟であっても、無着陸での往復は困難だ。

「海防艦は、B29とは報告していない。B29以上の航続性能を持つ新型重爆かもしれん」

「B29の後継機ですか」

近江は唸《うな》り声を発した。

昨年三月から一〇月まで、半年以上にわたって英本土を執拗《しつよう》に叩き続けたB29は、それまで米軍が使用していたボーイングB17〝フライングフォートレス〟、リパブリックB24〝リベレーター〟をあらゆる面で上回る高性能機であり、容易に墜《お》とせない機体だった。

スピットファイアMk18、同Mk21、フォッケウルフTa152H、同Ta152Jといった新鋭レシプロ戦闘機や、ジェット戦闘機のグロスター〝ミーティア〟、ハインケルHe280〝アドラー〟が登場してからは、戦果も上がるようになったが、それまでは、同盟軍の防空戦闘機隊は悪戦苦闘を強いられてきたのだ。

そのB29が、初めて同盟軍の目の前に姿を見せてから、まだ一年半かそこらだというのに、米軍はもう次の新型重爆を戦線に投入したのだろうか？

「B29が東京まで来られない以上、その可能性は大と見なければなるまい。在来機では、太刀打ちできないかもしれん」

「我々も出ます」

そう言い置いて、近江は指揮所の外に出た。

部下一一名に集合を命じ、慌ただしく打ち合わせを終える。

「かかれ！」

の号令一下、全員が駐機場の愛機に向かって駆け出す。

異形《いぎょう》の機体が一二機、敷き並べられている。

一見、工場がコクピットの位置を前後逆に取り付けたか、と思わされる機体形状だ。

胴体は、逆涙滴《るいてき》型とでも呼ぶべきだろうか、機首は槍の穂先のように鋭く、胴体後部は紡錘《ぼうすい》形にまとめられている。尾翼が機首に、主翼が胴体後部に、それぞれ配置され、尾部に大直径の六枚プロペラがある。

ファストバック式のコクピットは胴体のほぼ中央、主翼の前縁付近に設けられ、二枚の垂直尾翼は主翼の後部に取り付けられている。

「プロペラは機首に置くもの」という既成概念を、根本から覆《くつがえ》す戦闘機だ。

海軍では基地防空用の局地戦闘機として、陸軍では六式戦闘機として、それぞれ採用された新鋭戦闘機「震電《しんでん》」だった。

当初は、三菱の空冷エンジン「ハ－43」を搭載する予定だったが、機体後部に配置されたエンジンには風が当たりにくく、冷えにくい。実際開発時には、何度も焼き付きを起こしている。

開発陣はこの問題を、英国のロールスロイス・グリフォン65を採用することで解決した。

グリフォン65はハ－43に比べ、最大出力が八〇馬力ほど小さいが、液冷式であるため、エンジンの冷却問題は完全に解決された。また、既にスピットファイアで実績を上げているエンジンを使用することにより、開発期間も短縮された。

こうして誕生した震電は、七四〇キロの最大時速と、高度八〇〇〇まで一〇分四〇秒の上昇力、実用上昇限度一万二〇〇〇メートルという、ジェット戦闘機に迫る高性能機となった。

特筆すべきはその火力で、三〇ミリ機銃四丁を機首に集中配置している。

これは一式戦闘爆撃機「雷光《らいこう》」の夜戦型を凌《しの》ぎ、四式複座戦闘機「梟《ふくろう》」に迫る重火力だ。単発戦闘機で、これだけの火力を備えた機体は、同盟諸国にも例がない。速力、上昇力、火力の全てにおいて、B29を駆逐できる性能を持っている。

まだ量産が始まったばかりの最新鋭機であり、内地の部隊にしか配備されていないが、震電にとっては晴れの初陣《ういじん》だ。

なんとしても戦果を上げる。帝都を守り切ってみせる――と、誰もが闘志を燃やしていた。

「敵編隊の現在位置、犬吠埼沖よりの方位四五度、四〇海里。戦闘六〇六は全機発進、これを捕捉撃滅せよ。発進後の針路は、指揮所の誘導に従え。以上」

指揮所から、情報と命令が慌ただしく伝えられ、各機の輪止めが払われる。

一二機の震電は、駐機場から滑走路に移動する。

「『鴉《からす》』一番、発進する」

指揮所に報告し、近江はエンジン・スロットルをフルに開いた。

背後で猛々《たけだけ》しい咆哮《ほうこう》が轟き、機体が突き飛ばされるように加速された。

機種改変前に近江が乗っていた艦上戦闘機「烈風」とは、比較にならない加速性能だ。滑走路が後方へと流れ去り、速度計の針が一気に回る。

全長九・八メートル、全幅一一・一メートルの小振りな機体は、ごく短時間で離陸速度に達し、滑走路を蹴《け》って宙に舞い上がる。

滑走路や飛行場のフェンスが真下に吹っ飛び、目のさめるような青空が正面に来る。その空の直中《ただなか》へ、鏃《やじり》のような震電の機体は、真一文字に翔《か》け上がってゆく。

高度一万まで上がったところで、指揮所から通信が入る。

「『鞍馬《くらま》』より『鴉』。敵編隊、犬吠埼より本土上空に侵入。高度一一〇《ヒトヒトマル》（一万一〇〇〇メートル）。現在、館山の三三二空と木更津の二一〇空、陸軍の飛行第四七戦隊が迎撃しているが、敵機の高度が高すぎ、思うように攻撃できない」

「『鴉』一番より『鞍馬』。当隊の針路を指示願う」

「針路を八〇度に取れ。千葉か佐倉《さくら》の上空で捕捉できるはずだ」

「『鴉』一番、了解」

「『鴉』一番より全機。針路八〇度」

簡潔なやり取りの後、近江は麾下《きか》全機に、指揮所の指示を伝えた。

機首を八〇度、すなわち真東よりやや北寄りに向け、上昇しつつ東進を開始した。

六式／局地戦闘機「震電」

全長	9.8m
全幅	11.1m
発動機	ロールスロイス グリフォン 65 型
離昇出力	2,050hp
最大速度	740km/h
兵装	30mm 機銃 4 丁

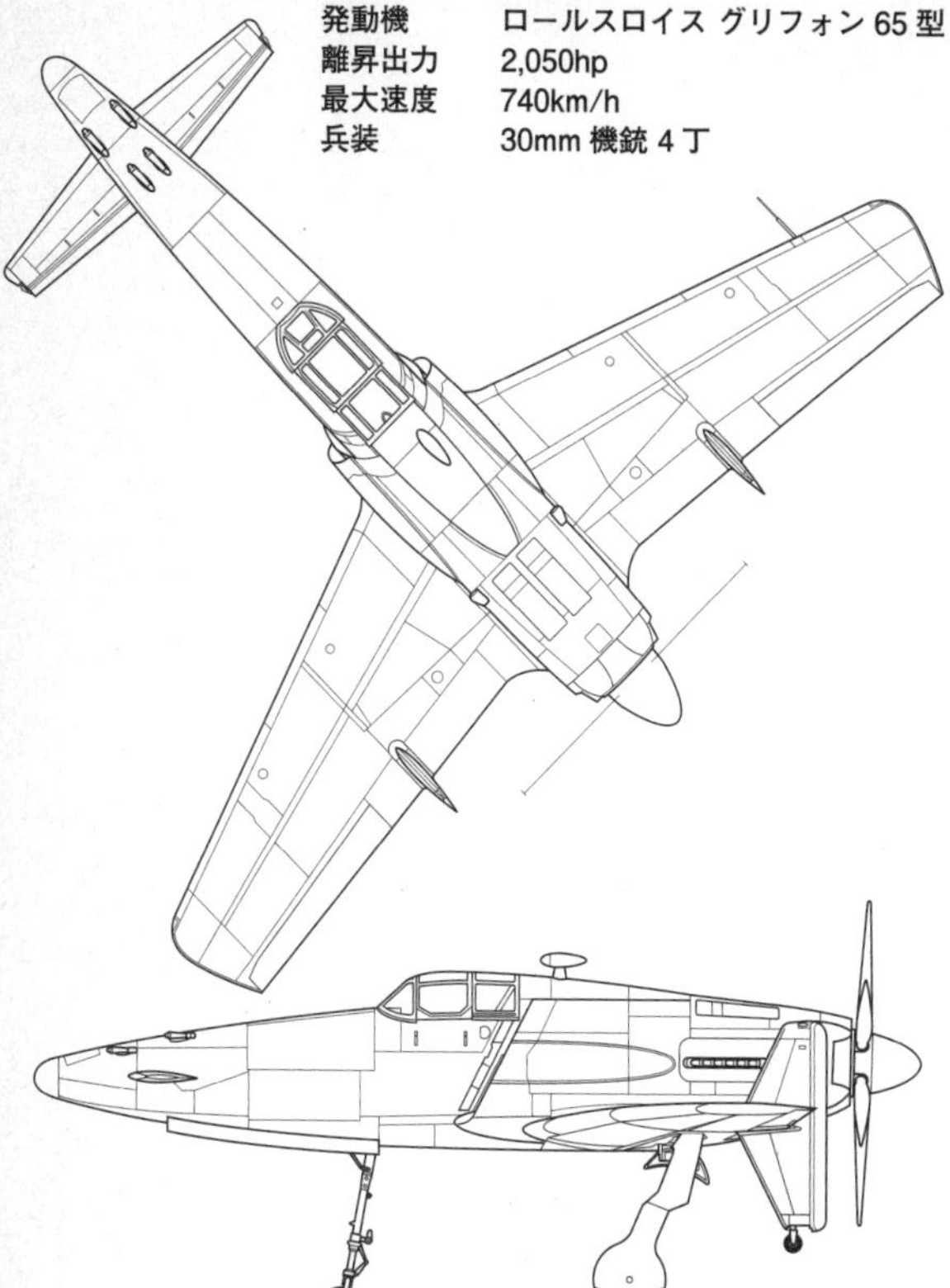

高性能化著しい敵重爆撃機の迎撃を主目的に開発された戦闘機。

水平尾翼を機体前方に置いた先尾翼式のフォルムは、他に類を見ないユニークなものである。また、推進式プロペラを採用したことで、機首部分に30ミリ機銃を4丁集中配置することが可能となった。

昭和20年末に量産が開始されたため、実際に配備されている機体は少ないが、今後の日本本土防空の主役として、活躍が期待されている。

（内陸に侵入して来るとは……）

近江は、敵機の大胆な行動に舌を巻いている。

敵機が東京を狙っているのであれば、高射砲による迎撃を避けるため、房総《ぼうそう》半島に沿って南下し、東京湾を縦断して、帝都上空への侵入を図ると思っていた。

だが敵機は、高射砲を恐れることなく、犬吠埼上空から日本本土上空に侵入したのだ。

陸軍が持つ五式一五センチ高射砲は、最大射高一万九〇〇〇メートル。敵機に砲弾を届かせることは、充分に可能だ。

高射砲弾など滅多に当たることはないと考えてのことか、あるいは日本に一万メートル以上の高高度を撃てる高射砲などないとタカをくったのか。

いずれにしても、日本の本土防空部隊を舐《な》めて貰《もら》っては困る。その増上慢《ぞうじょうまん》を、たっぷり後悔させてやる——そう思いつつ、近江は東に急いだ。

佐倉の上空に到達したとき、前方に敵影が見え始めた。

黒い巨大な影が、上下に長い三組の梯団《ていだん》を組んでいる。

その下方に、多数の小さな影が見える。

情報にあった、三三二空と二一〇空、そして飛行第四七戦隊の機体だ。

零戦、烈風、鍾馗といった機体は、敵機の高度が高すぎるため、容易に攻撃できないのだろう。高高度の薄い大気の中で、もがいているように見える。

三式戦「飛燕」と四式戦「疾風」だけが、辛うじて敵機と同高度に占位し、攻撃を敢行《かんこう》しているが、敵重爆はなかなか火を噴く様子がない。

接近するにつれ、敵機の形状がはっきりし始める。

突起物が少ない、すっきりした胴体。機首に突き出した、昆虫の複眼を思わせる形状のコクピット。高翼式に取り付けられた主翼、左右の主翼に三基ずつ配置されたエンジン。震電と同じ、推進式のプロペラ。

Ｂ29よりも、獰猛《どうもう》な印象を醸《かも》し出していた。

「『鴉』一番より『鞍馬』。敵発見。識別表にない新型機。今より攻撃します」

近江は指揮所に報告を送った。

高度計の針は、一万一五〇〇を示している。敵を、五〇〇メートル下方に見下ろす位置だ。

長大な胴を、幅広い主翼と六基のエンジンで支える巨人機が、右下方の空域を轟々と通過してゆく。

その巨人機に、飛燕と疾風が右から、あるいは左から挑みかかり、火箭《かせん》を撃ち込んでは、下方へと離脱する。友軍機の火箭は、敵重爆を捉《とら》えているように見えるが、敵機が火を噴く様子はない。Ｂ29以上に頑丈な機体のようだ。

「かかれ！」

近江は、麾下全機に下令した。

震電が散開し、四機一組の小隊に分かれた。

「まずは定石通りにいくとするか」

そう呟き、近江は第一梯団の後方に、自身が直率する第一小隊を誘導した。

敵は相互支援を行いやすいよう、緊密な編隊形を組んでいる。攻撃目標を編隊の外郭《がいかく》に位置する機体に絞り、一撃を加えた後、素早く離脱するのが有効だ。

近江は第一梯団の後方に占位し、機体を右に捻《ひね》った。

空や雲が左に流れ、敵編隊が真正面に来た。

エンジン・スロットルをフルに開き、最後尾に位置する機体目がけて降下する。

複数の敵機が、胴体上面と尾部に発射炎を閃かせる。

突き上がってくる火箭の勢いに、近江は眼を見張った。

真っ赤な曳痕《えいこん》が、夕立を思わせる勢いで殺到してくる。全ての空間を、射弾で埋め尽くさんばかりの勢いだ。

だが敵弾は、命中寸前で左右や上下に逸《そ》れる。震電のほっそりした機体は、機銃弾をかき分けるようにして、敵重爆へと突っ込んでゆく。

照準器の環《わ》が、敵機を捉えた。機影がみるみる拡大し、照準器の枠をはみ出した。

「喰らえ！」

小さく叫び、近江は三〇ミリ機銃の発射把柄《はへい》を軽く握った。

機首に発射炎が閃き、四条の太い火箭が噴き延びた。発射の反動に、照準器が上下左右に躍り、敵影が二重三重にぶれて見えた。

三〇ミリ弾の火箭は、全てが狙い過たず、敵機に吸い込まれたように見えた。敵機が黒煙を噴き出し、墜落し始める光景を、近江は期待したが——。

（効果がない⁉）

近江は、束の間愕然《がくぜん》とした。

命中したと見えたのは錯覚だったのか、それとも敵機の装甲が、三〇ミリ弾の直撃にも耐えられるほど厚いのか。

第二撃を撃ち込むが、慌てていたためだろう、射弾は敵機を捉えることなく虚空に消える。

外れ弾を追うようにして、近江の震電は、機体を捻りつつ、敵編隊から離脱する。

一瞬ではあるが、敵機が間近に見えた。束の間、視界の全てが敵影で埋まった。

全長、全幅、胴体の太さ——それらの全てが、途方もなく大きい。特に胴体は、樹齢数千年の巨木に匹敵するようにも感じられる。

後方からも火箭が追いかけてくるが、近江機を直撃する敵弾はない。真っ赤な曳痕は、風防脇を後ろから前へと通過し、虚空へと消えてゆく。

「『鴉』二、三、四番、無事か⁉」

「『鴉』二番、異常なし！」

「『鴉』三番、健在です！」

「『鴉』四番、無事です！」

後続機への呼びかけに、間髪入れず応答が返される。

第一小隊は敵機を墜とすことはできなかったが、こちらも撃墜された機体はない。

「もう一度行くぞ！」

近江は一旦敵編隊との距離を置き、再度上昇する。

先の一連射が効果なしに終わった理由は、既に分かっている。

敵機があまりに巨大であったため、発射のタイミングを見誤ったのだ。陸軍の欧州派遣部隊にも、B29と初めて対戦したとき、同様の失敗を犯した者が何人もいると聞く。

（次は、目一杯肉迫する）

そう考えつつ、近江は震電を操り、敵編隊の後ろ上方に占位した。

銃火を交える間にも、敵編隊は千葉県の上空を、東京湾岸に沿って西進している。

左に東京湾が見え、右には習志野《ならしの》の陸軍施設や船《ふな》橋《ばし》の街並みが広がっている。

陸軍の戦闘機乗りたちも焦っているのだろう、飛燕や疾風が、敵機に無謀と思えるような突撃をしかける。

それらの一機を、敵の射弾が捉える。

二〇ミリクラスと思われる敵弾を受けた飛燕が、一撃で左の主翼を根元から分断され、黒煙の尾を引きずりながら、錐揉《きりも》み状になって墜落する。

更に一機の疾風がエンジンに被弾し、火焔を噴き出す。疾風の空中勤務者は、せめて敵機を道連れに――と思ったのだろう、炎の尾を引きずりながら、敵の一機に突進する。

複数の敵機から、疾風に火箭が集中する。

正面と左右から、多数の敵弾を喰らった疾風は、ひとたまりもなく空中分解を起こし、おびただしい破片が八方に飛び散る。

「なんて奴だ！」

近江の背筋を、鋭い戦慄《せんりつ》が駆け抜けた。

飛燕と疾風は、盟邦の新鋭戦闘機と共に、第一次、第二次のバトル・オブ・ブリテンで活躍し、アイスランドから飛来する米軍の重爆を多数撃墜した実績を持つ。

それらをもってしても、敵新型重爆に歯が立たないのか。このまま一機も撃墜できずに、帝都上空への侵入を許してしまうのか。

一昨年九月、初めてB29が英本土上空に姿を現したとき、同盟軍の戦闘機隊は、B29を一機も撃墜できずに取り逃がすという失態を演じた。

その失態が、帝都の空で再現されるのか。

「そうはさせるか！」

吐き捨てるように呟くと、近江は再び敵機に機首を向けた。

英国製グリフォン65が猛々しい咆哮を上げ、震電は全速降下を開始した。雷神が投げ降ろす稲妻さながらの勢いで、米国製の巨人機目がけて突進した。

旋回機銃座から放たれた火箭が、震電を迎え撃ち、胴体上面や尾部から吐き出される赤い曳痕の連なりが、鞭《むち》のように空中をしなう。

それらは、震電を絡《から》め取るには至らない。鋭角的な機体は機敏な動きで、敵弾をかいくぐる。

近江は、今度は発射をぎりぎりまで待った。

敵影が照準器の枠外に大きくはみ出し、風防一杯にまで広がった。胴体上面の機銃座や機首のコクピットまでもがはっきり見えた。

今度こそ——その思いを込めて、近江は三〇ミリ機銃の発射把柄を握った。

機首に発射炎が閃き、発射の反動で照準器や風防が躍った。

敵機は、自ら火箭の真下に飛び込む格好になった。

四丁の機銃から放たれた三〇ミリ弾は、三番エンジン——左主翼の最も内側に位置するエンジンから、左主翼の付け根、胴体上面、右主翼の付け根にかけて命中した。

直後、近江の震電は、敵機の右脇をかすめた。

巨大な影が、コクピットの左に見えた、と思った直後には、敵影は視界の後方に吹っ飛んでいる。

「よし！」

　バックミラーに映った敵機を見て、近江は快哉《かいさい》を叫んだ。

　敵機の三番エンジンから、黒煙がなびいている。近江が叩き込んだ三〇ミリ弾は、B29を上回る巨人機のエンジン・カウリングを貫通し、エンジンを損傷させたのだ。

　近江だけではない。後続する二、三、四番機が、次々と射弾を撃ち込んでは、近江機に続いて離脱してくる。

　敵機の射程外に逃れ、水平飛行に戻ったとき、敵の一機は黒煙の尾を引き、編隊から落伍しかかっていた。

「止《とど》めを刺すぞ！」

　近江は二、三、四番機に呼びかけ、高度を落とし始めた敵機を追った。

　驚いたことに、三番エンジンからなびいていた黒煙は、早くも収まりつつある。プロペラは止まり、速力も衰えているものの、巨大な機体は残った五基のエンジンに支えられ、力強い爆音を轟かせながら飛行を続けている。

　B29が、エンジン四基の全てに高性能な自動消火装置を装備していることは、英本土に墜落した残骸の調査によって判明したが、この新型機も同様のようだ。

「逃がすな！」

　幾分か慌てた口調で、近江は命じた。

　早く止めを刺さねば——との焦りがあった。

　四機の震電が、近江の機体を先頭に、編隊から取り残された敵機に追いすがる。

　敵機の尾部と胴体上面に発射炎が閃き、多数の火箭が飛んでくる。右に、左にと、目まぐるしく振り回される。味方の援護を受けられなくなった分、機銃手も死に物狂いのようだ。

　近江は、構わず突進した。

　後ろ上方から三〇ミリ弾を叩き込むや、すぐさま機体を捻り、下方へと離脱した。
二、三、四番機も、近江機に倣《なら》う。猛速で突進し、四丁の三〇ミリ機銃から射弾を撃ち込み、素早く射程外へと逃れる。
不意に、近江機のバックミラーに火焔が映った。

近江が息を呑んだ直後、震電の機体がばらばらになり、引きちぎられた主翼や垂直尾翼、巨大な六枚プロペラが飛び散った。

「三番機、被弾！」

無線機のレシーバーに、四番機に搭乗する稲田伸《いなだのぶ》弘《ひろ》一等飛行兵曹の声が飛び込む。

爆発の規模にもかかわらず、後部の主翼やプロペラが原型を留めていたところから見て、被弾したのは機首のようだ。弾倉の三〇ミリ弾が誘爆を起こし、機体の前半分を爆砕《ばくさい》したのだろう。

「くそ……！」

近江は唇を噛みしめた。

被弾し、編隊から落伍した機体だ。震電を撃墜できるだけの力を残しているとは思っていなかった。

敵機は傷ついた身ながら、なお悠然と飛び続け、僚機の後を追っている。

戦場空域は、船橋を通過し、市川《いちかわ》の上空に入っている。前方に、江戸川《えどがわ》の幅広い流れが見える。江戸川を越えれば、もう帝都の上空だ。

「行かせぬ！」

近江の口から、叫び声がほとばしった。

傷ついた敵機に、後ろ下方から突き上げるように突進した。

胴体下面に発射炎が閃き、火箭が飛んでくるが、震電を捉える射弾はない。赤い曳痕は、近江機の右や左に逸れ、後方へと消えてゆく。

「とどめだ！」

機首から噴き延びた四条の火箭が左の水平尾翼を襲い、次いで左主翼の二番エンジンを襲った。

水平尾翼から、昇降舵《しょうこうだ》とおぼしき細長い破片がちぎれ飛び、次いで二番エンジンから推進式プロペラが吹き飛んだ。

近江が左に旋回し、離脱するや、二番機、四番機が食らい付く。直径三〇ミリの大口径弾が、主翼を、尾翼を、胴体を抉《えぐ》り、まだ健在なエンジンの息の根を止めてゆく。

四番機が機体を捻り、敵機の射程外に離脱した後、敵重爆はなお数十秒間飛び続けた。

エンジンから炎と黒煙をなびかせながらも、友軍の編隊に合流しようと、あがいているようだった。

やがて限界が来たのだろう、力尽きたように機首を大きく下げ、墜落し始めた。

これだけの巨人機が市街地に墜落すれば、大被害が出る。敵機が東京湾に落下してくれることを、近江は祈っていた。

このとき、第二、第三小隊も、敵機に火を噴かせている。

一機が黒煙の尾を引きずりながら、高度を大きく下げる。

高度が下がった敵機に、零戦、烈風、鍾馗といった機体が突進する。手負いとなり、群れからはぐれた獲物に襲いかかる肉食獣の群れのように、二〇ミリ弾、一二・七ミリ弾の爪と牙を立て、ジュラルミンの機体を抉り取る。

この敵機も、先に墜落した僚機と同様の運命を辿《たど》る。悲鳴にも似た甲高い音を引きずりながら、真っ逆さまに落ち始める。

もう一機、三〇ミリ弾を喰らった敵機があるが、これは他の二機よりしぶとい。

六番エンジンからなびいていた黒煙は、次第に細くなり、消える。

墜落しそうな様子は、全く見せない。憎々しいほど悠然と飛び続けている。

前をゆく敵機が速力を落とし、傷ついた僚機を囲い込む。

これ以上の犠牲は出さない——その意志が、はっきりと伝わってきた。

　このときになって近江は、残弾数がゼロに近いことに気がついた。

「『鴉』二番、残弾なし」

「『鴉』四番、残弾なし」

「二小隊全機、残弾なし」

「三小隊全機、残弾なし。一〇番機、被弾により墜落」

　部下も、報告を送ってくる。

「化け物め!」

　近江は吐き捨てるように呟いた。

　最新鋭機の震電が一二機、弾倉が空になるまで攻撃し、辛うじて二機を墜としただけだ。しかもその間、震電二機が失われている。

　米国は途方もない怪物を空に送り出したものだと、思わないではいられなかった。

　前方では、新たな部隊が敵編隊の前下方に展開しつつある。三〇二空に所属する他の戦闘機隊が出撃して来たのだ。

　どの機体も敵機と同高度には上がれない。高度八〇〇〇から九〇〇〇のあたりで、上昇が止まる。

　戦闘機の手が届かない高高度を、敵新型重爆は編隊を組んだまま駆け抜け、江戸川を越えた。

　敵編隊は二機を失いながらも、帝都上空に侵入したのだ。

　やがて敵機の腹から、黒い塊が投下され始めた。

　塊は、空中でばらばらになり、多数の細長い棒に変わる。高空の強風に吹かれ、散り散りになりながら、落下してゆく。

「何だ……?」

　近江は、目を見張った。

　敵機が何を投下したのか、見当がつかなかった。

　敵編隊は、江戸川区の上空を抜ける。荒川《あらかわ》を越え、城東《じょうとう》区の上空に入っても、正体不明のものの投下は止まない。

　このあたりには、古い民家が多い。徳川幕府の時代からこの地に立ち、大正一二年の関東大震災にも生き延びた家もある。

その真上から、棒状のものが多数、広範囲に散らばりながら落下してゆく。

やがて江戸川と荒川に挟まれた一帯——江戸川区、葛飾《かつしか》区の複数箇所から、明らかに火災のそれと分かる褐色《かっしょく》の煙が立ち上り始めた。

火災煙は、東西に広がる。

城東区、深川区、向島《むこうじま》区、更には江戸川をまたいだ市川市からも火の手が上がる。

風に吹き散らされ、広範囲にばら撒《ま》かれた敵弾が、東京東部に多数の火災を同時に発生させたのだ。

投弾を妨害できる戦闘機はない。

飛燕や疾風が食い下がり、射弾を撃ち込むものの、敵機は歯牙にもかけず、投弾を続けている。

やがて本所区や浅草区にも火の手が上がり、火災煙が区全体、ひいては東京全体を覆わんばかりの勢いで広がり始めた。

3

浅間型巡洋戦艦の二番艦「阿蘇《あそ》」は、秋月《あきづき》型駆逐艦の「葉月《はづき》」「大月《おおつき》」「山月《やまづき》」「浦月《うらづき》」と共に、観音《かんのん》崎《ざき》の北側海面に展開し、敵新型重爆を待ち構えていた。

一昨日、パナマ運河閉塞作戦より帰還したばかりの身だ。

第一二戦隊の僚艦「浅間」は、昨日修理のためにドック入りし、「阿蘇」も今日の夕刻よりドックに入ることが決まっている。

長期にわたった作戦の戦塵を落とし、次期作戦に備えて入念な整備を行おうとしていた矢先に、空襲警報が関東一円を震撼《しんかん》させたのだ。

「阿蘇」にとっては、ドック入りする直前の、最後の戦闘だった。

「敵重爆の編隊、本艦よりの方位〇度、距離二七浬。

針路一八〇度」

「阿蘇」の艦橋に、電測長磯野直樹《いそのなおき》大尉の報告が届けられた。

「宮城《きゅうじょう》の真上か」

「阿蘇」艦長桂秀一《かつらしゅういち》大佐は、敵機がどこにいるのかを瞬時に悟り、愕然とした。

内地に戻って早々、由々《ゆゆ》しき重大事に直面した。

帝都上空に敵機の侵入を許したばかりではなく、その敵機に、ところもあろうに宮城上空を通過されてしまうとは。

「通信、被害情報は何か入っていないか？」

「東京の東部で、広域の火災が発生した模様です。被害は江戸川、葛飾、城東、深川、向島各区の他、千葉の市川にも及んでいます」

通信長小田川誠《おだがわまこと》少佐が、緊張した声で報告した。

「宮城はどうだ？」

「今のところ、情報はありません」

「そうか……」

「艦長、敵機は犬吠埼沖より本土上空に侵入し、針路を二七〇度に取って直進した後、宮城の上空で変針したと思われます」

飛行長白川唯雄《しらかわただお》中尉が具申した。本来の任務は水上機を駆っての索敵、対潜哨戒、砲戦時の弾着観測だが、相手が高高度を飛ぶ重爆とあっては出番がなく、航空機の専門家としての補佐役に徹している。

「浦賀《うらが》水道上空から、太平洋に抜けるつもりと思われます」

「黙って通すか！」

吐き捨てるように、桂は言った。

おめおめと浦賀水道上空を抜けられてしまっては、帝国海軍の面目丸潰《つぶ》れだ。全力で叩き墜としてやる。

「通信より艦橋。厚木の三〇二空と各戦闘飛行隊の交信を傍受しました」

小田川通信長が、新たな報告を送った。「敵編隊は、上下に長い編隊を組んでいます。最も高い位置にある機体は、高度一一〇《ヒトヒトマル》（一万一〇〇〇メートル）付近ですが、低位置にある機体の高度は、一〇〇《ヒトマルマル》（一万メートル）前後のようです」

「それならやれるな」

桂は、僅かに頬《ほお》をほころばせた。

二八センチ主砲で敵編隊のど真ん中に三式弾を叩き込み、一網打尽《いちもうだじん》にする戦法は、敵の高度が高すぎて使えない。

だが、「阿蘇」と四隻の秋月型駆逐艦が搭載する六〇口径一〇センチ高角砲は、一万メートルの最大射高を持つ。編隊の低位置にある機体になら、射弾を届かせることが可能だ。

「砲術、敵の推定高度は一〇〇《ヒトマルマル》だ」

桂は、射撃指揮所に詰めている砲術長御子柴正《みこしばただし》中佐を呼び出した。「砲撃の開始は任せる。敵が上空を通過するタイミングをうまく見極めて、発射してくれ」

「了解」

御子柴は、笑いを含んだ声で答えた。「パナマじゃ、あまり暴れられませんでしたからね。内地で、埋め合わせをしましょうか」

パナマ運河閉塞作戦の帰路、挺身攻撃隊は敵の基地航空隊と水上部隊の追撃を受けたが、「阿蘇」にはあまり出番がなかった。

対空戦闘では、僚艦「浅間」が固めていた輪型陣の右からの攻撃がほとんどであり、「阿蘇」が守っていた左側からの攻撃は少なかった。

敵水上部隊は、「浅間」一艦が引き受ける形になり、「阿蘇」は戦闘の終盤に参陣しただけだった。「阿蘇」が応援に駆けつけると同時に敵艦隊が遁走《とんそう》したため、それ以上は戦いようがなかったのだ。

綾瀬芳人《あやせよしと》艦長以下の「浅間」乗員には感謝されたが、主砲や高角砲の発射回数は、「浅間」に比べて遙かに少ない。砲術長にとっては、不満の残る戦いだったであろう。

ドック入りの直前にその埋め合わせができると知り、御子柴は大いに張り切っている様子だった。

「敵編隊、本艦より一〇浬」

磯野電測長が、新たな報告を送った。

桂は、東京の上空に双眼鏡を向けた。

狭く丸い視界の中に、敵機が入り始めた。

ジュラルミンの地肌を剝《む》き出しにしているのか、冬の鈍い陽光を受け、機体が銀色に輝いている。

既に投弾を終え、東京に多数の火災を発生させた機体だ。それを思うと、喉元に突きつけられた匕首《あいくち》の凶々《まがまが》しさがある。

敵機だけではなく、友軍の戦闘機隊も視界に入り始める。

執拗に食い下がってはいるが、敵機にはほとんど打撃を与えられない様子だ。

味方機一機が被弾したのか、炎と黒煙の尾を引いて墜落し始める。

「戦闘機隊に、下がるように伝えろ。味方撃ちの恐れがある」

桂は、小田川通信長に指示を送った。


「阿蘇」は、まだ発砲しない。

左舷側に指向可能な四基八門の長一〇センチ高角砲は、沈黙を保っている。

そろそろ来るか――と思った直後、発砲の開始を告げるブザーが鳴った。

それが途切れると同時に、鉄塊《てっかい》を打ち合わせるような砲声が左舷側に響いた。

二秒の差を置いて、右舷側にも同様の砲声が響く。

「阿蘇」の前後にも、砲声が轟き始める。

「阿蘇」七基一四門、秋月型四隻合計三二門の長一〇センチ連装高角砲が、敵機の面前に一〇センチ砲弾の網を張るべく、砲撃を開始したのだ。

「阿蘇」は、二秒置きに砲撃を繰り返す。

左舷側に指向可能な高角砲八門の砲声が轟き、その二秒後に右舷側の高角砲六門が発射される。その響きが収まらぬうちに、左舷側の長一〇センチ砲が、新たな咆哮を上げる。

長一〇センチ砲は、ほぼ垂直に近いところまで仰角《ぎょうかく》をかけているため、砲弾が炸裂《さくれつ》する空域は、艦橋の死角になる。

一〇センチ砲弾炸裂の瞬間を目撃できないのは、なんとももどかしい。

だが桂は、パナマではさほど活躍できなかった「阿蘇」の長一〇センチ砲が、内地で威力を発揮してくれるものと信じていた。

砲声を圧倒するように、巨大な爆音が迫る。左舷側から、右舷側へと抜けてゆく。

桂は右舷側に走り、上空に双眼鏡を向けた。

一機でも二機でもいい。命中してくれ――と祈った。

ほどなく、願った通りの光景が見え始めた。

敵重爆の一機が、黒煙の尾を引きずっている。編隊から落伍し、高度を下げている。

高度の下がった敵機に、味方戦闘機が食らい付く。一〇機以上が群がりより、繰り返し射弾を叩き込む。前後、左右、上下――あらゆる方向から火箭を浴びせられた敵重爆が、エンジンや主翼から炎を噴き出し、黒煙の尾を引きずりながら墜落してゆく。

他の敵機は、脱落した僚機には眼もくれない。エンジン音を轟かせながら、南の空へと飛び去ってゆく。

「何てやつだ」

桂は呻《うめ》いた。

一機だけは撃墜に成功したが、勝利感などは微塵《みじん》もない。

浅間型の対空火器が通じるのは、艦爆、艦攻といった小型機か、B17、B24クラスまでだ。B29を上回る新型重爆は、僥倖《ぎょうこう》に恵まれるか、敵が一万以下まで降りるというミスを犯さない限り手が出ない。

その現実を、思い知らされていた。

無力感に苛《さいな》まれつつ、桂は「阿蘇」の艦橋に立ち尽くし、南の空へと飛び去ってゆく敵編隊を見つめていた。

同じ頃、戦闘六〇六飛行隊の震電一〇機は、厚木飛行場に帰還していた。

敵新型重爆約五〇機のうち、二機を撃墜しただけで、残りの大部分は取り逃がしてしまったが、後続する第二波が本土に迫っている。

また第一波との戦闘で、敵新型重爆を墜とせる機体は、震電しかないことがはっきりした。

飛行隊長近江千景少佐は、燃料、弾薬の補給が終わり次第、敵第二波迎撃のため、再出撃するつもりだった。

「燃料、弾薬の補給急げ！」

機体を駐機場に入れるや、近江は風防を開け、駆け寄って来た整備員に怒鳴った。「もう一度……いや、何度でも上がる！」

「『鞍馬』より『鴉』一番」

三〇二空司令柴田武雄大佐の声が、近江のレシーバーに飛び込んだ。

「敵第二波、犬吠埼に接近中だ。第一波と同じ飛行経路を取る可能性が高い。再出撃を急いでくれ」

「準備出来次第、出撃します。東京の被害状況は分かりますか？」

「東京東部と千葉の市川を合わせて、三〇〇箇所以上で火災が発生している」

「三〇〇箇所以上……ですか？」

近江は息を呑んだ。

それほど多数の火災が同時に発生しては、警視庁消防部も全てに対処することは不可能だ。

新型機とはいえ、たかだか五〇機程度の重爆に、そこまで大規模な破壊ができるものだろうか？

「敵機は、焼夷弾《しょういだん》を使ったようだ」

と、柴田は返答した。「爆撃を受けたのは、東京の下町だ。木造の古い家屋が多い。おまけに、空気も乾燥している。そういうところに、焼夷弾が広範囲にばら撒かれたんだ」

「……！」

近江は、しばし絶句した。

状況は、最悪と言っていい。広範囲に延焼の被害が発生することは確実だ。東京の下町は、焼け野原になりかねない。

「第二波も、焼夷弾を積んでいる可能性大ですね」

近江は、不吉な予想を口にした。

「三航艦司令部も、そのように考えている。私も、司令部と同意見だ。下町に攻撃を反復するのか、新たな目標を狙うのかは分からないが、全力で阻止しなければならない」

柴田がそこまで言ったとき、レシーバーの向こうに、別の声が聞こえた。

二言三言、やり取りがあり、数秒間沈黙した後、柴田が話を続けた。

「たった今、三航艦司令部から新たな情報が届いた。東京と同時に、ロンドンも空襲を受けたそうだ。機種は、東京に来襲したものと同じ、六発の新型重爆らしい」

4

「思い知ったか、日本人」

ホワイトハウスの大統領執務室に、アメリカ合衆国大統領チャールズ・L・リンドバーグの笑い声が響いた。

昨年一二月、日本軍によってパナマ運河が閉塞されて以来、久しく笑いを忘れてしまったかに見えたリンドバーグが、心底から愉快そうに笑っていた。

「大統領閣下は、議会で演説された折りに公約なさいました。パナマ運河閉塞の報復は必ずする、と。合衆国の怒りを、不遜《ふそん》な日本人に思い知らせると」

リンドバーグの傍《かたわ》らに、影のように控えていた大統領特別顧問官兼連邦戦略研究機関《USSL》所長アドルフ・ヒトラーが、微笑を浮かべて言った。「必要な機体を揃《そろ》えるまで、少し時間がかかりましたが、大統領閣下は公約を果たされたのです」

——去る一月二九日から三〇日にかけて、アメリカ合衆国陸軍戦略航空軍は、新型戦略爆撃機コンソリデーテッドB36〝ピースメーカー〟を、初めて実戦に投入した。

アラスカのアンカレッジに展開した第二〇航空軍のB36一〇六機が、日本の首都東京を襲うのと並行して、アイスランドからニューヨーク近郊の基地に移動後、機種改変を終えた第八航空軍が、B36一二〇機をもって、イギリスの首都ロンドンを攻撃したのだ。

当初の計画では、B36の実戦投入は一〇〇〇機程度が揃ってからとされており、その時期は、今年の八月初旬と決められていた。

その計画が急遽《きゅうきょ》変更され、B36の投入時期が大幅に前倒しされたのは、昨年一二月、パナマ運河が日本軍の空母機動部隊と潜水艦によって東西から攻撃され、ペドロミゲル閘門《こうもん》とガトゥン閘門が大きな損害を被ったことがきっかけだ。

パナマ運河は合衆国の東西海上交通の要《かなめ》であり、合衆国本土と同等の価値を持つ。

そのパナマへの攻撃を許し、あまつさえ運河を封鎖されてしまったことで、リンドバーグの支持率は五〇パーセント以下にまで急落した。

パナマ運河閉塞の責任を議会で追及されたリンドバーグは、運河の早急な修復とあわせて、同盟に対する報復を公約した。

それが、B36による同盟国——特に、パナマ運河閉塞を実行した日本に対する戦略爆撃だったのだ。

中立国の大使館を経由して調査された戦果報告は、この日——一九四六年二月三日、ホワイトハウスに届けられた。

その結果、B36は、リンドバーグが期待していた以上の大戦果を上げていたことが分かったのだ。

「日本政府の発表によれば、一月三〇日の攻撃は、トーキョーの東部に大きな被害を与えました。焼失家屋は八〇〇〇〇戸、死者は九〇〇〇〇人以上、重軽傷者は一万七〇〇〇人以上、とのことです」

陸軍戦略航空軍司令官ヘンリー・アーノルド大将が、リンドバーグ以上に満足げな表情で言った。「作戦に参加したB36クルーの報告によれば、日本本土の防空態勢は、イギリスとは比較にならぬほど貧弱だったということです。防空戦闘機は、第一線では見られなくなった旧式機が過半を占め、高射砲による迎撃は、トーキョーから離脱する際、ウラガの上空で受けたもののみだったとか。日本人は、自分の国だけは安全圏にあるとでも思っていたのでしょうな」

「少しお待ちいただきたい、ミスター・アーノルド」

海軍作戦本部長チェスター・ニミッツ大将が言った。「その戦果は、過大ではありませんか？　B36に限った話ではありませんが、爆撃機は行動半径を伸ばすに従って、爆弾の搭載量が減少するはず。アンカレッジとトーキョーの距離を考えれば、それほど多くの爆弾を搭載できるとは思えません。一〇〇機程度の爆撃で、それほど大きな戦果が得られるとは考え難いのですが」

「第二〇航空軍の司令官に任じたカーチス・ルメイ少将は、研究熱心な軍人でしてね、ミスター・ニミッツ。彼は作戦開始前、日本の都市や建物の特性、気象条件等を徹底的に調べ、最も効果的な攻撃方法を立案したのですよ」

「それは？」

「日本の家は、木造家屋が大半です。また今の季節、トーキョーは雨が少なく、空気が乾燥しています。このような都市を攻撃するには、通常爆弾ではなく、焼夷弾が効果的です。住宅の密集地域に投下すれば、延焼による火災の拡大も期待できる。ルメイは今回の作戦で、一〇六機のB36に、M47焼夷弾とM69焼夷弾を積めるだけ積んで、トーキョーに出撃させました。作戦は図に当たり、我が軍はトーキョーに大きなダメージを与えることに成功したのです」

M47焼夷弾は、イギリスの都市や工場に対する爆撃でも使用された一〇〇ポンド焼夷弾で、小さな家屋なら、瞬時に消滅させるほどの破壊力を持つ。

M69焼夷弾は、油脂を詰めた六ポンドの小型焼夷弾多数を束ねた集束弾だ。投下されると、空中で束がほどけてばらばらになり、数十発の六ポンド焼夷弾が雨のように降り注ぐ。

ニミッツは、少尉候補生時代に訪れた日本の街並みを思い出した。

確かにアーノルドが言った通り、住宅地には木造家屋が多かった。

合衆国と異なり、国土が狭いため、住宅が密集して建っていた地域も多い。

あのようなところにM47やM69を大量に投下すれば、確かに大規模な火災を起こすことが可能だ。

アーノルドの言葉の正しさを、認めないわけにはいかなかった。

(何とも悪魔的な頭脳の持ち主だ、カーチス・ルメイという男は)

そんな感想を、ニミッツは抱いた。

「統合参謀本部としては、今回のトーキョー、ロンドンに対する同時攻撃が、合衆国国民の士気回復に与える効果を知りたい」

統合参謀本部議長ウィリアム・レーヒ大将がヒトラーに顔を向けた。「トーキョーに対する攻撃が成功したことは慶賀すべきだが、これが大統領閣下の支持率回復に直結するかね?」

「支持率の回復につきましては、我が機関が手だてを講じます」

自信ありげに言ったヒトラーに、

「大丈夫かね、アドルフ?」

リンドバーグは、すがるような視線を向けた。

リンドバーグのカリスマ性向上と国民の支持率確保に大きな役割を果たしてきたUSSLのプロパガンダも、相次ぐ敗北という現実の前に、以前のような神通力を失っている。

「具体的な方策については、既に腹案があります」

このアドルフを信じて、お任せ下さい——そう言いたげな表情で、ヒトラーは大きく頷いた。「我々にはトーキョー攻撃の成功という戦果があります。合衆国の底力を国民にアピールできる、B36という強力な兵器もあります。これらを前面に押し出すことで、大統領閣下の支持率を、早急に回復させて御覧に入れましょう」

「戦略航空軍としては、日本に対する攻撃を、今回限りで終わらせるつもりはありません」

アーノルドが言った。「攻撃を反復し、戦果を重ねれば、合衆国の勝利に直結しますし、支持率の回復にも結びつくでしょう」

「ミスター・アーノルドが言われる通りです」

我が意を得たり——と言わんばかりの様子で、ヒトラーが頷いた。「今度の一件で、日本人は、パナマ運河閉塞に対する合衆国の怒りがどれほどのものであったのかを思い知ったでしょう。しかし、これはまだ始まりに過ぎません。彼らには、我が合衆国の恐ろしさを徹底的に思い知らせる必要があります」

「貴官はこれまで、戦略爆撃はイギリス一国に集中すべしと、一貫して主張していたのではなかったのかね？」

ニミッツは、皮肉っぽい口調で言った。「今になって宗旨《しゅうし》替えか？」

「これまで日本を攻撃目標に選ばなかったのは、合衆国が持つ航空機材で、日本本土を攻撃することが不可能だったからですよ、ミスター・ニミッツ」

ヒトラーは、咎《とが》めるような視線を向けた。

マリアナ諸島の攻略に成功していれば、B29を実戦配備した時点で、合衆国は日本本土爆撃を開始できていた。それに失敗したのは、海軍の責任だ——ヒトラーの表情は、そう言いたげだった。

「しかし今、我々は日本本土を直接攻撃できる機体を手に入れました。もはや日本攻撃を躊躇《ちゅうちょ》する理由はありません」

「貴官は、イギリスは同盟の中心的な存在であるから、イギリスを屈服させれば同盟は瓦解《がかい》すると主張していたではないか」

「もちろんイギリスに対する攻撃は、今後も継続します。しかし我々は、今回のトーキョー攻撃で、日本人がイギリス人より遙かに脆弱《ぜいじゃく》であることを知りました。日本は同盟の、もう一つの弱点です。これを衝《つ》かないという法はありません」

「B36を太平洋と大西洋に二分すれば、兵力分散の愚を犯すことにならないか？　日本とイギリスに対する攻撃が、どちらも中途半端なものに終わる危険があるぞ」

「我々にはマンハッタン計画があります、ミスター・ニミッツ」

ヒトラーは、笑いを消すことなく答えた。「同計画が完了した暁《あかつき》には、我が軍はこれまでにない、画期的な破壊力を持つ爆弾を手に入れることになります。新型爆弾の威力の前では、戦力の分散など、問題にはなりません。我々はマンハッタン計画の完了まで、同盟――特に日本とイギリスを、B36の戦略爆撃で痛めつけ、最後に新型爆弾で止めを刺せばよいのです」

「新型爆弾の標的も、日本とイギリスかね？」

「イギリスは、標的として考えておりません。新型爆弾の使用は、新兵器の実験という意味合いも兼ねておりますが、イギリスはこれまで何度も戦略爆撃で叩いてきただけに、都市部の被害が大きく、新型爆弾の効果を確認できません。かといって、フランス、ドイツ、イタリア等の諸都市を攻撃目標にするのはためらわれます。これらの国々には、歴史的な文化遺産が多数あります。それを新型爆弾で破壊すれば、合衆国がこの戦争に勝利を得た後、ヨーロッパ諸国の民心を得られません。何よりも、偉大なるローマ帝国の末裔《まつえい》である合衆国が、文化遺産の破壊などという蛮行を行うべきではありません」

「それ故、日本を目標に――ということか」

「左様です、ミスター・ニミッツ。日本の都市は、トーキョー以外は無傷であり、新型爆弾の威力を検証するには最適です。また日本人は、物真似だけが得意な二流の民族であり、その文化にたいした価値はありません。新型爆弾で吹き飛ばしてしまっても、少しも惜しくありません」

「その認識には、異議を唱えざるを得ない」

ニミッツは、たしなめる口調で言った。「日本は、独自の歴史を歩んできた古い国だ。キョート、ナラといった都市には、多数の文化遺産がある。日本を敵として正しく認識するためには、人種的な偏見を取り去り、可能な限り事実に基づいて、客観的に見るべきだ」

「私が人種的偏見のみで、日本を評価していると主張されるのですか、ミスター・ニミッツ？」

「貴官は、日本を訪れたことはあるまい、ミスター・ヒトラー。私は少尉候補生のとき、親善航海で日本を訪れ、自分の眼で日本を見た。日本海軍の英雄東郷平八郎《ヘイハチロー・トーゴー》と、言葉を交わす機会もあった。開戦前には、日本海軍の大使館付武官と親しく付き合ったこともある。貴官よりは、日本のことを知っていると自負するがね」

「止めたまえ、ミスター・ニミッツ。日本海軍の提督を、英雄などと呼ぶのは」

リンドバーグが激しい語調で遮った。

ニミッツは、一礼して引き下がった。

ヒトラーは、リンドバーグが大統領になる前からの側近であり、第一の寵臣《ちょうしん》とも呼ぶべき存在だが、ニミッツは敗北続きの海軍の責任者だ。ヒトラーとの論戦になった場合、リンドバーグがどちらに味方をするかは明らかだった。

「マンハッタン計画が完了すれば、この戦争は一気に決着を付けられると、貴官は確信しているようだが、それはいつのことだね？」

陸軍参謀総長ジョージ・マーシャル大将の質問に、

「長くはお待たせしません」

ヒトラーは即答した。「同計画のスタッフは、四月には新型爆弾の実験を行えると報告しています。実戦投入は五月です。夏を迎える前に、合衆国はこの戦争に決着を付け、偉大なる勝利を手にしていることでしょう」

第二章

戦慄のレポート

1

一九四六年二月四日、大英帝国海軍所属のV級潜水艦「ヴァンパイア」は、メキシコ湾の最奥部にいた。

潜望鏡の狭い視界は、闇に閉ざされている。

海面に光は全くない。曇天《どんてん》のためであろう、星明かりも見えない。

潜望鏡周辺の波の動きや、潜望鏡にぶつかって砕ける波飛沫《なみしぶき》だけが、辛うじてそれと分かる程度だ。

駆逐艦、駆潜艇といった対潜艦艇はおろか、小型の漁船がいる気配すらない。

自分たちが、アメリカの裏庭とも言うべき海域にいるとは、信じられないほどだった。

「空中聴音機に反応はないか？」

艦長トニー・ガレア中佐は、水測室に聞いた。

対潜艦艇はいなくとも、レーダーや磁気探知機《MAD》を装備したPB4Y（B24の対潜哨戒型）やカタリナ飛行艇が上空をうろついている可能性はある。

特にMADは、潜水艦からは探知されていることが一切分からないため、レーダーやアクティヴ・ソナーより遥かに厄介《やっかい》で、恐ろしい相手だ。

それを察知するには、空中聴音機で、いち早く敵機のエンジン音を聞き取るしかない。

「ありません。聞こえるのは、波と風の音だけです」

ソナーマンのティム・ホーナー兵曹が報告した。

「大使館の情報は、本当だったようだな」

ガレアは呟いた。

昨年一二月、盟邦日本が、東西からパナマ運河閉塞作戦を敢行し、これを成功させて以来、アメリカはカリブ海の警戒態勢を大幅に強化した。

西インド諸島の全ての海峡に、多数の護衛駆逐艦が貼り付き、レーダー、MADを装備したPB4Yやカタリナによる空中哨戒も、それまでの倍以上の機数が投入された。

反面、フロリダ、アラバマ、ルイジアナ、テキサスの四州とメキシコ東岸に囲い込まれたメキシコ湾では、対潜用艦艇や航空機の数が大幅に減らされた。

これらの情報は、イギリスの駐メキシコ大使館より送られたものだ。

メキシコは今度の戦争で中立を保っているため、同盟諸国にとっては、対米情報収集のための足場となっている。

大使館に勤務するイギリス海軍の武官は、メキシコの漁師に報酬を渡し、米軍の艦艇や航空機の動きを報告させて、メキシコ湾の警戒が手薄になっていることを突きとめたのだった。

「我が国にせよ、ドイツにせよ、メキシコ湾にはほとんど注目していませんからね」

航海長を務めるトム・アンドリュース大尉が言った。「メキシコ湾に兵力を展開させるのは、いたずらに遊兵を作ることになると、ヤンキーは考えたのかもしれません」


開戦以来、同盟諸国の潜水艦は、もっぱら敵前線部隊への補給線寸断と、アメリカ西岸と東岸を結ぶ海上交通線の破壊を主目的に行動してきた。

活動の場は、地中海と北大西洋がほとんどであり、メキシコ湾に進入した潜水艦は少ない。

メキシコ湾は、進入路がフロリダ海峡とユカタン海峡の二箇所しかなく、アメリカ海軍はどちらの海峡も、容易に封鎖できるからだ。

またメキシコ湾は、アメリカ東岸の沖に比べ、船舶の交通量が少ない。

同盟諸国の海軍は、危険な割に見返りは乏しいと考えて、昨年以降、メキシコ湾における潜水艦作戦を打ち切っていた。

「ヴァンパイア」は、およそ一年半振りにメキシコ湾に進入した同盟軍の潜水艦ということになる。

「だからこそ、我々も仕事がやりやすい」

ガレアはそう返答し、潜望鏡を回転させた。

「ヴァンパイア」がメキシコ湾に進入したのは、通商破壊戦のためではない。駐メキシコ大使館から、ある人物を受け取るためだ。

その人物の素性や、握っている情報については、ガレア以下の「ヴァンパイア」乗組員には、一切知らされていない。

一つだけ分かっているのは、本件について大使館から打電された暗号電に、最重要案件である旨が明記されていたことだ。

暗号は、イギリス軍のものよりガードが堅く、事実上解読は不可能とされているドイツの「エニグマ」が使用されたというから、尋常ではない。

一つの作戦だけにとどまらず、戦争全体の帰趨《きすう》を左右するような重大情報を、その人物が握っていると思われた。

「あれか」

潜望鏡を回していたガレアの手が止まった。

闇の向こうに、点滅する光が見える。

「ギネビア」と、繰り返し送信している。大使館からの暗号電にあった合言葉だ。

「浮上する。メインタンクブロウ」

を、ガレアは下令した。

――数分後、ガレアは艦橋甲板にいた。

イギリス本国は冬のさなかにあるが、このあたりは低緯度地方であるため、空気は生暖かい。湿度も高く、どこか粘ついているような感触がある。

それでも長時間の潜航を続けた身には、高原の涼風のように心地よかった。

「発光信号。『キング・アーサー』と送信」

ガレアの命令に従い、艦橋甲板に上がった信号員が、信号灯を明滅させた。

合言葉を確認したのだろう、光の点滅が止んだ。

小さなエンジン音と、船体が波をかき分ける水音が接近し、木造の小さな漁船が「ヴァンパイア」に横付けした。

排水量は五〇トン前後。人目を引くようなものは、全くない。イギリスでも普通に見かける、沿岸漁業用の小さな船だ。重要なものを運んでいるとは、到底思えなかった。

「駐メキシコ大使館付武官ジョナサン・ボイド少佐であります」

後甲板から声がかかった。

油まみれの粗末な作業服に身を固めた白人男性が、見事な姿勢で敬礼を送っている。米艦艇の臨検を受けたときに備え、地元の漁民を装っているのだろう。

「潜水艦『ヴァンパイア』艦長トニー・ガレア中佐だ。『エクスカリバー』を受け取りに来た。周囲に、敵艦や敵機は確認されていないが、いつ敵が出現してもおかしくない。移乗を急いでくれ」

ボイドが、漁船の船室に合図を送った。

ボイドと同じように、汚れた作業服に身を固めた男が進み出た。

年齢は、四〇代前半といったあたりか。あまり目立つ風貌ではない。このあたりの漁民と言われても、全く違和感を感じない。

それが「エクスカリバー」のコードで呼ばれる、重要人物の外観だった。

前甲板に上がった士官が、「エクスカリバー」に手を貸し、移乗させたとき、

「アンチ・レーダーに反応。波長一五〇センチ！」

「空中聴音機、感あり！」

二つの報告が、前後して上げられた。

「急速潜航。敵機が来る！」

ガレアは艦内に下令した。

アメリカ軍の警戒態勢は、やはり甘くなかった。メキシコ湾の対潜警戒網を緩めたとはいえ、警戒を完全に解いたわけではなかったのだ。

前甲板の士官が「エクスカリバー」の腕を摑み、強引に艦内に引っ張り込んだ。ハッチが、すぐに閉ざされた。

「逃げろ、ボイド少佐！　ぐずぐずしてたら、巻き込まれるぞ！」

ガレアは、ボイドに避退を促した。

ボイドが、船内に向けて何かを怒鳴った。メキシコの公用語であるスペイン語であるらしく、ガレアには聞き取れなかった。

漁船が動き出し、「ヴァンパイア」から離れる。

その間にも、敵機は急速に接近して来る。空中聴音機を使わずとも、爆音がはっきり聞こえる。

エンジン音から判断して、PB4Yと思われた。

ガレアが艦内に滑り込む直前、巨大な影が頭上を通過した。凄《すさ》まじい風圧に、艦内に叩き落とされそうになったが、渾身《こんしん》の力でラッタルを摑み、耐えた。

頭上からの風圧が収まった――と思った直後、海上に巨大な火焔が奔騰した。おどろおどろしい爆発音が、粘ついた空気をどよもした。

PB4Yは、「ヴァンパイア」ではなく、「エクスカリバー」を運んできた漁船を攻撃し、撃沈したのだ。

ボイド少佐も、彼に雇われたメキシコ人の漁民も、ひとたまりもなかったに違いない。


胸中でボイドの死を悼《いた》みつつ、ガレアは訓練と実戦で何十回も経験した動作を繰り返している。

ハッチを固く閉ざし、滑り落ちるようにして発令所に降りる。

「深度三〇！」

を命じるや、「ヴァンパイア」は待ちかねていたように潜航を開始した。

左右両舷に滝のような音が響き、艦が沈降を開始した。

「深度一〇……二〇……」

深度計の数字を読み上げる声が響く。

三〇メートルまで潜ったところで、

「海面に着水音！」

ホーナー兵曹が、切迫した声で報告した。

ほどなく、艦の左右で、あるいは頭上で、くぐもったような爆発音が響き、艦が上下左右に揺さぶられ始めた。

2

一九四六年（昭和二一年）二月一〇日、緊急に参集がかけられた同盟軍事連絡会議は、いつになく緊張した空気に包まれていた。

各国の代表の他、大多数の委員にとっては初めて見る顔が、三人の英国代表と並んで座っている。

英国の駐メキシコ大使館付武官や英潜水艦「ヴァンパイア」の乗員が、「エクスカリバー」のコードで呼んだ人物だ。

「ヴァンパイア」に乗艦したときは、魚の脂で汚れた作業服を着込んでおり、地元の漁民にしか見えなかったが、今はグレイのスーツに身を固めている。

名前も、コード名の「エクスカリバー」ではなく、英国陸軍特殊作戦部に所属するアルバート・ウォール中佐である旨《むね》を明かしていた。

「どうも……にわかには信じ難《がた》い話ですな」

ウォールが一通り説明を終えると、ドイツ陸軍代表のエーリヒ・ヘープナー大将が首を振り、軍事連絡会議のメンバーたちを見渡した。

「この情報を得るまでに、三〇人以上の人間が犠牲になりました」

ウォールは、まったく感情のこもらない声で言った。「その三〇人の中には、我が国の駐メキシコ大使館付武官も含まれています」

「ボイド少佐の戦死は、大使館から報告が届いていますし、我が国の潜水艦長も報告しています」

英国海軍代表トーマス・フィリップス大将が言った。「小官は、ウォール中佐の証言を前提として、早急に対策を講じることを提案します」

――英国陸軍特殊作戦部は、諜報を担当する組織であり、開戦前から米国内で、手段の合法、非合法を問わず、情報収集活動に当たってきた。

開戦後、米国内にいた同盟諸国の国民は交換船で帰国したが、英国の諜報員には、一般市民を装って米国に残留した者が多数おり、米軍の作戦や新兵器、暗号等に関する情報を英本国に送り続けた。

ウォール中佐はその中の一人であり、〝マンハッタン〟というコードで呼ばれる新兵器の開発計画に的を絞って、情報の収集を行った。

彼がこの日、同盟軍事連絡会議で説明したところによれば、〝マンハッタン〟は「原子爆弾《アトミック・ボム》」と呼ばれる新型爆弾の開発計画を意味する。

原子爆弾は、従来の爆弾と異なり、放射性物質の核分裂反応に際して放出されるエネルギーを利用したもので、一発当たりの破壊力は、TNT爆薬に換算して、約二万トン相当になると推定される。

帝国海軍が使用している五〇〇キロ爆弾の炸薬量は二二一キロ、九三式六一センチ魚雷三型の炸薬量が七八〇キロだから、原爆一発で五〇〇キロ爆弾九万発以上、または六一センチ魚雷二万五〇〇〇本以上の破壊力を持つ計算だ。

地上に投下した場合には、半径二キロ以内の建造物が全壊し、四キロを隔てた地域でも、爆風や熱線による被害が生じると見積もられる。

海上で使用した場合には、一個艦隊が瞬時に壊滅する。

そのマンハッタン計画が、今や最終段階に入っている。

アメリカは、かつてない破壊力を持つ爆弾を手に入れることになる。

ウォールは、祖国に、そして同盟諸国に未曾有《みぞう》の危機が迫っていることを報《しら》せるため、一切の諜報活動を打ち切って中立国のメキシコに脱出し、潜水艦に乗艦して、英本国に帰還したのだった。

「本件に関して、同盟がやるべきことは一つしかないと考えます」

マウントバッテンの一言に、全員が頷いた。

米国はアイスランドを放棄したものの、一月末より新型の重爆撃機を戦線に投入し、戦略爆撃を再開した。

暗号解読や搭乗員捕虜の供述等から判明した機名はコンソリデーテッドB36〝ピースメーカー〟。

最大時速、兵装、装甲の厚さ、高高度飛行性能の全てにおいて、B29を遙かに凌駕《りょうが》することに加え、六二〇〇浬以上の航続性能を持つ。

米東海岸から、英国を初めとする西欧諸国まで、無着陸で往復し、爆撃を行うことが可能な機体だ。

昨年一一月、米国が一切戦うことなくアイスランドを放棄し、撤退したのは、守勢に転じたからではない。米本土から、直接同盟の主要国を爆撃できる機体が配備され、アイスランドが不要になったからだったのだ。

アイスランド奪回とパナマ運河閉塞で浮き立っていた同盟諸国の戦勝気分は、B36の出現により、一瞬で吹き飛ばされた。

マンハッタン計画が完了すれば、そのB36が通常爆弾ではなく、原子爆弾を抱いてヨーロッパ上空に飛来する。

ロンドン塔やバッキンガム宮殿やウェストミンスター寺院が、あるいは凱旋門《がいせんもん》やエッフェル塔やヴェルサイユ宮殿が、劫火《ごうか》に焼き尽くされるかもしれないのだ。

（ことは、欧州だけでは済まない）

日本帝国海軍代表井上成美には、その恐怖がある。

一月三〇日午後、これまで欧州諸国のみを目標としていた米国の戦略爆撃機が、初めて日本を襲った。

首都東京に飛来したB36の第一波、第二波合計約一〇〇機の編隊が、一万一〇〇〇メートルの高高度から多数の焼夷弾を投下し、東京東部から千葉県西部にかけての広い地域で、多数の火災を発生させた。

政府の発表によれば、火災の発生は六三四箇所、焼失家屋八二二〇戸、死者九三二一名、重軽傷者一万七一一〇名となっている。

第一次、第二次のバトル・オブ・ブリテンでは、一〇〇機程度の爆撃機が、一度にこれほどの被害をもたらしたことはない。

日本は英国に比べ、空襲に対して遙かに脆弱であることを露呈してしまったのだ。

以後、B36による爆撃は続いている。

爆撃の回数は、最初のものも含め通算六回。うち、東京が二回、札幌《さっぽろ》、仙台《せんだい》、横浜《よこはま》、名古屋《なごや》が各一回だ。家屋の焼失は二万戸を超え、死傷者は八万に達している。

防空戦闘機隊は懸命に戦っているものの、一万メートル以上の高高度から飛来するB36は迎撃が困難であり、一度の空襲で五機以上を撃墜できたことはない。

そのような機体が、原爆を抱いて本土上空に来襲したときのことを考えると、身の毛がよだつ。

原爆の劫火が襲うのは、ロンドンやパリやベルリンではなく、東京かもしれない。あるいは、呉《くれ》、横須賀《よこすか》、佐世保《させぼ》といった帝国海軍の要港が攻撃されるかもしれない。

原爆の完成は、いかなる手段を用いても阻止しなければならない。のみならず、今後の開発も一切不可能なところまで、研究施設を徹底破壊しなければならない。

軍事連絡会議の各国代表は、一瞬でその共通認識に達していた。

「ウォール中佐に質問したい」

英国空軍代表リチャード・ソール中将が発言した。

「原爆の研究開発施設の場所は、特定できているのかね？」

「ニュー・メキシコ州の州都サンタフェの北西に、ロス・アラモスという街があります。その郊外に、原爆の研究施設があります」

ウォールは、机上に広げられている米国の地図に指示棒を伸ばした。

ソールが、険しい表情を浮かべた。

西海岸からも東海岸からも、遠く隔たった内陸にあることを認識したのだ。

「仮に海から攻めるとした場合——」

フィリップスが言った。「最も近い街は、テキサス州のガルベストンですが、ここからでも八〇五マイル、七〇〇浬はありますな」

「メキシコ湾からの攻撃は、現実的ではありませい」

ドイツ海軍代表のエルンスト・リンデマン中将が言った。「著《いちじる》しく強化されたアメリカの警戒網をくぐって、艦隊をメキシコ湾に進入させるのは至難です。仮に艦隊を進入させても、空母艦上機の航続距離で、ロス・アラモスに到達できるとは思えません」

「太平洋からの攻撃はどうです、ミスター・イノウエ？」

ソールの問いに、井上は即答せず、しばらく地図を見つめてから返答した。

「空母機動部隊による攻撃は、極めて困難であると考えます。ロス・アラモスに最も近いのは、カリフォルニア州のサンディエゴですが、ここからでも六四〇マイル、五六〇浬の距離があります。我が軍の艦上機で、この距離を往復可能な機体は、艦上偵察機の彩雲だけです」

「偵察はできても、攻撃はできない……と」

「はい。それも、艦隊を目一杯陸地に接近させた上で……との条件が付きます。サンディエゴに展開する米軍の航空部隊や米太平洋艦隊の水上部隊が、我が艦隊の接近を黙って見逃すとは考えられません」

「これもまた、アメリカの強み……か」

日本帝国陸軍代表の本間雅晴《ほんままさはる》大将が、唸るように言った。「ウォール中佐が、幾多の犠牲を払いながら持ち帰った重大情報も、生かすことができない。米国の広大な国土そのものが、原子爆弾の開発機関を守っている……」

「メキシコを、同盟に引き込めませんかな？」

ヘープナーが言った。「メキシコ軍に、アメリカ本土に進攻して貰う、あるいはメキシコ領内の航空基地を同盟に提供して貰うというのは？」

「メキシコとアメリカでは、戦力が違いすぎます」

マウントバッテンが言った。「同国にとり、アメリカとの開戦は、亡《い》国を意味します。彼らが、同盟の要請を受け容れる可能性はゼロに等しいでしょう」

「となりますと、残された手段は一つだけですな」

ドイツ空軍代表のフーゴー・シュペルレ大将が言った。「お忘れですか？　我が方にも、アメリカ本土を叩ける機体があることを。Z機《プレーン》を使えば、ロス・アラモスへの攻撃は不可能ではないでしょう」

全員の眼が、壁の一点を向いた。

日英独三国で協同開発した、超長距離戦略爆撃機「Z機」――日本では中島「富嶽《ふがく》」、英国ではアブロ&ヴィッカース〝アクスブリッジ〟、ドイツではハインケルHe177の呼称で呼ばれる機体を装備する部隊の配置図が、そこに記されている。

欧州では、ポルトガルのリスボン、スペインのセビリア、フランスのボルドーの三箇所が、アクスブリッジ、He177の飛行場だ。米国から奪回したアイスランド、アゾレス諸島も、Z機の基地としての使用が検討されている。

太平洋では、オアフ島のホイラー飛行場が、富嶽装備部隊の専用飛行場と決定された。

同盟、特に英国を初めとする欧州諸国は、これまで一方的に領土を爆撃されるだけだったが、開戦から四年近くを経た今、ようやく米本土を直接叩ける手段を手に入れたのだ。

「ロス・アラモスに最も近いのは、ハワイですな」

井上は素早く計算し、発言した。「ホイラー飛行場からであれば、ロス・アラモス攻撃は可能です」

「しかし、Z機はまだ配備機数が少ない」

ソールが言った。「少数機で攻撃しても、効果は小さいでしょう」

Z機は、試作から生産への移行に思いのほか手間取り、昨年一一月より、ようやく量産が始まった。

生産は日本、英国、ドイツの他、フランス、イタリア、オランダ、チェコスロバキア、更にはロシアにまで委託されているが、一機の製造に多量の資材が必要とされることから、生産は思うようにはかどらない。

一月末時点における各国の装備機数は、英国が九〇機、ドイツが七五機、日本が六〇機だ。予備兵力の後置や整備の問題を考えると、いちどきに使用できるのは、多くてもこの半分程度となる。

「ミスター・イノウエが提案されたように、Z機をハワイから出撃させ、ロス・アラモスを叩くとなりますと、攻撃隊はカリフォルニア州の中央を突っ切らねばなりません。激しい迎撃を受け、場合によっては全滅する危険さえあります」

「しかし現実問題として、ロス・アラモスを攻撃可能な機体は、Z機以外にはありません。そして各拠点からロス・アラモスまでの距離を考えますと、オアフ島から出撃するのがベストの選択です」

フィリップスが言った。「日本が保有するZ機だけで不充分であれば、他の同盟諸国が保有する機体をハワイに回し、攻撃に参加させることも検討すべきでしょう。小官は、ミスター・イノウエの御提案に従うのが最善と考えます」

「よろしいでしょうか？」

ウォール中佐が発言した。

この会議のメンバーは、全員が将官だ。

にもかかわらず、ウォールは気後れした様子も、発言を遠慮する姿勢も見せなかった。

「皆さんは、ロス・アラモス攻撃の手段は、爆撃しかないとお考えでしょうか？」

「他に、方法があるのかね？」

ソールが反問した。「現実問題として、ロス・アラモスに到達可能な手段は、Z機以外に存在しないが」

「爆撃では、原爆や研究施設を確実に破壊できるとの保証がありません。殊《こと》に、高高度からの水平爆撃は、命中率が非常に低いと聞き及びます。ロス・アラモスに爆撃をかけても、実効はほとんど上がらないのではないでしょうか？」

（確かにそうだ）

井上は胸中で呟いた。

もともと水平爆撃は、命中率が悪い。住宅の密集地を標的とした無差別爆撃であればまだしも、特定の研究施設だけを水平爆撃で狙い撃ちにするのは、ほとんど不可能と言っていい。

「貴国には、フリッツXがありましたな？　あれを、Z機で運用できませんか？」

ソールがシュペルレに聞いた。

フリッツXとは、ドイツの電波誘導式滑空《かっくう》爆弾だ。命中率は非常に高く、地中海や英本土沖で、米国の空母や戦艦に大きな損害を与えてきた実績がある。

そのフリッツXなら、原爆の研究施設を破壊できるのではないか、とソールは考えついたのだ。

だがシュペルレは、難しい顔でかぶりを振った。

「He177は、フリッツXを運用できるように作られておりません。フリッツXを運用するのであれば、爆弾槽の改造と、誘導装置の積み込みが必要になります。今から改造を始めたとして、原爆の完成までに必要な機数を揃えられるとは思えません」

「お言葉ですが――」

ウォールが言った。「我が軍がやらねばならないことは、原爆の破壊のみではありません。原爆と共に研究施設を破壊し、原爆開発に携《たずさ》わった研究者、技術者を抹殺《まっさつ》しなければ、マンハッタン計画を頓挫《とんざ》させることはできません。爆撃では、いかなる手段を用いようと、その全てを完遂し得たかどうかを見極める術《すべ》がありません」

「では、貴官はどうすべきと考える？」

「空挺部隊による襲撃を提案します」

ソールの問いに、ウォールは言下に答えた。「ロス・アラモスの研究所は、アメリカの最高機密を扱うだけに、部外者の立ち入りは厳しく制限されています。しかし一方で、秘密の施設であるため警備は小規模であり、本格的な軍事攻撃に耐えられるような警戒態勢は取られていません。完全武装の空挺部隊で攻撃すれば、研究所は制圧できると考えます」

　ドイツ陸軍代表のエーリヒ・ヘープナー大将が質問した。

「ロス・アラモスの近くに、飛行場ないしZ機の離着陸が可能な平地があるのかね？」

「ありません」

「ではロス・アラモスを制圧した後、空挺部隊の隊員は、どうやって帰還するのだ？」

「帰還は、前提としておりません」

　ウォールのごくあっさりとした物言いに、会議室が一瞬で静まりかえった。

　今回の戦争で、生還率が極めて低い作戦が実施されたことは何度もある。出撃した部隊の全員が未帰還に終わった戦例もある。

　だが、最初から生還を放棄した作戦が行われたことは、ただの一度もない。

　それは、指揮官としての責任放棄であり、絶対に口にしてはならない、禁断の作戦だった。

「……つまり、片道攻撃ということかね？」

　沈黙を破り、マウントバッテンが聞いた。

「その通りです」

「全員が未帰還となることを前提として、作戦を実施しろと？」

「その通りです」

「馬鹿な！」

　マウントバッテンは吐き捨てるように言った。「兵に、死んでこいなどと命じられるか！」

「原子爆弾が実戦に使用された場合の人命の損失は、どの程度になるとお考えでしょうか？」

　ウォールは一歩も退かず、反論した。「ロンドン、パリ、ベルリン、ローマといった大都市の中心に投下された場合、おそらく数万、状況によっては数十万人が犠牲となります。歴史的な建造物や文化遺産も、全て焼失するでしょう。そのようなことが起きても、同盟がなお戦争を継続できるとお考えでしょうか?」

「仮に原爆が完成しても、防ぐ手段はあるはずだ」

「ミスター・マウントバッテンの主張には、異議を唱えざるを得ません」

シュペルレが発言した。何かに腹を立てているかのように、両眼を吊り上げ、眉間《みけん》に皺《しわ》を寄せている。

「B36は、B29以上に撃墜し難い機体です。洋上で捕捉し、早期の迎撃を行っても、イギリス本土上空への侵入を、容易に阻止できません。B36が原爆を搭載し、来襲した場合、投下前に撃墜できる可能性は、甚《はなは》だ小さいと申し上げざるを得ません」

「ミスター・シュペルレが言われることは事実です、ミスター・マウントバッテン」

ソールが言った。「B36の登場以来、防空戦闘機隊による阻止率は、平均五パーセント前後です。最も成績のよかったときでも、一〇パーセントを超えたことはありません」

「我が国からも、同様の報告が届いております」

井上が口を添えた。

再び、会議室に静寂が戻った。

英空軍とドイツ空軍、日本海軍の代表が、共に原爆投下の阻止は不可能と主張した以上、認めざるを得ない。

だからといって、ウォールが提案した空挺作戦の採用もためらわれるのだ。

「申し上げるまでもありませんが――」

ウォールが発言した。「空挺作戦には、私も参加します。ロス・アラモスの研究所を攻撃するためには、現地に精通した案内役が不可欠ですから」

「貴官自身も、戦死を前提として出撃する、ということかね?」

ヘープナーの問いに、ウォールは頷いた。

「その覚悟なくして、片道だけの作戦など提案しません」

「仮にロス・アラモス攻撃が成功したとして、その後はどうするつもりだ?」

「投降という方法はありますが、アメリカ軍は、勝利の切り札となる兵器を破壊した部隊の投降を認めるほど、寛容ではないでしょう」

「もう一つ、重要な問題があるな」

マウントバッテンが言った。「どこの国の部隊が、この作戦を担当すべきと考えているのかね?」

「隊員同士の意思の疎通に齟齬《そご》があっては、任務を遂行できません。私が案内役を務める以上、空挺部隊の全隊員を、我がイギリス軍より選抜すべきでしょう。作戦使用機につきましては、必ずしもイギリス軍のものでなくとも構いませんが」

「……ことは、あまりに重大だ。今、この場では決められない」

マウントバッテンはかぶりを振った。「参謀本部に話を通さねばならないし、本当に実施するとなったら、空挺部隊から志願者を募らねばならない。空軍や同盟国と調整する必要もある。もう少し、時間が必要だ」

「原爆の完成はもう間近に迫っています」

ウォールは言った。「小官が摑んだ情報によれば、四月半ばには、最初の一発が完成し、実験段階に入ります。それを過ぎたら、全ては手遅れになるとお考え下さい」

3

昭和二一年二月二八日午前八時（ハワイ時間二月二七日一三時）、日本帝国海軍第四艦隊は、オアフ島の北方七〇〇浬の海域にいた。

第四艦隊は、日本軍が全ハワイ諸島の制圧を完了した後、新たに編成された「布哇《ハワイ》方面艦隊」に所属しており、オアフ島の真珠湾に常駐する。

戦力は、オアフ島攻略作戦で活躍した第四、第八両艦隊の所属艦を中心に再編成したもので、ハワイ諸島に展開する日本海軍各部隊中、最強を誇る。

所属艦は、第二航空戦隊の正規空母「紅鶴《こうかく》」「飛《ひ》龍《りゅう》」「丹鳳《たんほう》」、第四航空戦隊の正規空母「黒龍《こくりゅう》」「紅《こう》龍《りゅう》」「白鳳《はくほう》」、第三戦隊の高速戦艦「金剛《こんごう》」「榛名《はるな》」「霧島《きりしま》」、艦隊司令部直属の巡洋戦艦「吾妻《あづま》」、第九戦隊の軽巡洋艦「熊野《くまの》」「鈴谷《すずや》」、第一〇戦隊の軽巡洋艦「大淀《おおよど》」「仁淀《によど》」、そして第四水雷戦隊の軽巡「阿賀野《あがの》」と駆逐隊一四隻だ。

二、四航戦の空母「丹鳳」「白鳳」は、オアフ島沖で失われた改翔鶴《しょうかく》型空母「天鶴《てんかく》」、雲龍《うんりゅう》型空母「海龍《かいりゅう》」の代わりに、二、四航戦に編入された艦だ。

この両艦は、全長、全幅、艦橋の形状、対空兵装等は雲龍型空母と同じだが、艦内から魚雷調整室と魚雷庫を撤去し、爆弾庫も縮小された。

格納甲板には、戦闘機と対潜哨戒用の艦上攻撃機のみを搭載し、艦隊の直衛と対潜警戒に専従する。

魚雷庫、魚雷調整室の廃止と爆弾庫の縮小によって生じた余剰の艦内空間は、ガソリン庫と機銃弾庫に転用され、継戦能力を高められていた。

第三戦隊の高速戦艦三隻は、ハワイ諸島の攻略作戦時点で、第三戦隊の「金剛」「榛名」、第四戦隊の「霧島」「比叡《ひえい》」に分けられていたが、昨年七月の第一次ハワイ島沖海戦で「比叡」が失われたため、第四戦隊は解隊され、「霧島」は第三戦隊に編入された。

第四艦隊でただ一隻の巡洋戦艦「吾妻」は、昨年七月の第二次ハワイ島沖海戦で、第一二戦隊の僚艦「天城《あまぎ》」を失ったため、同戦隊は八月一日付で解隊された。

第四艦隊に所属するのであれば、第三戦隊に編入されるのが適切だったであろうが、第四艦隊司令部は、最高速度や主砲の射程が異なる金剛型と浅間型を組ませるのは得策ではないと判断し、「吾妻」を司令部の直接指揮下に置いたのだ。

空母六隻、高速戦艦三隻、巡洋戦艦一隻、軽巡五隻、駆逐艦一四隻から成る大艦隊は、帝国海軍の最前線基地に生まれ変わった真珠湾を二日前に出港して以来、空母を中心に置いた輪型陣を組み、ひたすら北へと向かっていた。

「合戦準備、昼戦《ちゅうせん》に備え！」

時計の針が八時五分を指すと同時に、巡洋戦艦「吾妻」の艦内に、張りのある声で命令が流れた。

昨年一一月、天野重隆《あまのしげたか》大佐に代わって「吾妻」艦長に任ぜられた人見錚一郎《ひとみそういちろう》大佐の声だ。天野前艦長と同じ海兵四七期の出身であり、専門も同じ水雷だ。

尉官のときは、戦艦「霧島」、駆逐艦「桃《もも》」「浜風《はまかぜ》」「文月《ふづき》」等、艦船勤務が中心だったが、少佐任官後は海軍兵学校教官、軍令部第二部員、海軍省教育局局員等、地上勤務が中心となった。

一昨年三月、軽巡「熊野」艦長に任ぜられ、マーシャル諸島奪回作戦に参陣したときは、久しく実戦から遠ざかっていたとは思えないほどの活躍を見せている。

「目標、右三〇度、二三〇《フタサンマル》（二万三〇〇〇メートル）！」

人見艦長の命令を受け、艦橋トップの射撃指揮所に、砲術長乾明《いぬいあきら》中佐の声が響いた。

前甲板で、二基の主砲塔が右に旋回し、六門の二八センチ主砲が仰角をかける。

「測的よし！」

「方位盤よし！」

「主砲射撃準備よし！」

測的手や旋回手、方位盤射手が次々と報告するが、乾の口から「撃ち方始め！」の命令がほとばしることはない。

主砲の先に、敵艦はいないのだ。

途中で敵と遭遇しない限り、目的地に着く前に、主砲が火を噴くことはない。

これは、あくまで訓練だった。

乾が、新たな命令を下す。

「目標、左九〇度、二〇〇《フタマルマル》（二万メートル）！」

右舷前方を向いていた「吾妻」の主砲は、左舷側に向けられ、砲身の仰角が僅かに下げられる。

同様の動きは、他艦でも見られる。

「吾妻」の艦橋トップからは、第三戦隊の高速戦艦三隻や第九、第一〇戦隊の軽巡四隻が、主砲を慌ただしく旋回させる様子が遠望される。

砲術科員たちは、敵と遭遇するときまでは出番がないが、だからといって、航海中は漫然と時を過ごすわけではない。

実戦で、艦が持てる力を十全に発揮できるよう、訓練と兵装の整備、点検を入念に行うのが、航海中の砲術科員の仕事だった。

――訓練は、二時間ほどで一旦終わった。

乾を初め、射撃指揮所の要員たちは、額や首筋の汗を拭った。

人見艦長からは、三〇分ほど休息した後、対空戦闘の訓練を行う旨、命令が届いている。

測的手、旋回手等、主砲の要員たちにも三式弾の発射訓練があるが、今度は長一〇センチ高角砲、二八連装噴進砲、二〇ミリ四連装機銃の要員たちが主役になるはずだった。

「今度の作戦じゃ、水上艦相手に撃ち合うような機会は、あまりないだろうな」

若い従兵が運んできた茶を一口飲んで、乾はぼそりと言った。「おそらく、対空戦闘が中心になるはずだ。この後の訓練は、前半の訓練以上に気を入れてやらなきゃいかんだろうな」

出撃前、第四艦隊の攻撃目標は、アラスカのアンカレッジである旨が、人見艦長より総員に伝えられている。

同市の近郊に位置する米軍の飛行場を、航空攻撃と艦砲射撃によって破壊することが目的だ。

一月三〇日に東京が空襲されて以来、帝国海軍はB36の出撃基地を突きとめようとしたが、これは難渋を極めた。

B36の基地が、アラスカかアリューシャン列島にあるらしいことは、敵機の侵入経路から察しがついたが、アラスカも、アリューシャンも、内地からはあまりに遠い。一式戦闘爆撃機「雷光《らいこう》」の偵察機型や、艦上偵察機「彩雲」をもってしても届かない。

脚の長い二式大艇を三回にわたって出撃させてみたが、三回とも敵戦闘機に捕捉されたらしく、遂に帰還しなかった。

思いあまった海軍は、最後の手段として、まだ配備機数の少ない富嶽に、B36を尾《つ》けさせた。

その結果、B36がアンカレッジの近郊に設けられた大規模な航空基地を拠点にしていることが判明したのだ。

連合艦隊司令部は、アンカレッジの敵基地を壊滅させるには、機動部隊の艦上機による航空攻撃と艦砲射撃が確実であると判断し、第四艦隊に出撃を命じた。

情報によれば、アラスカ方面に展開している米軍の航空兵力は、B36を除けば、一五〇機前後と見積もられている。

空母六隻の艦上機によって、一掃できる相手だ。

制空権を握った後は、戦艦、巡洋戦艦の艦砲射撃で飛行場を叩き潰し、止めを刺す。

日本本土を空襲の恐怖から解放することを目的とした、非常に重要な任務であるが、第四艦隊の戦力から考えれば、むしろ容易な作戦と言えた。

「情報では、アンカレッジには二〇隻前後の艦艇がいるということでしたが……」

測的手の越智輝彦《おちてるひこ》少尉が言った。兵からの叩き上げで士官の階級を得たベテランだ。日本がドイツから「吾妻」を買い取り、連合艦隊に配属したときから「吾妻」に乗り組んでいる。「吾妻」の砲術科では、主《ぬし》のような存在だ。

「内訳は巡洋艦と駆逐艦。それも、旧式艦だという話だ」

乾は言った。アンカレッジにいる敵の水上部隊については、富嶽が撮ってきた偵察写真を分析した結果が、乾にも知らされている。「母艦の航空隊が飛行場を攻撃するとき、まとめて片付けちまうだろうな。飛行場制圧に手間取り、艦艇にまでは手を出せないといったことになれば、話は変わってくるが」

「私には、アンカレッジの気候が気になります」

方位盤射手の神代拓郎《かみしろたくろう》中尉が言った。

彼もまた、越智と同じく、兵からの叩き上げだ。

昨年七月までは、「吾妻」の姉妹艦「天城」に乗艦していたが、「天城」が第二次ハワイ島沖海戦で失われたこと、昨年九月、それまで「吾妻」の方位盤射手を務めていた遠藤五郎《えんどうごろう》少尉が病を得て退艦したことが重なったため、「吾妻」に転属し、乾の部下となったのだ。

同じ浅間型巡戦に乗っていた身、しかも勤続二〇年以上のベテランとあって、「吾妻」にはすぐに馴染《なじ》んだ。

「アンカレッジといえば、樺太《からふと》や千島《ちしま》より更に北。今の時期は、天候に恵まれず、日照時間も非常に短いでしょう。そのような状況下で、母艦の航空機が、思うように活動できますかどうか」

「そうなったら、巨砲に物をいわせるまでさ」

乾は笑った。「こっちには、戦艦と巡戦を合わせて四隻ある。旧式の巡洋艦、駆逐艦なら、鎧袖一触《がいしゅういっしょく》できる相手だ。何と言っても本艦には、第二次ハワイ沖海戦で、敵の新鋭重巡を叩きのめした実績があるんだからな」

「私には、どうも腑《ふ》に落ちないのですが……」

越智が言った。「我が艦隊は、本当にアンカレッジに行くんですか？」

「当然だろう。何故、そんなことを聞く？」

「アラスカといえば、北極の近くです。子供の頃に聞いた話じゃ、あそこの住民は、氷を切って家を作るって話です。そんなところを攻撃するのに、防寒服が支給されていません」

「艦内には、積み込まれてるんじゃないか？　アンカレッジの近くまで来れば、支給されるだろう」

「主計科の古馴染みに聞いてみましたが、真珠湾での積み込み品の中に、防寒服はなかったそうです」

乾はしばし沈黙し、両眼をしばたたいた。

「本当の話か、それは？」

「奴は、嘘を言うような男ではありません」

「艦長に聞いてみるか」

そう言い置いて、乾が立ち上がったとき、不意に艦が大きく動いた。

射撃指揮所の床は、左舷側に傾斜している。艦は、面舵《おもかじ》を切っているのだ。

回頭は、さほど時間がかからぬうちに終わった。艦が直進に戻ったところで、乾は射撃指揮所の一八センチ双眼鏡を覗いた。

艦の位置関係に、若干の変化が生じている。

輪型陣を組んだまま、右舷側に回頭したため、艦隊の左に位置していた艦と右に位置していた艦の移動距離に差が生じ、艦の間の距離が変わったのだ。

「吾妻」は輪型陣の右前方で、艦隊旗艦「紅鶴」を守る位置についていたから、最小限の動きで済んだが、輪型陣の左に位置していた第三戦隊の「金剛」「榛名」、第九戦隊の軽巡「熊野」「鈴谷」などは、定位置に戻るべく、激しく白波を蹴立てている。

これまで、射撃指揮所からは死角に入って見えなかった太陽が、右舷側に見えている。

第四艦隊は出港以来、太陽に背を向け、まっすぐ北に向かっていたが、オアフ島から約七〇〇浬の海域で、針路を東に転じたのだ。

「何だ、いったい……？」

呟いた乾の耳に、艦内放送で流される人見艦長の声が届いた。

「艦長より総員へ。第四艦隊は、これより米国西海岸　加州《カリフォルニア》沖を目指して進撃する。現地到着は、三月五日二〇時（現地時間午前三時）の予定だ。作戦目的については、追って艦長より通達する。以上」

第三章

三六度線上の標的

1

昭和二一年三月五日一五時五五分（ハワイ時間三月四日二〇時五五分）、オアフ島のホイラー飛行場に、エンジンの始動音が轟いた。

エンジン音は、駐機場に敷き並べられている機体に伝播《でんぱ》してゆく。

一機当たり六基、二四機合計一四四基のエンジンが、ハワイの乾燥した空気を騒がせている。

暖機運転は、三〇分ほどの時間をかけて入念に行われた。

「『朱雀《すざく》』一番、発進します」

の報告が、攻撃隊総指揮官を務める第七三一航空隊飛行隊長須藤憲雄《すどうのりお》中佐から指揮所に送られた。

両翼に三基ずつのエンジンを装備した巨大な機体が、指揮官機から順にゆっくりと動き出し、誘導路から滑走路へと移動を開始した。

全長は四八・二メートル、最大幅は五八・五メートル、全備重量六八トン。

この機体の登場以前、日本軍では最大の機体だった二式大艇と比べ、全長で七割増し、全幅で五割増し、全備重量で二・八倍という巨人機だ。同盟各国が配備した機体の中では、紛れもなく最大のサイズと重量を持つ。

胴体には、全般に突起が少ない。涙滴を、前後に大きく引き延ばしたように見える。

現在ではもっぱら対潜哨戒に使用されている一式陸上攻撃機や九六式陸上攻撃機は、機首に爆撃手席を置き、機首よりやや後ろに下がった位置にコクピットを配置していたが、この機体ではコクピットと爆撃手席を一体化して機首に設け、段差を少なくしている。

旋回機銃座は機首と尾部の他、胴体上面に二箇所、左右両側面に各一箇所、胴体下面に一箇所ずつ設けられているが、胴体そのものが大きいため、ほとんど目立たない。

エンジンは、米軍のB36と同じ六発だが、プロペラはオーソドックスに、牽引《けんいん》式となっている。

中島「富嶽」――日英独三国が協同開発した超長距離重爆撃機「Z機《プレーン》」の日本仕様機が今、初めての実戦に臨もうとしていた。

整備員、兵器員ばかりではなく、手空《てす》きの兵員全員が帽振れで見送る中、一番機が出発線に達した。

緩やかに回転していた六基の大直径プロペラが急回転に代わり、六八トンもの機体をぐいぐいと引っ張った。

B29を上回る巨人機であるだけに、なかなか浮き上がらない。

滑走距離が一五〇〇メートルを超えたあたりで、ようやく着陸脚が地上から離れた。

前後の幅が広い長大な主翼と、太く長い胴を持つ巨人機が、翼端と尾部に標識灯を点滅させ、後続機に合図を送りながら、夜空へと舞い上がってゆく。

二番機、三番機、四番機と、富嶽は続けて離陸する。星空の中に轟く爆音が、大きさを増してゆく。

第七三一航空隊と第七三五航空隊から選抜した、六個小隊二四機の富嶽全機が離陸を終えるまでに、二〇分余りを要した。

高度八五〇〇まで上昇し、水平飛行に移る。

二四機の富嶽は、一二機ずつ二組の梯団に分かれ、隊列を整えて、進撃を開始していた。

「現在の針路は四五度だ」

須藤は、隣席に座っている英国陸軍特殊作戦部中佐アルバート・ウォールに声をかけた。

江田島《えたじま》在校時、英国人教官に英語をみっちり叩き込まれたおかげで、英国人との意思の疎通に不自由はない。盟邦との連絡飛行で、インドやアレキサンドリア、ジブラルタル等に降りたときにも、現地の英軍士官と通訳なしで言葉を交わしたことが何度もある。

「約五時間後に変針し、ロス・アラモスに向かう」

超長距離戦略爆撃機「富嶽」

全長	48.2m
全幅	58.5m
発動機	中島ハ-54
離昇出力	2,750hp×6基
最大速度	600km/h
巡航高度	8,500m
固定兵装	20mm機銃12丁（通常型）
	20mm機銃22丁（乙型）
爆弾搭載量	最大20,000kg

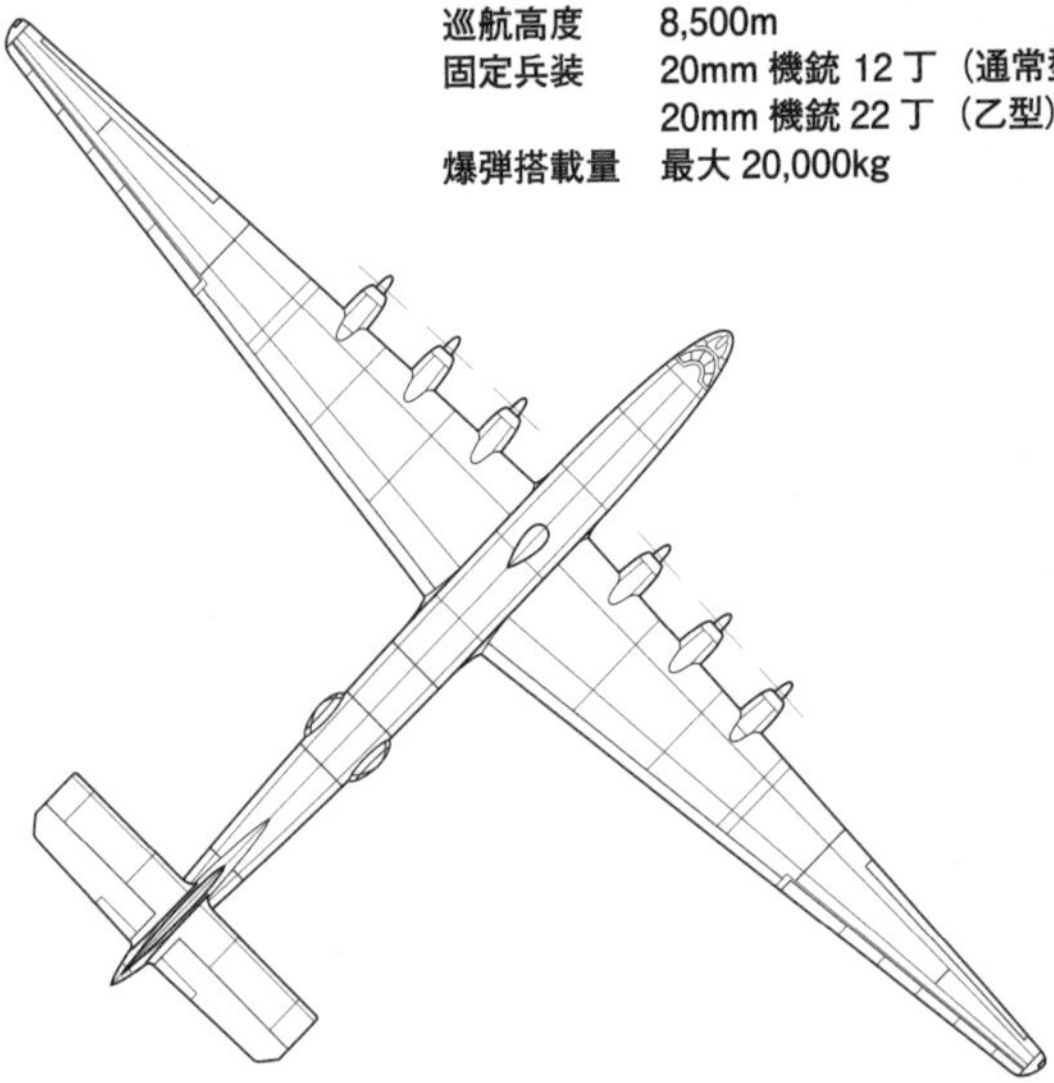

米軍による戦略爆撃に対抗するため、日英独三カ国が協同で開発した超大型爆撃機。開発コード名は「Z機」とされ、日本では「富嶽」の名で生産が行われた。機体そのものは日本の中島飛行機が設計したものを共通使用しているが、エンジンをはじめとする主要部品は各国でライセンス生産品を含めた自国製部品を取り付けているため、一般的な意味での同型機ではない。現在、欧州同盟各国で大増産体制がとられているが、生産に必要な資材の調達が難航し、生産目標を達成するのは難しい状況である。

とはいえ、今まで一方的に爆撃を受けるしかなかった同盟軍が初めて手にした、米本土を叩くことが出来る機材であり、各国は大きな期待を寄せている。

超重爆撃機 B36「Peacemaker」

全長	49.4m
全幅	70.1m
発動機	P&W R-4360-41
離昇出力	3,500hp×6基
最大速度	613km/h
巡航高度	12,100m
固定兵装	20mm 機銃 16 丁
爆弾搭載量	最大 39,000kg

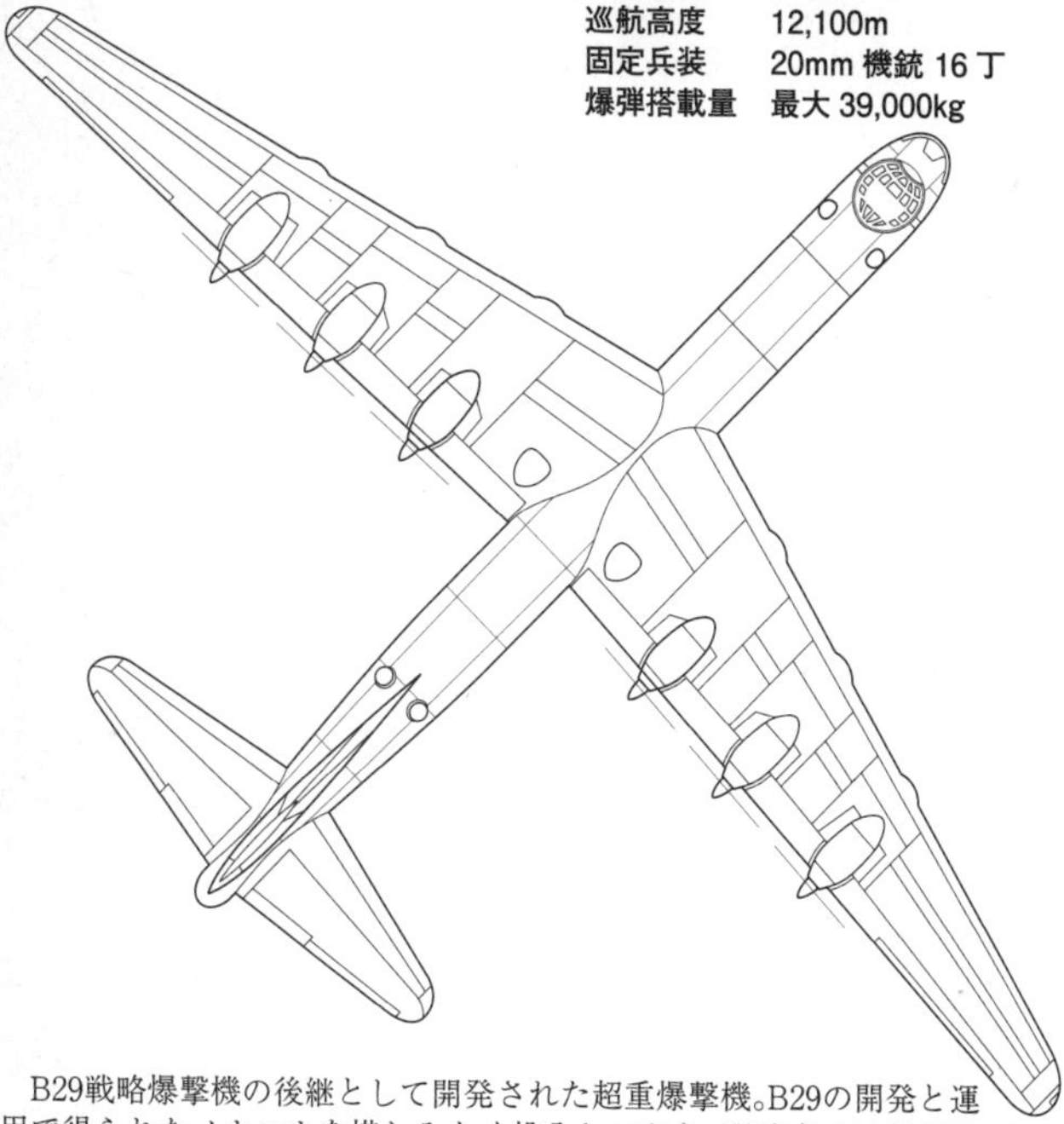

B29戦略爆撃機の後継として開発された超重爆撃機。B29の開発と運用で得られたノウハウを惜しみなく投入しており、現時点では世界最高性能の爆撃機と言える。

1946年1月末、ロンドンと東京を同時に襲ったB36の大編隊は、迎撃戦闘機が上がれない高度一万メートル以上を悠然と侵攻し、目標都市に爆撃を加えた。同盟軍首脳は、爆撃による被害もさることながら、その難攻不落ぶりに大きな衝撃を受けたと言われる。

また、その長大な航続性能により、米軍はレイキャビク航空基地が不要になるなど、戦局にも大きな影響を与えつつあり、以後の動静が注目されている。

「分かった。現地までのことは、全て任せる」

ウォールが頷くと、英国陸軍空挺部隊指揮官ロベルト・ブルース中佐が背後から声をかけた。

「航法は大丈夫だろうね？　アメリカは、諸君が考えている以上に広い国だぞ。ロス・アラモスの原子力研究所に、確実に到達できるだろうな？」

「我々は、そのアメリカ以上に広大な太平洋を飛び回り、敵と戦ってきた」

と、須藤は答えた。「洋上を動き回る敵艦隊を発見し、これを叩くという戦いを、何度もやったんだ。ロス・アラモスは所在地が分かっているし、動くこともない。敵艦隊よりも、発見は容易だろう」

「こちらを御覧下さい」

主偵察員の成田《なりた》栄《さかえ》大尉が、予定している飛行経路図をブルースに見せた。「攻撃隊は北緯三六度線沿いに、ロス・アラモスを目指して進撃します。米本土上空には、現地時間の午前三時頃に侵入し、ロス・アラモスには現地時間の午前六時前後に到着するよう、速力を調節します。貴軍の要望に従い、夜明け直後に研究所に到達できるよう、念入りに計算した結果です」

「レーダーに探知される危険は？」

「北緯三六度線は、米国の主要な大都市や軍事施設から隔たっていますので、敵の対応は遅れると考えられます。それに我々は、夜の闇に紛れて飛びます。敵戦闘機に電探の支援があるとは言っても、夜間に高高度を飛ぶ富嶽を捕捉するのは、容易ではないでしょう」

ブルースは、なお難しい表情でチャートと成田の顔を交互に見つめた。

この日本人の士官を、どこまで信用していいのか、迷っているようだった。

「航法を担当するのは、この成田と、本機の爆撃手兼航法員の吉田次郎《よしだじろう》飛行兵曹長だ」

須藤は言った。「成田は何度も連絡飛行で日本と欧州の間を飛び、長距離飛行の航法を実地に学んだ。

吉田は、こと航法にかけては、帝国海軍でも十指に入ると言われるほど名人だ。それに、この任務の重要性は、全搭乗員に徹底させている。俺たちは、我が身に引き替えてでも、貴官たちをロス・アラモスに送り届けるよ」

「私は彼らを信じるよ、ロベルト」

ウォールが、穏やかな声で言った。「祖国は、彼らを信じて我々の身を彼らに委《ゆだ》ねたんだ。我々自身も彼らを信じるべきだろう。相互の信頼関係なくして、達成できる任務ではない」

「……気になることがあるのだが」

幾分かためらいがちに、須藤は言った。「今回の作戦目的は、米国が開発中の原子爆弾とその製造設備の破壊、一切の技術的資料の処分、及び原爆開発スタッフの抹殺だと聞いている」

「その通りだ」

「あんたたちの兵力と装備で、その全てを完遂できるのか？　俺には、兵力が少なすぎるような気がするんだが……」

ニューメキシコ州ロス・アラモスの原子力研究所に対する攻撃は、案内役のウォールと、ブルース以下の英国陸軍空挺部隊二七〇名で実施することになっている。

二四機の富嶽のうち、一八機に空挺隊員一五名ずつが搭乗し、ときを待っている。

出撃前の打ち合わせで聞かされた話によれば、ロス・アラモスでは、千人単位の研究者、技術者が原子爆弾の開発に当たっているという。

相手が非戦闘員であるとはいえ、二七〇名の兵力で、それほどの人数に対処できるものだろうか？

「必ずしも、全員を抹殺する必要はないんだ」

ウォールが言った。「余裕がなければ、組織の枢《すう》要《よう》部にいる人間だけを始末する。それだけで、原爆の開発は大きく後退させることができる。そのあたりは、臨機応変に対応するつもりだ。君たちは我々を降ろした後、安心して引き上げてくれればいい」

須藤はかぶりを振った。

「我々は空挺部隊の降下後、しばらく上空に留まり、作戦を見届ける」

ウォールとブルースは、両眼を大きく見開いた。

須藤の答を、予期していなかったようだ。

「それは無茶だ。アメリカ軍は、メキシコとの国境に近いテキサス州のエルパソに、大規模な航空兵力を展開させている。メキシコの同盟加入、対米宣戦布告という万一の事態に備えての兵力展開だが、ロス・アラモスが攻撃を受けたと聞けば、当然戦闘機が出撃してくるぞ」

「出撃時から、敵戦闘機との戦いは織り込み済みだ」

「それなら、何故……」

「ことは、貴国だけの問題ではないんだよ、ミスター・ウォール。この任務に失敗すれば、恐るべき破壊力を持つ爆弾が、我が国や貴国を襲うことになる。俺たちも、自分たちの国と家族を守るために出撃したんだ。そのためにも、作戦の成功を見届けた上で帰還しなければならないんだよ」

須藤は「成否」ではなく、「成功」と言った。

自分たちは、作戦の成功を確信している。その意志を、「成功《サクセス》」の一語に込めたつもりだった。

「貴官の一言で、安心したよ」

ブルースが、笑って立ち上がった。「我々は、信頼に足るクルーに身を委ねたようだ。後は、後部キャビンで休ませて貰う。ロス・アラモスに到着するまでは、出番なしだからな」

「そうしてくれ」

――ウォールとブルースが後部キャビンに去った後、単調な飛行がしばらく続いた。

五時間が経過し、編隊が北緯三六度線に乗ったところで変針した他には、大きな変化はない。

二四機の富嶽は、高度八五〇〇メートルの高空に一四四基のエンジン音を轟かせながら、ひたすら東へと進んだ。

一八時四七分（米国西部時間午前一時四七分）、

「前方に陸地！」

一番機のコクピットに、副操縦員を務める口羽道《くちばみち》隆《たか》一等飛行兵曹の声が響いた。

須藤は、正面を注視した。

星明かりを背に、凹凸《おうとつ》のある影が浮かび上がっている。前進するにつれ、左右に拡大する。

紛れもない、北アメリカ大陸の西海岸だ。

「とうとう来たな」

須藤は呟いた。

開戦以来、同盟は敵の戦略爆撃機に何度も本土を蹂躙されたが、同盟が米国の本土に手を出すことはできなかった。本土を巡る戦いは、常に一方的であり、攻撃する米国、守る同盟という図式が続いていた。

だが今、二四機の富嶽は、米本土を前にした。

やや特殊な任務であるが、米本土に対する攻撃の火蓋《ひぶた》を切ろうとしているのだ。

「ウォール中佐を起こしますか？」

「もう起きている」

いつの間にコクピットに来ていたのか、成田の問いにウォールが答えた。「おかげで、ぐっすり眠れた。作戦には、ベスト・コンディションで臨める」

「今しばらく、後部キャビンで待機してくれ」

須藤はウォールに言った。「目標の近くまで来たら、あんたには爆撃手席で案内役を務めて貰う」

「そろそろ、高度を上げますか？」

ウォールが須藤に従い、後部キャビンに引っ込むと、主操縦員大林明《おおばやしあきら》大尉が聞いた。

「いいだろう。高度一〇〇《ヒトマルマル》（一万メートル）まで上げよう」

須藤は頷いた。

無線を封止しているため、英国製の無線電話機は使えない。胴体側面と尾部の機銃員がオルジス信号灯で、後続機に「高度一〇〇《ヒトマルマル》」を告げる。

大林が操縦桿《そうじゅうかん》を引き、富嶽が上昇を開始する。

イギリスのブリストルとドイツのBMWが協同開発した過給器を装備することで、実用上昇限度一万三〇〇〇メートルの高高度飛行性能を確保した富嶽も、八〇〇〇メートルから一万メートルまでを短時間で上昇する力はない。全備重量六八トンの機体は、厳冬期の高峰に挑む登山者のように、ゆっくりと高度を稼いでゆく。

二〇分ほどの時間をかけて高度一万まで上がったとき、攻撃隊は陸地まで間近に迫っていた。

地上に、灯火はまったく見えない。もともとこのあたりは、大都市サンフランシスコとロサンゼルスの中間にあたり、人家は少ないのだ。

「現在の時刻、一九一〇《ヒトキュウヒトマル》（現地時間午前二時一〇分）。ロス・アラモスまでは、七二〇浬です」

「よし」

成田の報告に、須藤は頷いた。

富嶽の巡航速度であれば、二時間四〇分の航程だ。攻撃隊は夜明けと同時に、目標上空に到達できる。

今のところは、全て順調だ——と思ったとき、

「逆探感有り。波長一五〇センチ！」

主電信員の森脇隆信《もりわきたかのぶ》中尉が叫んだ。

「来たか……！」

須藤は唸り声を発した。

極力、敵の警戒手薄な進入経路を選んだはずだったが、米軍の警戒網は甘くなかった。

二四機の富嶽は、敵の電探波に捉えられたのだ。

「『朱雀』一番より全機へ。無線封止解除。戦闘準備」

須藤は、落ち着いた声で全機に下令した。

各機の機内が空中戦に向け、殺気をはらんで動き始めた。

2

最初に敵戦闘機を発見したのは、編隊の左翼に位置する七三一空第三小隊の四番機だった。

「左前方、敵機！」

機首機銃座の射手を担当する斉藤孝彦《さいとうたかひこ》飛行兵曹長の報告が、コクピットに飛び込んだ。

「上方か、下方か？」

「下方です。上昇しつつ、距離を詰めてきます」

機長と主操縦員を兼任する三咲義郎《みさきよしろう》中尉の問いに、斉藤は即答した。

「機長より総員へ。敵戦闘機、左下方より接近」

「『朱雀』一二番より全機へ。敵戦闘機、左前下方！」

三咲は部下に注意を喚起《かんき》すると共に、全機に警報を送った。

「高度一二〇《ヒトフタマル》（一万二〇〇〇メートル）」

が、指揮官機から下令された。

敵機との間には、まだ距離がある。高度を上げて、少しでも時間を稼ごうというのだ。

第三小隊の一、二、三番機が、緩やかに上昇を開始した。

三咲も先行する三機に倣い、操縦桿を引き、スロットルを開いた。

巡航速度で悠然と飛行を続けていた富嶽が機首をもたげ、上昇を開始した。

「『玄武《げんぶ》』全機、続行中」

尾部銃座を守る野村利親《のむらとしちか》一等飛行兵曹が、七三五空の動きを報告した。

「敵戦闘機、接近！」

斉藤が、敵機の動きを報告した。

敵機も、上昇を続けている。高度差は、次第に縮まりつつあるようだ。

二四機の富嶽は、なおも上昇を続ける。

敵機が、距離と高度差を更に詰めてくる。星明かりを背にした機影が、ぼんやりと見えている。

「機種は何だ？」

三咲は、左前方の空域を注視しつつ呟いた。

ハワイで日本軍を苦戦させたグラマンF7F〝タイガーキャット〟の夜戦型か、それとも米軍自慢の夜間戦闘機ノースアメリカンP61〝ブラックウィドウ〟か。

機種不明の敵機に向け、富嶽が先に発砲した。

機首に発射炎が閃き、二条の火箭が、上昇してくる敵機の未来位置に向かって噴き延びた。

これは、敵機を捉えるには至らない。火箭は弓なりの弾道を描き、虚空へと消える。

すぐに報復の射弾が来るか――と思ったが、敵からの発砲はなかった。

どの敵機も、富嶽隊を避けるように旋回し、機銃の射程外へと脱した。

「敵機はF7F！」

主偵察員の家永薫《いえながかおる》飛行兵曹長が、敵機の正体を見抜いて叫んだ。

ハワイ諸島攻略戦の後半戦から前線に姿を現し、艦上戦闘機「烈風」や戦闘爆撃機「雷光」を苦しめた双発の艦上戦闘機だ。

オアフ島で、撃墜機の残骸を調査した結果、F7Fが空冷エンジンの装備機であることは調べがついている。一万メートルの高高度であれば、動きが鈍くなるはずだ。

だがF7Fの動きは、思いのほか速い。高高度での空中戦をこなせるよう、過給器を装備した改良型かもしれない。

三咲は、左方を見やった。

F7Fが、富嶽隊と並進しつつ上昇している。

一旦ゼロになった富嶽とF7Fの高度差が、じりじりと開きつつある。これまでとは逆に、F7Fが優位に立つ。

「敵機反転！」

左側面機銃座の射手和泉真吾《いずみしんご》二等飛行兵曹が、敵機の動きを報告した。

「敵機は上から来るぞ！」

総指揮官機から、全機に警報が送られた。

F7Fは高度上の優位を占め、正面上方から急降下による一撃離脱をかけようとしているのだ。

富嶽も上昇を続けるが、動きはもどかしくなるほど鈍い。F7Fとの高度差は、五〇メートルから一〇〇メートル、二〇〇メートルと開いてゆく。

「『朱雀』一二番、前に出ます」

三咲は、第三小隊長機に具申した。

「朱雀」九番から一一番、すなわち第三小隊の一、二、三番機が速力を落とし、三咲の四番機が小隊の先頭に立った。

第三小隊だけではない。第一、第二小隊でも、同様の動きが起きている。

各小隊の四番機が先頭に立ったとき、前方で黒い機影が、大きく動いた。

「来るぞ！」

三咲が叫ぶと同時に、一〇機以上のF7Fが、猛《もう》禽《きん》を思わせる勢いで向かってきた。

三咲機の機首に、発射炎が閃く。太い火箭が二条、前上方に噴き延びる。コクピットの後方からも、太い火箭が走り、上方へと突き上がってゆく。

三咲機だけではない。敵機を射程内に捉えた機体が、次々と射撃に加わっている。

各小隊四番機からの銃火が一番激しい。他機に倍する火箭を放っている。

F7Fは、自ら火箭の直中に飛び込んで来るかに見えた。多数の火箭がF7Fを押し包み、空中で打ち砕く光景が、三咲の脳裏に浮かんだ。

だが富嶽の二〇ミリ弾は、F7Fを捉えるには至らない。真っ赤な曳痕は、敵機を捉えることなく、闇に吸い込まれるように消える。

F7Fの編隊は、そのまま下方へと飛び去る。両翼の二〇ミリ機銃は、火を噴くことはない。富嶽の激しい弾幕射撃にたじろぎ、発砲の機会を失ったのかもしれない。

「よし……！」

三咲は満足感を覚え、僅かに唇を歪《ゆが》めた。

三咲が搭乗している富嶽は、「乙型」と呼称される機体だ。

この機体は、通常型の富嶽とは装備が異なる。爆弾槽を持たない代わり、通常型の倍近い機銃座を持つ。

通常型の富嶽の機銃座は、機首に二〇ミリ連装一基、胴体上面に二〇ミリ連装二基、胴体下面に二〇ミリ連装一基、胴体左右側面に二〇ミリ単装各一基、尾部に二〇ミリ連装一基だが、乙型は、胴体上面と下面に二〇ミリ連装機銃座三基ずつ、胴体左右側面に二〇ミリ単装機銃三基ずつを装備している。

搭乗員の数も、通常型が一四名（戦隊長機、小隊長機は一五名）となっているのに対し、乙型は二二名だ。

この針鼠《はりねずみ》さながらの機銃で、他の富嶽を守るのが乙型の役目だ。

今回の作戦では、各小隊に一機ずつの乙型が配置され、敵戦闘機に睨みを利かせていた。

「新たな敵、前上方！」

機首機銃座の斉藤が、注意を喚起した。

三咲は顔を上げ、正面上方を見た。

F7Fが複数、星明かりを背にしている。巨大な鴉が襲ってくるかのようだ。

再び、機首機銃座に発射炎が閃く。胴体上面三基の機銃座も、火弾を撃ち上げる。

後続する一、二、三番機、第一、第二小隊の各機も二〇ミリ機銃を撃ちまくり、F7Fの面前に弾幕を張る。

F7Fが、弾幕を衝いて突進してくる。両翼に発射炎が閃き、噴き延びる火箭が、富嶽の火箭と交錯する。

コクピットの後方に何発かが命中したらしく、ハンマーで続けざまに乱打されるような音が響く。続けて左主翼の上面にも、命中弾の火花が散る。

富嶽は、動じた様子を見せない。エンジンに異常はなく、速力も落ちない。機体はこれまで通り、第三小隊の先頭に立ち、ロス・アラモスを目指して飛び続けている。

左の主翼を撃ったＦ７Ｆが、編隊の左方をかすめ、急降下してゆく。

その面前に、火箭が伸びる。

左の側面機銃座のうちの一基が、Ｆ７Ｆの未来位置を狙って一連射を放ったのだ。

赤い曳痕が、瞬間的に機影を浮かび上がらせた――と見えた直後、Ｆ７Ｆの機首から赤黒い爆炎が噴出した。風防ガラスが粉砕されたのか、炎を映して赤く輝くものが夜空を舞った。

続けてもう一機のＦ７Ｆが、複数の火箭に絡め取られた。

多数の二〇ミリ弾を、同時に異なる方向から浴びたＦ７Ｆは、ひとたまりもなくばらばらになり、無数の破片となって四散した。

「六番機被弾！」

味方の被害状況報告も、送られてくる。

第二小隊の二番機が、敵弾を受けたのだ。乙型の激しい弾幕射撃も、Ｆ７Ｆ全機を阻止するには至らなかったらしい。

「六番機火災！　高度が急速に下がっています！」

右側面機銃座射手の町田清一《まちだせいいち》一等飛行兵曹が、悲痛な声で報告を送ってくる。

富嶽は、同盟軍の機体の中では最も堅牢《けんろう》に作られている。さらに、英国製自動消火装置の採用や、燃料タンクの内側をゴム張りにする等、被弾時の損害を小さく抑える工夫も施《ほどこ》されている。

それでも、火災の拡大を食い止めることができないようだ。被弾時に、自動消火装置を損傷したのかもしれない。

おそらく、六番機は助からない。消火に成功したとしても、編隊から脱落した機体は、敵戦闘機の集中攻撃を受ける。群れからはぐれた草食獣が、たやすく肉食獣の餌食《えじき》となるように。

攻撃隊は、富嶽一機を失った。同時に英軍の空挺部隊も、一五名の兵力をもぎ取られたのだ。

「富嶽といえども、無敵ではない」

も、ロサンゼルスでも、サンディエゴでもなかった。

彼らはサンフランシスコとロサンゼルスのほぼ中間に当たる空域より、カリフォルニア州の上空に進入し、まっすぐ東に向かったのだ。

このため24AFは、虚を衝かれた格好になり、オリビアの侵入を許してしまった。

サンフランシスコ近郊のアラメダ海軍航空基地より発進した海兵隊航空部隊のF7F四二機が、セントラルヴァレー上空でオリビアを捕捉したが、オリビアはF7Fを退けた後、合衆国の内陸に向け、飛び続けている。

オリビアがB36に迫る高性能機であるとはいえ、たかだか二〇機程度で合衆国をどうにかできるはずはない。

それでも、彼らの目的が分からぬだけに、その動きには不気味さを感じた。

「〝グリフォン〟が現在の針路を維持した場合、ネバダ、アリゾナ、ニューメキシコと進みます」

航空参謀のスティーブ・オルソフスキー中佐が、情報ボードに指示棒を伸ばした。「途中、オリビアの標的になるような、大規模な軍事施設や生産工場、大都市はありませんが、ニューメキシコの州都サンタフェの近くを通ります」

「サンタフェか」

コルトは首を捻った。

ニューメキシコ州にとっては行政の中心だが、大都市とは言い難い。ニューメキシコ州は、石油、銅、鉛、金、銀等、豊富な鉱物資源に恵まれているため、それらの集積地としての重要性はあるが……。

「〝グリフォン〟がサンタフェを素通りした場合は、テキサス、オクラホマと進みます」

「そもそも、奴らはどこから来たのだろうな？ それが分かれば、目的も推定できるのだが」

「おそらく、ハワイでしょう」

オルソフスキーは、情報ボードを見つめて言った。

「現状で、合衆国西海岸に最も近い太平洋上の敵基地がハワイしかない以上、他には考えられません」

「オリビアは、これだけ内陸に入り込んだ後、再びネバダやカリフォルニアを横断して、ハワイまで帰還できるだけの航続距離を持っているのかな？」

「持っていないとの証拠は、今のところはありません」

これまでのところ、オリビアの性能について、軍上層部から送られてきた情報はない。

分かっているのは、オリビアがセントラルヴァレー上空の空中戦でＦ７Ｆを退け、強行突破したという事実だけだ。

「このまま合衆国本土を横断し、西からニューヨークやワシントンを襲うつもりではないだろうな？」

「それは、ありますまい」

コルトの疑問に、オルソフスキーは即答した。「同盟がニューヨークやワシントンを叩くつもりなら、イギリスやフランスからオリビアを出すはずです。その方が、飛行経路はずっと短くて済みます。日本軍が、わざわざ太平洋と合衆国本土を横断して、ニューヨークやワシントンを叩きに来る理由がありません」

「貴官は、奴らの目的を何だと考える、スティーブ？」

「実戦でのテストを兼ねた偵察ではないかと考えます。爆撃が目的なら、より多数の機体を投入するでしょうし、攻撃目標にはサンフランシスコ、ロサンゼルスといった大都市か、海軍の基地があるサンディエゴを狙うはずです」

「偵察か……」

コルトは、しばらく思考を巡らせた。

確かにオルソフスキーが主張するように、その可能性が一番高いように思われた。

「〝グリフォン〟の通過が予想される州の州兵航空隊に、出撃を命じてはいかがでしょうか？」

参謀長ランディ・ローズ少将が具申した。「並行して、各州の州政府にも〝グリフォン〟の上空通過予想時刻を連絡し、空襲という万一の事態に備えさせるのです」

「いいだろう。直ちに手配してくれ」

コルトは即答した。

(勝負は、奴らが帰還するときだ)

命令とは裏腹に、コルトはそう思っている。

陸軍航空隊は、東部諸州北部と西部諸州の州兵航空隊に、新鋭戦闘機と精鋭パイロットを集中している。

〝グリフォン〟の通過が予想されるネバダ、アリゾナ、ニューメキシコ各州の航空隊は、敵機の来襲がほとんど想定されていないため、旧式機と若年《じゃくねん》パイロットが大半だ。

B36に迫る性能を持つ重爆撃機を迎撃するには、戦闘機の性能が不足している。

一方カリフォルニアには、少数ながら新鋭ジェット戦闘機ロッキードP80〝シューティングスター〟が配備されているし、ベルP39〝エアラコブラ〟やロッキードP38〝ライトニング〟の性能向上型も配置されている。

また〝グリフォン〟が、カリフォルニア州上空を再び通過するのは、昼間になると予想される。

昼間に、精鋭部隊の攻撃を受ければ、オリビアといえども無事ではすまないはずだ。

「参謀本部には、報告しておかなくてよろしいですか?」

ローズが聞いた。

内陸に、敵機の侵入を許したのだ。ことの重大さを考えれば、参謀本部に報告を入れておくべきではないか、と言いたげだった。

「……以下のように報告せよ」

コルトは、少し考えてから命じた。「敵大型機、カリフォルニア上空に進入。針路九〇度。機数約二〇。敵の目的は偵察と認む」

4

現地における三月五日の夜明けを、第七三一、七三五両航空隊の富嶽は、高度一万メートル上空で迎えた。

前方の星明かりが駆逐され、漆黒《しっこく》の空が紫紺に変わったと見るや、遙か彼方に曙光が覗いた。

光はみるみる左右に広がり、空と大地をくっきりと分かち、北米大陸のごつごつした稜線《りょうせん》を浮かび上がらせた。

地上はまだ闇に包まれており、様子をうかがい知ることはできない。

富嶽のコクピットから陽光を見ることができるのは、一万メートルの高高度にいるからであり、地上にはまだ夜明けは訪れていないのだ。

曙光に向かって、二三機に機数を減じた七三一、七三五空の富嶽は、なお進撃を続けた。

前進するにつれ、地表が明るさを増し、地上の様子もはっきりして来る。

砂礫《されき》が多い、赤茶けた荒野だ。

土地の八割以上が標高一二〇〇メートル以上の高地に属し、その大部分が不毛の土地だ。

ニューメキシコ州の大地が、富嶽の翼の下に広がっていた。

「目的の場所は分かるか、ミスター・ウォール？」

爆撃手席に座ったアルバート・ウォール中佐に、七三一空飛行隊長須藤憲雄中佐は聞いた。

「高度を三〇〇〇まで下げてくれ」

と、ウォールは注文した。「この高度からでは、地上建造物の特徴を確認できない」

「了解《ラジャー》」

「『朱雀』一番より全機へ。高度三〇《サンマル》（三〇〇〇メートル）」

須藤はウォールに英語で返答し、次いで麾下全機に下令した。

須藤の一番機が、真っ先に降下を開始する。

主操縦員大林明大尉が操縦桿を前方に押し込むと、機首が大きく下がり、ニューメキシコの荒野が正面に来る。

編隊はなおも東に進撃しつつ、高度を一万から九〇〇〇、八〇〇〇と下げてゆく。

低空に降りるに従い、大地が大きくせり上がり、地上の様子がはっきりして来る。

人家は見当たらない。茫漠《ぼうばく》たる荒れ地が広がるばかりだ。

(もしや、行き過ぎたか?)

そんな疑問が脳裏をかすめる。

主偵察員の成田栄大尉と爆撃手兼航法員の吉田次郎飛曹長——航法の名人二人をもってしても、攻撃隊を目標に確実に誘導するのは無理だったのか。

(ぐずぐずはできんぞ)

焦慮《しょうりょ》に駆られ、須藤は周囲の空を見渡した。

攻撃隊は一度、敵戦闘機と交戦している。米軍は、二〇機以上の富嶽が内陸深くに進入したことを把握したはずだ。

研究所の発見に手間取れば、敵戦闘機がやってくる。富嶽といえども、三〇〇〇の高度で敵戦闘機に襲われれば、大損害は免《まぬか》れない。

何よりも、敵戦闘機に襲われれば、英国の空挺隊員を降ろすわけにはいかなくなるのだ。

須藤は、成田と吉田を見やった。

二人とも、真剣そのものの表情で、航法のチャートと地上の様子を交互に見つめている。

その二人に声をかけようとしたとき、

「目標発見。右前方だ!」

ウォールの声がコクピットに響いた。出発以来、沈着な態度を崩さなかったウォールだったが、声を弾ませ、歓喜を露わにしていた。

須藤は、右前方に双眼鏡を向けた。

植生が乏しい高原のただ中に、一群の建造物が見える。

さほど広い施設ではない。中規模の工場といったところだ。

建物の規模に比して、煙突の数が異様に多く感じられる。いかにも、特殊な目的のために作られた建造物といった雰囲気を漂わせていた。

「見事な航法だ」

須藤は、成田と吉田に言った。

視界の不自由な夜間、二八〇〇浬という長大な距離を飛び、広大な米国内の一地点に、夜明け直後に攻撃隊を到着させたのだ。

神技とも言うべき能力だった。

「『朱雀』一番より全機へ。目標上空に到達した。右前方に見える建造物だ」

須藤が麾下全機に報せたとき、ウォールが爆撃手席から離れた。

背中には、既に落下傘を背負っており、左肩に英国陸軍の制式小銃であるエンフィールド№4Mk1を提げている。いつでも降下し、戦闘に入れる態勢だ。

「高度を三〇〇まで落としてくれ。すぐにでも降下したい」

「その前にやることがある」

そう言って、須藤は四番機を呼び出した。「『朱雀』一番より四番。偏流《へんりゅう》測定を頼む」

「『朱雀』四番、了解」

四番機の機長田辺《たなべ》慎一郎《しんいちろう》大尉が返答し、四番機が隊列から離れる。

機体を大きく傾け、まっしぐらに目標――米国の原子力研究所に向かってゆく。

低高度域の風向、風速を測定し、空挺隊員が降下後、どの程度の距離を流されるかを調べるのだ。

その報告を元に、空挺隊員ができる限り研究所の近くに降りられるよう、降下地点を決定するつもりだった。

待つことしばし、

「『朱雀』四番より一番。偏流測定完了。誘導します」

「『朱雀』一番より四番。高度〇三《マルサン》(三〇〇メートル)にて誘導せよ」

須藤は田辺に命じ、次いで全機に下令した。

「『朱雀』一番より全機へ。今より、降下を開始する。我に続け」

命じると同時に、空挺隊員を乗せた一七機が、一斉に機体を翻《ひるがえ》した。

須藤の一番機を先頭に、楔形の編隊形を作り、高度三〇〇まで降下し、偏流測定を終えた四番機の後ろに占位する。

「お別れだな、ミスター・スドウ。そして勇敢なクルー諸君。グッドタイミングで、我々をここまで連れて来てくれたことに感謝する」

「ミスター・ウォール……」

須藤は呼びかけた。

何か言うべきなのだが、言葉が出て来なかった。

これが片道攻撃であることは、事前に知らされている。これから死地に向かう人間に、どのような言葉をかければいいというのか。

結局、須藤の口から出たのは、ごく平凡な一言だった。

「幸運《グッドラック》を。そして……神の御加護《ゴッド・ブレス・ユー》のあらんことを」

「ブウンチョキューヲ、イノル」

その一言が、ウォールから返された。

発音はおかしかったが、紛《まぎ》れもない日本語だ。別れに際して言おうと、その一言だけは憶えたのかもしれない。

コクピット内の全員が、持ち場についたまま、ウォールに敬礼を送った。

ウォールは答礼を返し、後部キャビンに移った。ほどなく左のバックミラーに、空中に躍り出してゆく空挺隊員たちの姿が映り始めた。

5

地上に着くまでの時間は、ごく短かった。

落下傘が開き、全身に衝撃が走ったと感じてから一分と経たぬうちに、アルバート・ウォールの足は、一ヶ月前に一度立ち去ったアメリカ合衆国の大地を踏みしめていた。

素早く落下傘を切り離し、行動の自由を取り戻す。周囲には、次々と空挺隊員が着地、落下傘を切り離している。

北アフリカで勇名を馳《は》せたイギリス第六空挺師団より、特に選抜された精兵たちだ。チュニジアのチュニスを巡る攻防戦での働きは特に名高く、後退を図るアメリカ軍の退路を断ち、同地にあったアメリカ全軍が降伏するきっかけを作っている。

地上からの銃火はない。

精強を持って鳴る空挺部隊といえども、降下中を狙い撃たれてはひとたまりもないが、ロス・アラモスの研究所から、空中に向けて噴き延びる火箭はない。

職員も、警備兵も、状況を理解していないはずはないが、研究所は沈黙を保っている。

空挺部隊指揮官ロベルト・ブルース中佐が、右腕を高く差し上げた。

乾いた発射音が響き、空中に白煙が翔け上がった。

信号ピストルで、集合位置を示したのだ。

富嶽一機の墜落により、二五五名に減少した空挺隊員は、全員が着地している。三〇〇メートルという低い高度から降下したことや、風があまり強くなかったこともあって、さほど広範囲には散らばっていない。

次々と、ブルースとウォールの周囲に集まってくる。

上空では、富嶽の爆音が遠ざかりつつある。

巨大な機影は、夜が明けて間もないニューメキシコの空へと上昇してゆく。

「行くぞ！」

部下の集結を待って、ブルースは右手を大きく打ち振り、研究所を指した。

小銃を手にした空挺隊員二五五名と共に、ウォールは駆け出した。

降下位置から研究所までは、約一〇〇〇メートル。鍛え抜いた空挺隊員であれば、重い装備を着けていても、数分で走破できる距離だ。

砂塵を舞い上げ、靴音を響かせながら、ニューメキシコの荒野を疾駆する。

研究所は、未だに沈黙を保っている。正面ゲートの周囲には、警備兵の姿さえ見えない。

ウォールの調べによれば、警備兵の武器は、拳銃と短機関銃程度だ。

物陰に隠れて、至近距離の射撃戦を挑むつもりなのかもしれない。

(構内に突入したら、慎重に動かねばなるまい)

そう思いつつ、ウォールは空挺隊員と共に、荒れ地を走り続けた。

ゲートまで約五〇〇メートルと迫ったとき、研究所の中に動きが生じた。

黒い影が動いている。ごつごつと角張った、巨大な影だ。

「止まれ！　全員、その場に伏せろ！」

異変に気づいたのだろう、ブルースが鋭い声で命じた。

全員が命令に従い、大地の上に身体を投げ出した。

黒い影は、正面ゲートに近づいてくる。

ゲートが開けられ、研究所の外に出てくる。

猛々しいエンジン音と履帯の音が、空挺隊員たちの耳にも聞こえる。

「まさか、そんな……」

ウォールは信じられない思いで、それを見た。

M22〝スコフィールド〟。北アフリカ戦線の後半戦で姿を見せた、アメリカ軍の重戦車だ。

こんなものが、こんなところにいるはずがない。

こんなところに、いてはならない。

だがM22の出現は、紛れもない現実だ。

自分がアメリカから脱出した後で配置されたのか。

原爆開発の秘密を同盟に摑まれたと知ったアメリカ政府が、研究所の防衛用に配置したのか。

「〝ローズ〟と〝リリー〟は敵戦車の側面に回れ。〝ローズ〟は右、〝リリー〟は左だ。他班は、〝ローズ〟と〝リリー〟を援護せよ」

ウォールを尻目に、ブルースがよく通る声で指示を下している。

〝ローズ〟は第三班、〝リリー〟は第四班の呼び出し符丁だ。

命令を受けた兵士たちが姿勢を低くし、左右に駆け出す。

他の班は伏せ撃ちの態勢を整え、あるいは三インチ迫撃砲の発射準備にとりかかる。

迫撃砲で発煙弾を撃ち込んで、敵戦車や随伴歩兵の視界を奪い、第三、四班の近接攻撃を支援しようというのだ。

「貴官は下がれ、アル」

ブルースが、ウォールに指示を下した。「戦車は、我々に任せろ」

「……分かった」

ウォールは地面に伏せた姿勢のまま、後退した。

その間にも、敵戦車はエンジン音、履帯音を響かせ、巨体を揺すりながら、距離を詰めてくる。

しかも、数は一輛だけではない。三輛の後続車輛が見え、その後方には、随伴歩兵の姿も見える。

M22が、動きを止める。

先頭車輛の角張った砲塔が、ゆっくりと左に旋回する。後続車輛も、一輛が砲塔を左へ、二輛が右へ、それぞれ旋回させる様が見える。

第三、四班の兵員が突っ伏すのと、M22の砲口に発射炎が閃くのが、ほとんど同時だった。

二秒近い間を置いて砲声が届き、次いで第三、四班の兵士たちの姿が、弾着の爆煙に隠れた。

爆煙が晴れたときには、第三、第四班の兵士たちは、立ち上がって駆け出している。第一射では、被害は出なかったようだ。

（頑張れ！）

ウォールは、心中で彼らに声援を送った。

第三、四班は、ドイツ製の歩兵用対戦車兵器〝パンツァーファウスト〟を装備している。敵戦車に近接できれば、撃破は可能だ。

M22の砲塔が再び旋回し、第三、四班の兵士たちに狙いを定めた。

このときになって、三インチ迫撃砲が砲撃を開始した。

鋭い音と共に、砲口から白煙が湧き出し、発煙弾が放物線軌道を描いて宙を飛んだ。

それが落下するより早く、四輛のM22が、砲口に新たな発射炎を閃かせた。

弾着と同時に、第三、四班の兵が数名、絶叫を上げて仰《の》け反《ぞ》った。

大地に倒れ伏し、そのまま動かなくなる。

僅かに遅れて、発煙弾が落下し、M22の周囲に多量の白煙を噴出させた。

再びエンジン音が高まり、履帯音が響く。

立ちこめる白煙をかき分けるようにして、M22が魁偉《かいい》な姿を現した。

その砲口は、左右に展開した第三、四班ではなく、正面で援護に当たる空挺隊員たちを向いている。

（駄目だ……！）

ウォールは呻いた。

重苦しい絶望感に、激しく喘《あえ》いだ。

M22の面前に、新たな発煙弾が落下し、白煙が巨体を隠した。直後、白煙の向こうに新たな発射炎が閃き、爆風が煙幕を吹き飛ばした。


地上の異変に最初に気づいたのは、七三一空第三小隊の四番機だった。

「機長、戦車です！」

尾部銃座を守る野村利親一飛曹の報告が、コクピットに飛び込んだ。「数は四輛。英軍部隊に向かっています！」

「『朱雀』一二番、英軍の援護に向かいます！」

　機長兼主操縦員三咲義郎中尉は瞬時に決断し、第三小隊長機に報告を送った。

　同時に操縦桿を大きく倒し、反転した。

「待て、三咲！」

　富嶽の巨体が大きく旋回し、僚機が右に流れる中、第三小隊長岡林《おかばやし》周平《しゅうへい》大尉の声がレシーバーに飛び込んだが、三咲は耳を貸す気はなかった。

　作戦の目的や、ロス・アラモスに降下した英軍の装備については、事前に詳しく説明を受けている。英軍の空挺部隊は精鋭ではあるが、歩兵であり、戦車が出現したら対抗は難しいことも。

　状況は、一分一秒を争うのだ。

　一旦視界の外に消えた研究所が、再び視界に入る。距離があるため、戦車や歩兵をはっきり見分けることはできないが、さかんに土煙が上がり、白煙が立ちこめていることは分かる。

　降下した英軍の空挺部隊は、正面ゲートの手前で足止めされ、前進できないようだ。

「機長より総員へ。敵戦車の真上から、機銃を掃射する」

　三咲は、全員に伝えた。「下方に向けて射撃可能な機銃は、全て発射。ただし、英軍を巻き込まぬよう厳重に注意せよ」

「機首、了解」

「下一番、了解」

「下二番、了解」

　各機銃座から、次々と応答が返される。

　その間にも富嶽は高度を下げ、地上の戦場に急行している。

　地上の敵に二〇ミリ機銃で有効な打撃を与えるには、相当な低空まで降りねばならない。富嶽のような巨人機で超低空飛行を行うのは、危険を通り越して自殺行為に近い。

　だが、作戦が危機に瀕していると分かった以上、見過ごすわけにはいかない。

三〇〇〇メートルを示していた高度計の針が、二五〇〇、二〇〇〇、一五〇〇と回ってゆく。

高度が下がるにつれ、地上が大きくせり上がり、戦場の様子も明確になり始める。

野村が報告したとおり、敵戦車とおぼしき黒い角張った車輛が、砂塵を舞い上げながら前進している。その後方に、敵の歩兵らしき人影も見える。

時折戦車が停止し、真っ赤な発射炎が閃く。

弾着の閃光と共に、多量の土煙が上がる。

英軍は後退しつつ、発煙弾を撃ち込み、敵戦車の砲撃を妨害しているが、防戦一方のようだ。

「今、行くぞ！」

そう叫びつつ、三咲は富嶽の巨体を操り、旋回しつつ高度を下げた。

高度計の針が一〇〇〇を切ったところで、機首を僅かに引き起こし、降下速度を緩める。

ここから先は、針の穴に糸を通すような、慎重な操縦が必要だ。操縦桿の僅かな操作ミスが、機体を地上に激突させる。

高度が八〇〇、七〇〇と下がり、五〇〇を切る。

ここまで下がっても、なお三咲は降下を止めない。ほとんど、砂礫の大地に強行着陸しようとするかのようだ。

高度計の針が一〇〇を指したところで、三咲はようやく機体を水平に戻した。

ほとんど、地面に貼り付かんばかりの低高度だ。大地が、手を伸ばせば届きそうなほど近くに感じられる。砂礫の散らばる荒野が、急流を思わせる勢いで、後方へと吹っ飛んでゆく。

低空に降りたため、気流が非常に不安定だ。全備重量六八トンの巨体が揺さぶられ、ともすれば右、または左に、大きく傾きそうになる。

だが三咲の操縦技術は、機体のふらつきを押さえ込んだ。

高度一〇〇メートルの低空で、機体を水平に保ちながら、敵戦車に機首を向けた。

富嶽のような巨人機が、超低空飛行で攻撃してくるとは思っていなかったのだろう、戦車の後方にいた歩兵が、算を乱して逃げ散る。

戦車の周囲には、濛々《もうもう》と砂塵が舞い上がっている。信地旋回をかけ、車体正面を富嶽に向けているようだ。

四輌の敵戦車との距離が、みるみる詰まる。角張った車体や砲塔、そして仰角をかけている砲身までもが、はっきりと見極められる。

全長四八・二メートル、最大幅五八・五メートルの巨体が、六基のエンジンを轟かせ、地上に颶風《ぐふう》を巻き起こし、敵戦車の真正面から突進する。

突然敵戦車の砲口に、発射炎が閃いた。敵戦車は、富嶽を狙い撃ったのだ。

三咲が大きく両眼を見開いた直後、何かが高速で機体の左脇を通過した。衝撃波をまともに浴びた機体が左に傾き、不気味な音と共に、コクピットの風防ガラスに亀裂が走った。

左に傾いた富嶽の高度が下がる。左の翼端が、今にも地面に接触しそうになる。

三咲は操縦桿を右に倒し、フットバーを踏み込む。左に大きく傾いた富嶽が、辛うじて姿勢を建て直し、水平飛行に戻る。

機体の姿勢を戻したときには、富嶽は敵戦車の上空を通過してしまっている。

「くそ、やり直しか！」

三咲が舌打ちしたとき、

「味方機、本機の後方に続きます！」

尾部銃座の野村一飛曹が、弾んだ声で報告した。

三咲は、バックミラーを覗いた。

野村が報告したとおり、数機の富嶽が三咲機に後続していた。


アルバート・ウォール中佐は地面に伏せたまま、

息を呑んで富嶽の動きを見つめた。

最初の一機は、M22の砲撃によって姿勢を大きく崩され、射撃の機会を逸したが、後方には更に五機が続いている。

どの機体も、地上一〇〇メートル前後の低空に舞い降り、地上に土埃《つちぼこり》を舞い上げ、M22の真正面から突進する。

富嶽に対し、M22が九〇ミリ戦車砲を向ける。

砲口に、発射炎が閃く。一拍置いて、ウォールの耳に砲声が届く。数百メートルの距離を隔てていても、耳の奥に異物をねじ込まれるようだ。

五機の先頭を飛ぶ富嶽の機首から、陽光を反射してきらきら光るものが飛び散った。

次の瞬間、富嶽の機首は何かに激突したかのように潰れた。赤黒い爆煙が湧き立ち、粉砕された機首から主翼の付け根付近までを包み込んだ。

M22の九〇ミリ砲弾は、機首のコクピットを直撃したのだ。

情報によれば、M22の九〇ミリ戦車砲弾は、秒速九〇〇メートル以上の初速を持つ。その威力は、北アフリカ戦線で、イギリスのMk6巡航戦車〝クルセーダー〟、Mk8巡航戦車〝クロムウェル〟、ドイツの三号、四号戦車、フランス、イタリアが装備するロシア製T34中戦車を相手に実証済みだ。

しかも今回の場合は、砲弾のスピードに、富嶽自身の速力がプラスされ、一層貫徹力を高める。

富嶽がB29に匹敵する頑丈な機体だと言っても、所詮は航空機に過ぎない。最大七〇ミリに達するクロムウェルの正面装甲鈑を容易《たやす》くぶち抜く九〇ミリ砲弾に耐えられる道理がなかった。

機首機銃座とコクピットを破壊された富嶽は、炎の尾を引きずりながらなお数百メートルを飛行したが、そこで力尽きた。

滑り込むようにして大地に激突し、無数の破片が飛び散った。巨大な火焔がそそり立ち、おどろおどろしい轟音が大気と大地を揺るがした。

富嶽が墜落したときには、他の三輛のM22も射弾を放っている。

今度は、富嶽の方が早かった。

M22の砲口に発射炎が閃いたときには、機首を大きく上向け、上昇に転じていた。

三発の戦車砲弾は、富嶽を捉えるには至らない。一発が至近を通過し、富嶽を僅かにぐらつかせたものの、機体が火を噴くことはない。

九〇ミリ砲弾は大気だけを空《むな》しく貫き、彼方へと飛んでゆく。戦車砲弾をかわした富嶽は、風を捲《ま》いてM22の頭上を通過する。

M22にできたのは、そこまでだった。

M22の砲口に新たな発射炎が閃くより速く、残った三機の富嶽が距離を詰め、機首から火箭をほとばしらせた。

地上に線状の土煙が上がり、その先端がM22に達するや、車体や砲塔の正面に火花が散る。

火箭は車体、砲塔の正面から上面にかけて、カメレオンの舌のように舐め、次いで車体後部を襲う。

火を噴くのは、機首の機銃座だけではない。胴体下面の三箇所にも発射炎が閃き、火箭が噴き延びる。

多数の火箭が、M22の前上方から、更には頭上から、真っ赤な驟雨《しゅうう》のように降り注ぎ、角張った車体の上に無数の火花を散らせる。

胴体下面の三箇所から、二〇ミリ弾の太い火箭を真下に向けて撃ちながら、富嶽の巨体がM22の頭上を轟々と飛び抜ける。

巨体が舞い上げる砂塵は、ウォールや空挺隊員のところにまで飛んでくる。ともすれば、風圧で吹き飛ばされてしまいそうな気がする。

一機目の富嶽が通過したとき、M22の一輛が砲塔上面と車体後部から火焰を噴き上げ、みるみる車体全体が炎に包まれた。

頭上から襲った二〇ミリ弾が、正面に比べて薄い上面の装甲鈑やエンジン・グリルを貫通し、砲弾に誘爆を起こさせると同時に、燃料の引火爆発を引き起こしたのだ。

富嶽の銃撃は連続する。

M22の正面上方から、二〇ミリ弾の火箭を吐き出しながら突進し、そのまま頭上を通過する。

富嶽の標的は、M22に留まらない。

胴体側面の機銃座からも二〇ミリ弾を発射し、右往左往するアメリカ軍歩兵を薙《な》ぎ倒してゆく。

真上から無数の二〇ミリ弾を浴びたM22が、一輛、また一輛と炎に包まれ、アメリカ軍の歩兵が血飛沫を上げ、短い絶鳴を残して倒れ伏す。

富嶽の攻撃は、さらに連続する。

胴体側面の銃座から、研究所のフェンスや正面ゲート、送電線に二〇ミリ弾が撃ち込まれる。

暴風を浴びたかのように、フェンスの金網や鉄製のゲートがちぎれ飛ぶ。

引きちぎられた送電線が、激しく火花を散らせながら空中をのたうつ。

火弾を叩き込まれた変圧器が、鈍い音を発して炎に包まれる。

銃撃を終えた富嶽が上昇に移ったとき、四輛のM22は炎上する鉄の塊と化しており、アメリカ軍の歩兵に、立っている者は一人もいなかった。

研究所の正面ゲートとその周りのフェンスは、大きく引きちぎられている。

日本軍は、イギリス空挺部隊のため、被撃墜機や損傷機まで出しながら、敵の戦車と歩兵を一掃し、研究所への進入路まで開いてくれたのだ。

しかしウォールも、敵戦車との戦闘に生き残った空挺隊員も、すぐには動き出せなかった。

巨大な機体が巻き起こす強風に吹き飛ばされぬよう、地上に伏せているしかなかったのだ。

その彼らの耳に、富嶽のものとは異なるエンジン音が聞こえてきた。

空を見上げたウォールの眼に、一群の機影が接近してくる様が見えた。

「いかん、敵機だ！」

ウォールは叫んだ。

エルパソ航空基地からの応援部隊が、姿を現したのだ。

「全員、研究所に向かって走れ！」

ブルースが、迫る敵機の爆音に負けじとばかりの大声で叫んだ。「構内に飛び込んで、敵機から逃れるんだ。急げ！」


富嶽の搭乗員は、英国空挺部隊の隊員たちよりも早く、敵機の接近に気づいていた。

「逃げ出すわけにはいかんな」

尾部銃座の野村一飛曹が「右後方、敵機」の報告を送ったとき、三咲義郎中尉は、軽く唇を舐めた。

自分たちが避退すれば、英軍の空挺部隊は敵戦闘機の銃火にさらされる。

今しばらく低空に踏みとどまり、英軍のための楯《たて》になると決めた。


「『朱雀』一二番、現高度に留まります」

三咲は、第三小隊長機に報告を送った。

指示は、第三小隊長の岡林大尉ではなく、攻撃隊総指揮官の須藤中佐から送られた。

「『朱雀』一二番、研究所の周囲を、左回りに旋回しろ」

「『朱雀』一二番、研究所の周囲を左回りに旋回します」

命令を復唱し、三咲は操縦桿を左に倒した。

機体が左に傾き、緩やかな角度で、左旋回を開始した。

須藤中佐が左旋回の命令を出した理由は、すぐに判明した。

左前方や左正横にも、富嶽の姿が見える。三咲機と同じように、左に旋回している。

英軍の支援に舞い降りた富嶽乙型六機のうち、生き残った五機が環を作り、研究所の周囲を旋回しているのだ。

敵戦闘機が地上を掃射する構えを見せたら、胴体上面三基の二〇ミリ連装機銃と胴体右側面三基の二〇ミリ単装機銃で、銃撃を浴びせる構えだった。

敵戦闘機が、猛速で肉迫してきた。

胴体上面と右側面の機銃座が射撃を開始したのだろう、後方から二〇ミリ機銃の連射音が響く。

敵弾が命中したのか、金属的な異音が響き、富嶽乙型の巨体が僅かに震える。

一連射を浴びせた敵戦闘機が、富嶽の頭上を、あるいは前方を、猛速で飛び抜ける。

機首から射弾が放たれるが、これは敵機を捉えるには至らない。二〇ミリ弾は、弓なりの弾道を描いて、空しく地上に落下する。

前方をよぎった敵機は、三咲にも見覚えのある機体だった。

液冷エンジン機らしからぬ、太い、挑みかかるような機首。低翼配置の主翼。ファストバック式のコクピット。

カーチスP40〝ウォーホーク〟だ。

開戦時、フィリピンに多数が配置されていたが、日本軍がフィリピンの制空権を奪取してからは、前線に姿を見せていない。欧州では、英国やドイツの新鋭戦闘機には歯が立たないと判断されたのか、最初から登場しなかった機体だ。

前線から姿を消して久しい旧式機だが、ニューメキシコ州のような内陸では、敵と交戦する機会がないと判断され、この機体が配置されていたのだろう。

富嶽の性能をもってすれば、振り切ることは難しくない。

だが今、富嶽は英軍空挺部隊の楯を引き受けている。英軍が研究所内に突入するまで、何があっても現空域で踏ん張り続けねばならない。

新たなP40が二機、右前方から向かってくる。

機首と胴体上面の機銃座が火を噴き、二〇ミリの射弾を浴びせる。

火箭は辛くもP40一機を捉え、火を噴かせるが、残りの一機は速力を緩めることなく突っ込んでくる。

両翼に発射炎が閃いた――と見えた直後、コクピットの後方に、金属的な衝撃音が響く。敵弾は、胴体上面を抉ったのだ。

一連射を浴びせたP40は、富嶽の頭上で機首を引き起こし、上昇しつつ右後方へと抜ける。

胴体上面の旋回機銃と胴体右側面の機銃も、離脱を図るP40の後方から射弾を浴びせるが、二〇ミリ弾は敵機を捉えるには至らない。

新たな敵機は、間髪入れずに襲いかかる。左正横から三機のP40が、横一線に並んで突進してくる。

三咲機は、俄然《がぜん》これに応戦する。

胴体上面六丁、左側面三丁、合計九丁の二〇ミリ機銃が唸り、太い火箭を吐き出す。六名の射手は、銃身を右に、左にと振り回し、真っ赤な曳痕の連なりが、鞭のように宙をしなう。

P40一機の機首や主翼に、多数の曳痕がまつわりついたように見えたが、そのP40は火を噴かない。

他の二機と共に、速力を落とすことなく、富嶽に肉迫してくる。

三機のP40が、ほとんど同時に、主翼に発射炎を閃かせる。

二〇ミリ機銃のそれより心持ち細い火箭が多数、富嶽の巨体の真横から、一斉に襲いかかってくる。

小太鼓を連打する勢いで、多数の衝撃音が響いた。全長四八・二メートル、最大幅五八・五メートルの巨体が、痙攣《けいれん》するように震えた。多数の命中弾を受け、複数箇所を抉られた機体が、苦悶《くもん》しているかのようだった。

富嶽に一連射を浴びせたP40が、爆音を轟かせ、左方へと飛び抜ける。

左側面の機銃座が銃撃を浴びせるが、P40は素早く機首を引き起こし、二〇ミリ弾に空を切らせる。目標を捉え損ねた射弾は、下向きのカーブを描き、空しく地上に落下する。

「右一番損傷！　射手は戦死の模様！」

「右三番損傷！」

機体後部から、被害状況報告が届く。

右側面を守っていた二〇ミリ機銃三丁のうち、二丁が使用不能になったのだ。

「発動機に異常なし。油温、油圧とも正常！」

搭乗整備員の内山寛次郎《うちやまかんじろう》上等整備兵曹が報告を送ってくる。

今のところ、エンジンへの被弾はない。被害は、胴体の装甲鈑や機銃座に留まっている。

だが、銃撃を繰り返し受ければ、いずれエンジンや燃料タンクに、致命的な一撃を浴びることになる。

「まだか、英軍……？」

副操縦員を務める新井誠二《あらいせいじ》中尉が、焦慮を露わにした声を漏らした。旧式機になぶられるのは我慢ならん――そんな感情が見て取れた。

「焦るな」

と、三咲は言った。「大丈夫だ。富嶽の装甲鈑なら、耐えられる」

その声に、

「『朱雀』八番、火災！」

機首機銃座射手の斉藤飛曹長の悲痛な声が重なった。

三咲は顔を上げ、前方を飛ぶ「朱雀」八番――第二小隊四番機を見た。

左主翼の二番エンジンから黒煙がなびき、右主翼の六番エンジンからは、炎が噴出している。六番エンジンは、自動消火装置を損傷したのか、火災が拡大しつつある。

エンジン二基を損傷し、速力が衰えた二小隊四番機に、四機のＰ40が後方から食らい付く。

胴体上面の機銃座は、既に破壊されているのか、沈黙している。尾部の二〇ミリ連装機銃座だけが火箭を吐き出し、懸命の抵抗を試みる。

だが、四機の敵戦闘機に対し、指向可能な機銃座が一基だけでは、勝負は目に見えていた。

Ｐ40四機が、両翼一杯に発射炎を閃かせ、火箭を吐き出しながら、続けざまに二小隊四番機の真上をよぎる。

一二・七ミリ弾の細い火箭が、胴体に、主翼に、尾翼に、続けざまに突き刺さり、抉られた機体から、ジュラルミンの破片が飛び散ってゆく。

最後まで抵抗を続けていた尾部銃座が沈黙し、左翼の三番エンジン、右翼の四番エンジンが黒煙を噴出させる。

エンジン六基のうち、四基を破壊された二小隊四番機は、力尽きたように機首を下げる。

機首を、研究所員の宿舎とおぼしき建造物に向け、滑り込むようにして激突する。

全長四八・二メートル、最大幅五八・五メートル、全備重量六八トンの巨大な機体に体当たりを受けた建造物は、ひとたまりもなく粉砕され、巨大な火焰が奔騰する。

炎の中に、多数の人影が舞い上げられる様が見えたような気がする。


それ以上、地上の様子を観察している余裕はない。

新たなP40が三機、左前方から向かってくる。

機首二丁、胴体上面三基六丁の二〇ミリ機銃が、P40と渡り合う。

機首から二条の火箭が噴き延び、コクピットの上方を、旋回機銃座から放たれたおびただしい曳痕が通過する。

P40一機が、乱射される二〇ミリ弾に捉えられる。機首に赤い曳痕がまつわりつき、熱病の斑点のように機体を彩る。

エンジンに被弾したP40は、黒煙の尾を引き、空中をのたうちながら、視界の外に消える。

残った二機は、両翼に発射炎を閃かせ、正面から向かってくる。

コクピットへの直撃か――と思いきや、火箭は上方へと逸れ、後方から敵弾命中の衝撃音が伝わった。

P40が富嶽の機首をかすめ、風を捲いて飛び去った直後、

「上二番、被弾！」

「上三番、被弾！」

被害状況報告が飛び込んだ。

今度は、胴体上面の機銃座二基を破壊されたのだ。

エンジンや操縦系統に異常はなく、飛ぶだけなら可能だが、富嶽は次第に牙を失ってゆく。

「『朱雀』一番より乙型各機！」

不意に、須藤の声がレシーバーに飛び込んだ。「英軍空挺部隊は、研究所内への突入に成功した。高度一二〇《ヒトフタマル》（一万二〇〇〇メートル）に上昇せよ」

「『朱雀』二番、了解！」

三咲は大声で返答し、操縦桿を手前に引いた。

富嶽の機首が上向き、上昇を開始する直前、三咲は研究所を一瞥《いちべつ》した。英軍の空挺部隊員の姿が見える道理はないが、最後に視線を投げかけないではいられなかった。

Ｐ40が、なおも向かってくる。上昇する三咲機の正面から、三機が急降下をかけてくる。

逃がしてたまるか――そんな気迫が、敵機の動きから感じられた。

三咲機の機首から、二〇ミリ機銃の火箭二条がほとばしり、ただ一基残された胴体上面の機銃座も火を噴く。胴体下面の機銃座三基のうち、正面に指向可能な一〇番機銃座も、二〇ミリ弾を吐き出す。

Ｐ40も、両翼に発射炎を閃かせる。

富嶽が放った六条の火箭と、Ｐ40が発射した一〇条以上の火箭が交錯する。

何発かが命中したらしく、異音が響いた。機体が僅かに傾いた。

Ｐ40三機のうち、二機が三咲機の左に、一機が右に分かれ、後方へと飛び抜けた。

直後、左右のバックミラーに赤い炎が踊った。紛れもなく、左右に飛び抜けたＰ40が発した炎だった。

「右二番、一機撃墜！」

「左一番、一機撃墜！」

後部から、弾んだ声で報告が届いた。

何が起きたのか、三咲は瞬時に理解した。

胴体側面の二〇ミリ機銃座が、真横に向けて発射し、P40の面前に火箭を突き出したのだ。

三咲機の左右を飛び抜けようとしたP40は、自ら二〇ミリ弾の中に飛び込む格好になり、ひとたまりもなく粉砕されたのだった。

「三番エンジン被弾。圧力低下！」

内山の報告が響いた。

三咲は舌打ちし、唇を噛みしめた。

何よりも恐れていたことが起きた。エンジン一基が損傷したのだ。

致命傷ではないが、ハワイへの帰投に黄信号が灯ったことになる。

幸い、新たなP40の攻撃はなかった。

三咲機と共に、英軍の楯となった三機の富嶽も、遅れることなく上昇してくる。

上空では、通常型の富嶽が緊密な編隊を組み、乙型四機の合流を待っている。

その周囲にP40の姿が見えるが、富嶽を墜とすのは至難と見たのか、引き上げつつある。乙型四機が英軍の空挺部隊を支援している間、通常型の富嶽もまた戦っていたのだ。

「まだ、終わりじゃない」

三咲は呟いた。

今しばらく現空域に留まり、作戦の成否を見届けねばならない。その後は、ハワイまでの長い帰路が待っている。

空挺部隊の降下と援護という第一の目的がほぼ終了した今、今度は一機でも多くの富嶽が帰還できるよう、全力を振り絞らねばならない。

三咲は、今一度研究所を見やった。

建物の中で火災が起きているのか、数条の黒煙が立ち上っている。

現在の時刻は二二時四三分（現地時間午前六時四三分）。英軍の空挺部隊が降下してから、まだ三〇分そこそこしか経っていない。

作戦の成功を告げる報告は、まだ入電しなかった。

6

緊急の呼び出しを受けた大統領特別顧問官兼連邦《U》戦略研究機関《SSL》所長アドルフ・ヒトラーがホワイトハウスに到着したとき、時刻は午前九時を回っていた。陸軍参謀総長ジョージ・マーシャル大将から状況を聞かされるや、ヒトラーは棒立ちとなった。

「そんな馬鹿な……あり得ない……」

その言葉だけが、半開きになった口から漏れた。

リンドバーグ大統領の傍らに寄り添い、統合参謀本部の居並ぶ軍高官たちと向き合うとき、ヒトラーが感情を露わにすることはほとんどない。

同盟諸国に対して、侮蔑《ぶべつ》するような薄笑いを浮かべることはあっても、動揺したり、弱気を見せたりすることは、開戦以来一度もない。

そのヒトラーが、呆然とした表情を浮かべ、その場に立ち尽くしていた。

「状況はどうなのです？　製造中の原子爆弾は？　技術資料は？　マンハッタン計画のスタッフは？」

「不明だ」

ヒトラーの問いに、マーシャルは答えた。「ロス・アラモスの原子力研究所は、現在、全ての通信が途絶している。研究所の守備隊も、状況は同じだ。エルパソの航空基地から救援に駆けつけた戦闘機隊は、研究所から火の手が上がった旨を報告しているが、詳細は分からない。目下、ニューメキシコの州兵部隊がロス・アラモスに急行している。彼らが到着すれば、詳細が判明すると思う」

ロス・アラモスが攻撃を受けたという事実が、ヒトラーには信じられなかった。

合衆国国内の防諜態勢は、USSL最高幹部の一人であるヴィルヘルム・カナリスのチームが連邦捜《FB》査局《I》と協同して作り上げたもので、極めて強固だ。

わけてもマンハッタン計画の秘匿《ひとく》には、原子力研究所の所在地を含めて厳重な注意が払われ、大統領と一部の側近、統合参謀本部のメンバー以外には知られないように努力を払ってきた。

にもかかわらず同盟軍は、合衆国の内陸深く進入し、研究所を襲撃してきたのだ。

「統合参謀本部のメンバーや大統領閣下の側近が機密を漏らすとは考え難い」

統合参謀本部議長ウィリアム・レーヒ元帥が言った。「研究チームの誰かから、漏洩した可能性も考えられる。いずれにしても、情報が漏洩したルートについては、徹底した解明が必要だろう」

「サンタフェの州兵部隊には、敵の指揮官は殺さず、捕虜にするよう伝えてあります」

マーシャルが言った。「指揮官を尋問すれば、情報が漏洩した原因やルートを、ある程度特定できるでしょう」

「ロス・アラモスを襲撃してきたのは、地上部隊なのですか?」

ヒトラーはマーシャルの言葉を聞きとがめ、質問した。

ヒトラーの役割は、合衆国が採《と》るべき国家戦略について大統領に助言することであり、戦術レベルの話は管轄外だ。

だが、今回の場合は例外だ。襲撃された場所が場所であるだけに、あらゆることを知っておく必要がある。

「イギリス軍の空挺部隊らしい。本日未明、カリフォルニア上空に侵入した日本軍の大型機が、カリフォルニア州兵航空隊と交戦した後、そのまま内陸に向かい、ロス・アラモスの研究所上空で、空挺部隊を降下させたようだ」

「貴官が言われる通りなら、重大な責任問題ですぞ」

ヒトラーは、マーシャルを睨《ね》め付けた。「何故、敵機の侵入を許したのです? 仮に敵機の侵入を許したとしても、統合参謀本部が状況を早期に把握していれば——」

「私も、貴官がここに来る直前に報告を受けたのだ、ミスター・ヒトラー」

マーシャルは言った。「西海岸の防空を担当するのは第二四航空《24AF》軍だが、彼らは敵機が少数機であったことから、任務を偵察であると判断したのだ。報告を受けた参謀本部のスタッフは、優先順位を低く見積もってしまったらしい」

「24AFは、敵機を本土の手前で迎撃できなかったのですか？　カリフォルニア州は、合衆国の西岸三州の中で、最も重要度が高いはず。その州の防空態勢が、それほど貧弱なものだとは考えられません」

「敵機は、北緯三六度線に沿って侵入してきた。サンフランシスコとロサンゼルスの中間だ。カリフォルニア州の防空態勢は、サンフランシスコとロサンゼルス、及び太平洋艦隊司令部があるサンディエゴを重視していたため、他の地域は比較的手薄になっている。その隙《すき》を、衝かれたんだ」

ヒトラーは、合衆国の地図を睨んだ。

確かにマーシャルが言った通りだ。敵機の進入経路は、大都市や重要な軍事基地を避けつつ、ロス・アラモスに直行する空路となっている。

敵は、合衆国の監視の眼をかいくぐり、原子力研究所に接近するのに、最適な飛行経路を選んだのだ。

「ロス・アラモスに空挺部隊を降下させた後、日本軍の重爆撃機はどうなったのです？」

「空挺部隊を支援するため、しばらく現地上空に留まっていたが、現在はロス・アラモスから離れ、西に向かっているそうだ。往路と同様、北緯三六度線に沿って飛び、我が本土上空から脱出するつもりだろう」

「逃がしてはなりませんぞ、絶対に」

ヒトラーは、強い語調でマーシャルに迫った。「一機たりとも逃がすなと、24AFに厳命して下さい。彼らには、日本機の侵入を看過した責任があります。その責任は、敵を殲滅《せんめつ》することによってのみ果たされます」

　原子爆弾は合衆国にとり、対同盟戦争の最終兵器だ。

　いや、対同盟戦争だけではない。この戦争に合衆国が勝利を収めた後、合衆国の力を利用して、世界に新しい秩序を打ち立てるためにも、なくてはならない武器だ。

　その原子爆弾に手を出した日本軍は、絶対に許せない。一機一兵たりとも、逃がすべきではなかった。

「ミスター・ヒトラー」

　マーシャルの声と表情が険しくなった。「敵機の撃滅については、既に24ＡＦに指示を出している。彼らは、任務に全力を尽くすだろう。しかし、貴官には、軍の作戦に介入する権限はないはずだ。管轄外のことに口を出すのは止めて貰いたい」

「私の考えもアドルフと同じだ、ミスター・マーシャル」

　黙って幕僚たちのやりとりを聞いていたリンドバーグが口を挟んだ。「合衆国の領空、それも内陸深くに踏み込んだ敵機を取り逃がしたとあっては、陸海軍航空隊の威信は地に落ちる。合衆国は、本土上空への敵機侵入は絶対に許さぬこと、万一許してしまった場合には、確実に殲滅することを、内外に証明する必要があろう」

「……分かりました。24ＡＦに、大統領閣下のお言葉を伝えます」

　マーシャルは、リンドバーグにのみ一礼した。

　ヒトラーの言葉ではない。あくまで大統領の言葉だから従うのだ――との態度を、明確に見せつけていた。

「ところで、ミスター・ニミッツはどうされましたか？」

　ヒトラーは、海軍作戦本部長チェスター・ニミッツ大将の姿がないことに気づいてレーヒに聞いた。

　ニミッツもまた、統合参謀本部の一員だ。マンハッタン計画のことも知っている。また、カリフォルニアの防空には、陸軍航空隊だけではなく、海軍航空隊にも責任があったはずだ。

これほどの重大事態に際し、海軍の最高責任者が姿を見せないのは解せない。

「ニミッツは、到着が少し遅れるそうだ。別件で、緊急事態が発生したのでな」

レーヒが答えた。「カリフォルニア沖に、日本軍の有力な艦隊が出現した。目的は不明だが、ロス・アラモス攻撃に連動して、サンディエゴを攻撃するのが目的ではないかと、太平洋艦隊司令部は考えている。迎撃作戦について、太平洋艦隊司令部との協議が終わり次第、ホワイトハウスに駆けつけると、ニミッツから連絡があった」

7

「逆探、感有り。波長一五〇センチ」

第七三一航空隊一番機の機内に、主電信員森脇隆信中尉の声が響いた。

「了解」

とのみ返答し、七三一空飛行隊長須藤憲雄中佐は、軽く唇を舐めた。

時刻は三月六日二時一〇分。場所は、米国のカリフォルニア州上空だ。

現地時間は、三月五日午前九時一〇分。既に太陽は高く昇っており、地上の様子をくっきりと浮かび上がらせている。

眼下に見えるのはセントラルヴァレー。海岸山脈とシエラネバダ山脈に挟まれた、南北に長い、広大な盆地だ。

ロス・アラモス近郊の米軍研究所上空で、英軍空挺部隊への援護を終えた後、七三一空、七三五空の残存機は、北緯三六度線に沿い、ひたすら西へと飛んだ。

現空域まで三時間近くを要し、その間、三回にわたって敵戦闘機と遭遇した。

出現した敵機は、P40、P51といった旧式の機体が多く、攻撃隊は高度を八〇〇〇メートル以下には下げなかったため、敵戦闘機は富嶽に一連射を浴びせるだけが精一杯であり、新たな被撃墜機は生じなかった。

須藤としては、高度を一万まで上げたかった。

だが、ロス・アラモスで低空まで舞い降りて敵戦車を攻撃し、英軍空挺部隊の楯となる役割まで引き受けた富嶽乙型四機がエンジンに被弾し、高度八〇〇〇までしか上昇できないため、部隊全体の飛行高度も八〇〇〇が上限だったのだ。

太平洋上に出るまで約一四〇浬。富嶽の巡航速度四九〇キロで、三〇分余りの航程だが、その三〇分が無事で済むとは思えない。

ここは、カリフォルニア州だ。太平洋に面した米国西岸三州の一つであり、大都市サンフランシスコ、ロサンゼルス、米太平洋艦隊の本拠地サンディエゴを抱えている。

戦闘機も、最新鋭の機体が配置されているものと予想される。

昨日一五時五五分、オアフ島のホイラー飛行場を出発したときの機数は二四機。

往路で一機、ロス・アラモスで二機を喪失したため、残存機は二一機だ。

しかもロス・アラモスで喪失した二機は、多数の機銃座を備えた乙型であり、対戦闘機戦闘の要となる存在だ。

残った四機の乙型は、ロス・アラモスの空中戦で傷つき、火力も弱体化している。

状況は、非常に厳しいと認識せざるを得ない。

だが須藤も、部下の搭乗員たちも、絶望はしていない。

富嶽隊がホイラー飛行場に帰還して、初めて作戦は成功といえるのだ——と、誰もが闘志を燃やしていた。

二時二二分、主偵察員成田栄大尉の叫びが、一番機のコクピットに響いた。

「右上空、敵機！」

須藤は首を右に捻り、上空を見上げた。

幾筋もの、白い飛行機雲が見える。攻撃隊の頭上から押し被さるように、急速に迫ってくる。

かなりの高速機だ。帝国海軍最新鋭の局地戦闘機「震電」より速いかもしれない。

飛行機雲の先にいる機体が、昇る朝日を反射し、銀色に光っている。機体形状は、はっきり見分けられない。

富嶽一番機が、旋回機銃を発射する。機首と胴体上面二箇所に設けられた、合計六丁の二〇ミリ機銃が火を噴き、真っ赤な火箭を吐き出す。

一番機だけではない。後続する各機も一斉に射撃を開始し、敵戦闘機目がけて、弾幕を形成する。

戦闘は、瞬間的に推移した。

敵一番機の機首に発射炎が閃き、彼我《ひが》の火箭が交錯したと思った直後には、敵機は攻撃隊の脇を、下方へと抜けていた。

二番機以下の機体も同じだ。一連射を放ち、命中するとしないに関わらず、急降下によって富嶽の射程外に抜けている。

敵の機体形状を見極めるどころではない。あたかも、影と戦っているようだ。

「各隊とも被弾機なし」

尾部銃座を守る浅井《あさい》孝《たかし》一等飛行兵曹が報せてくる。

第一撃は、彼我共に戦果なしに終わったらしい。

「敵機、後ろ上方！　反転して、また来ます！」

浅井が、新たな報告を送ってくる。

回避したい衝動に駆られるが、攻撃隊は相互支援のため、密集隊形を組んでいる。指揮官機が、それを崩すわけにはいかない。

後方から、機銃の連射音が聞こえる。

尾部と上面二箇所の旋回機銃座が、敵機に射弾を放っているのだ。

一番機だけではない。生き残った二一機の富嶽全機が、敵機に指向可能な全ての機銃を動員し、弾幕を張っているはずだった。

不意に、バックミラーの中に赤い炎が躍った。

「『朱雀』九番、被弾！」

浅井が報告を送ったとき、黒い機影が猛速で左方をよぎった。

機首機銃座に陣取った岩崎《いわさき》京太《きょうた》飛行兵曹長が一連射を浴びせるが、二〇ミリ弾の太い火箭は空振りに終わる。

このとき須藤は、敵機の機影をはっきり見た。

鮫《さめ》の頭を思わせる尖《とが》った機首。後退角を付けられた主翼。プロペラは、どこにも見当たらない。

紛れもない、ジェット戦闘機だ。

盟邦英国やドイツが、本土防空戦にグロスター〝ミーティア〟やハインケルHe280〝アドラー〟を投入したように、米国もまたジェット戦闘機を本土防空部隊に配備したのだ。

ジェット戦闘機が、正面下方で上昇に転じている。白煙の尾を引きながら上昇し、機体を捻り、機首を攻撃隊に向ける。宙返り反転のテクニックだ。

正面上方という有利な位置を占めたジェット戦闘機が、再び急降下攻撃をかける。

富嶽の機首と胴体上面二箇所の旋回機銃座が火を噴く。後方からも、僚機の火箭が飛ぶ。二〇ミリ弾の真っ赤な曳痕が、ジェット戦闘機の未来位置目がけて、網を張るように殺到する。

効果は、まったくない。富嶽の火箭は、猛速で飛翔するジェット戦闘機を捉えられない。射弾はことごとく外れている。

敵ジェット戦闘機の攻撃は、なおも繰り返される。

正面から急降下攻撃を加え、下方に離脱した敵機が急上昇に転じ、攻撃隊の後ろ上方に占位する。

胴体上面と尾部の機銃座が応戦し、後ろ上方に弾幕を張る。編隊の後方に、無数の曳痕が乱れ飛び、火箭の網を織り上げる。

射弾の勢いも、密度も、イギリス本土に来襲したB29や内地に来襲したB36に比べ、決して劣ってはいないとの自負がある。

だが敵戦闘機は、躊躇する様子をまったく見せない。射手たちの死に物狂いの奮闘を、嘲笑《あざわら》っているようにも感じられる。

鋭い機首に発射炎が閃き、編隊の外郭に位置する富嶽に火箭を撃ち込み、速力を衰えさせることなく下方へと抜けてゆく。

更に一機、今度は七三一空の三番機がやられる。

ジェット戦闘機が猛速で、二〇ミリ弾の火箭をかいくぐり、三番機の脇を続けざまに通過した――と見えた直後、三番機のコクピットからきらきら光るガラス屑が飛び散る。

六基のエンジンに異常は見えないが、巨大な機体は、機首を大きく傾けつつある。高速で回転するプロペラが、墜落を加速させ、機体を奈落の底へと引き込みつつある。

コクピットを破壊され、操縦員を射殺された富嶽は、自らのエンジンによって加速されながら、セントラルヴァレーの大地目がけて落下してゆく。

三番機が須藤の視界から消えたとき、尾部銃座の浅井一飛曹が報告を送ってきた。

「『朱雀』一二番、高度を下げます。『朱雀』四番、『玄武』八番、『朱雀』一一番に続きます!」

「『朱雀』一二番、待て!」

第三小隊長岡林周平大尉の怒声が、三咲のレシーバーに飛び込んだ。「馬鹿な真似は止めろ! オアフ島に帰るんだ!」

「敵戦闘機は乙型が引き受けます」

と、三咲は返答した。「我々に構わず、上昇して下さい。一万以上まで上がれば、離脱できます」

「死ぬ気か、貴様たち⁉」

「どのみち、エンジンが保《も》ちません。オアフ島に帰れるだけの力は、もうありません。それなら、機体を有効に使うまでです」

「しかし――」

岡林がなおも翻意を促そうとしたところで、敵戦闘機二機が正面上方から襲ってきた。

機首と胴体上面の機銃が応戦するが、敵機の速力は、P40の比ではない。機首に発射炎が閃き、被弾の衝撃が走った――と感じた直後には、視界の外に消えている。二〇ミリ機銃は、空振りを繰り返すばかりだ。

まったく次元の異なる敵と戦っているような気がした。

敵戦闘機が後ろ下方に飛び去った直後、

「『朱雀』一番、上昇。二番機以下、続けて上昇します」

家永が報告した。

三咲は顔を上げた。

通常型の富嶽の機影が、急速に遠ざかりつつある。

総指揮官の須藤中佐は、三咲たち乙型の搭乗員の意志を汲み、一万以上の高高度に上昇して、敵戦闘機を振り切ると決めたようだ。

「敵戦闘機はどうだ？」

三咲は、周囲を見回しながら叫んだ。

乙型四機が、我が身を囮《おとり》にすると決めても、敵機がかかって来なければどうにもならない。

その問いに答えるかのように、

「後方より二機！」

野村の報告が飛び込んだ。

一拍置いて、機体が僅かに震え、何かが壊れたような音が、後部から伝わった。

「左三番、被弾！　射手は戦死の模様！」

左二番機銃座を守る長瀬《ながせ》三郎《さぶろう》飛行兵長が報告する。

また一つ、三咲機は牙を失ったのだ。

「敵四機、『玄武』一二番に向かう。『玄武』八番にも、敵機多数！」

野村が、報告を送ってくる。

「食い付いた……な」

三咲は、僅かに唇を歪めた。

ジェット戦闘機といえども、高高度の戦闘は苦手なようだ。高度を下げた乙型四機を与《くみ》し易《やす》しと見て、攻撃を集中するつもりらしい。

「してやったり、ですね」

家永が言った。

敵機が乙型に食らい付いたということは、自分たちの確実な戦死を意味する。

にもかかわらず、家永は微笑していた。

「目一杯粘るぞ！」

機内の全員に向けて宣言するように、三咲は言った。

あっさり墜とされるようでは、囮の役を果たせない。通常型の富嶽が安全な場所に到達するまでは、戦い続けねばならない。

「左前方、敵機！」

家永が報告する。

四機もの敵戦闘機が、猛速で迫ってくる。

左一番、二番機銃座と上一番機銃座が、合わせて四条の火箭を飛ばす。射手が機銃を振り回しているのだろう、赤い曳痕の連なりが、大きく弧を描く。

敵機は、富嶽の反撃をものともしない。

機首に発射炎が閃いた――と思った直後には、被弾の音が響き、尖った機首を持つ敵機が、頭上を、あるいは後方を通過してゆく。

うち一機が、明らかに火災のそれと分かる黒煙を引きずっているのを、三咲は認めた。

速力がみるみる衰え、火災煙の尾を引きずりながら墜落した。空中で爆発が起こり、敵機の機体が四散した。

「総隊長機に報告。『一機撃墜』」

三咲は、主通信員の秋本紀文《あきもとのりふみ》少尉に命じた。

ジェット戦闘機は、恐るべき速度性能を誇るが、決して撃墜できない機体ではない。そのことを、報告しておきたかった。

「左一番、被弾！」

「胴体後部に被弾！」

「左主翼に被弾！」

　各所から、被害状況報告が届く。敵戦闘機が一連射を浴びせるたび、富嶽は確実に機体を傷つけられ、戦闘力を失ってゆく。

「『玄武』八番、墜落します！」

　野村の悲痛な声が、コクピットに届く。

「了解」

　とのみ、三咲は返す。

「敵機、右前方！」

「後方からも来ます！」

　搭乗員たちの報告が飛び込む。

「玄武」八番を攻撃していた敵機が、三咲機に矛先を向けてきたのかもしれない。

　残り少なくなった機銃座が応戦する。

　二〇ミリ弾の火箭を吐き出し、右に、左にと振り回す。右と真後ろ、二方向から迫る敵機に向けて、真っ赤な曳痕が礫《つぶて》のようにばら撒かれる。

　新たな被弾の衝撃が三咲機を襲う。けたたましい異音が響き、機体が二度、三度と震える。

　今度は、重要部位に喰らった——と、三咲は直感した。

　三咲機に射弾を浴びせた敵機は、素早く離脱する。

　後方から来た敵機は、機体を捻って急降下に転じ、右から襲った敵機は、三咲機の頭上や真下を通過する。

　健在な機銃座が銃火を浴びせるが、当たらない。

　敵機は繰り出される射弾を悠々とかいくぐり、射程外へと脱してゆく。

「五番エンジンに被弾。圧力低下！」

　搭乗整備員内山寛次郎《うちやまかんじろう》上等整備兵曹の悲痛な報告に続き、

「右二番被弾！」

「下三番被弾！」

「左主翼にも命中弾！」

機内各所から、報告が届く。

これで、エンジン二基が使用不能となった。右側面の機銃座は、全て潰された。

今や三咲機は満身創痍《まんしんそうい》だ。いつ撃墜されてもおかしくない。

だが、自分たちはまだ生きている。手荒くやられはしたが、生きて敵機を引きつけている。

三咲は、秋本に命じた。

「長符発信」


三咲機が発信した長符は、即座に須藤機に受信された。

「『朱雀』一二番からの打電を受信。長符です！」

主電信員森脇中尉の報告に続き、

「『朱雀』四番からの打電を受信。長符です！」

副電信員の佐藤徹《さとうとおる》二等飛行兵曹も報告した。

自ら囮を引き受けた七三一空の乙型二機から、「一《ツー》」が送信されたのだ。

七三五空の飛行隊長機も、自隊の乙型から送信された長符を受信していることだろう。

死にゆく者と生き延びた者を結ぶ、最後の見えない絆《きずな》だった。

やがて、

「『玄武』八番、一二番、撃墜されました」

七三五空飛行隊長高村至《たかむらいたる》少佐からの報告が入り、その一分後、

「『朱雀』四番の長符、消えました」

「『朱雀』一二番の長符、消えました」

森脇と佐藤が沈痛な声で報告した。

「了解」

とのみ須藤は返答し、しばし天を振り仰いだ。

真っ先に編隊から離れ、敵機を引きつける役目を果たした三咲中尉の三小隊四番機が、一番最後まで粘ったのだ。

今頃は、四機の乙型全てが炎に包まれ、カリフォ

ルニアの大地に向けて、落下しつつあるのだろう。

須藤が瞑目《めいもく》していたのは、数秒だけだった。

顔を正面に向け直したときには、攻撃隊の総指揮官に戻っていた。

「『朱雀』一番より各機。被害状況報せ」

「『朱雀』五番、四番発動機に被弾。火災は鎮火せるも、エンジン停止」

「『朱雀』七番、尾部銃座損傷。射手は戦死」

「『朱雀』九番、右主翼に被弾。一〇番、発動機の出力低下」

損傷機の機長から、次々と被害状況の報告が飛び込む。

七三五空の高村飛行隊長からも、

「『玄武』二、八、一一、一二番喪失。『玄武』三、六、一〇番被弾」

と報告が入る。

「『朱雀』一番より各損傷機へ。極力、機体の保全に努めよ」

と、須藤は命じた。

「応！」

と、各機の機長が唱和する。

幸い、ジェット戦闘機が追ってくる様子はない。

もともとジェット機は、レシプロ機に比べて航続距離が短いと聞いている。

後に残った四機の乙型をしとめたところで、燃料切れを起こしたのかもしれない。

攻撃隊は、ジェット戦闘機との戦いで、乙型四機を含めて七機の犠牲を出したが、一四機は生き延びたのだ。

とはいえ、その半数近くが損傷機であり、さらにその半数はエンジンに傷を受けている。

新たな敵戦闘機の攻撃を受けた場合、持ち堪《こた》えられるかどうかは分からなかった。

二時四一分（現地時間九時四一分）、ようやく前方に海が見えてきた。

褐色の大地の彼方に、群青《ぐんじょう》色の海原が広がっている。カリフォルニアの眩《まばゆ》い陽光の下、広大な太平洋が横たわっている。

今一息で、米本土上空から脱出できる。その思いに、誰もが眼を輝かせたが——

「左下方、敵機！」

一番機のコクピットに、機首機銃座を担当する岩崎飛曹長の報告が響いた。

（まだか。まだ来るのか）

須藤は、唇を噛みしめた。

米軍は、何が何でも攻撃隊を逃がさないつもりだ。

「敵機の動きは？」

「現在、七〇《ナナマル》（七〇〇〇メートル）付近を上昇中。上昇スピードは、それほど速くありません」

「機種は分かるか？」

「P39のようです」

「P39か……」

須藤は、機名を反芻《はんすう》した。

ベルP39〝エアラコブラ〟は、大戦前半におけるアメリカ陸軍航空隊の主力戦闘機だ。初期型は最大時速五六〇キロ程度だったが、現在までに改良が重ねられ、最新型は最大時速七〇〇キロ以上、実用上昇限度一万二〇〇〇メートル以上と、ドイツの現用主力戦闘機フォッケウルフTa152H、Ta152Jに迫る性能を持つ。

だが、先に戦ったジェット戦闘機よりは与し易い相手だ。

「『朱雀』一番より全機へ。高度一一〇《ヒトヒトマル》（一万一〇〇〇メートル）」

須藤は、麾下全機に指示を送った。

P39は高高度飛行性能に優れる機体だが、高度一万一〇〇〇メートルは性能上の限界に近いはずだ。

富嶽が上昇すればするほど、生還の可能性は高まると、須藤は睨んでいた。

一四機の富嶽は、一番機を先頭に上昇を開始する。

高度が一万メートルから一万一〇〇〇メートル、一万二〇〇〇メートルと、這《は》い昇るように上がってゆく。

「損傷機、どうか？」

「『朱雀』五番、九番、遅れがちです」

須藤の問いに、尾部銃座の浅井一飛曹が報告する。

次いで七三五空の高村少佐より、

「『玄武』一番より『朱雀』一番。『玄武』三番、六番が遅れます」

と報告が入る。

エンジンを損傷した機体には、高度を一〇〇〇メートル上げるだけでも難儀なようだ。

「『朱雀』一一番より一番。敵戦闘機、上昇しつつ追尾してきます。高度八〇《ハチマル》（八〇〇〇メートル）」

僚機からも、報告が送られる。

攻撃隊は、前下方から攻撃しようとしていたP39を追い抜き、置き去りにしたようだ。P39の搭乗員は、慌てて反転し、後を追ってきたものの、思うように高度を稼げず、富嶽に追いつけないのだろう。

「狙い通りだ」

須藤が唇の端を僅かに吊り上げたとき、

「新たな敵戦闘機、右下方。機種はP39」

「『朱雀』二番より一番。左下方に敵戦闘機。機種はP38」

岩崎飛曹長の報告と、二番機機長谷豊《たにゆたか》大尉の報告が、前後して飛び込んだ。

P39に加えて、双発双胴の重戦闘機ロッキードP38〝ライトニング〟――強大な火力によって地上攻撃に威力を発揮し、北アフリカの同盟軍兵士から「双胴の悪魔」と呼ばれた機体までもが上がってきたのだ。

「集まってきやがったな」

須藤は唇を歪めた。

米軍はカリフォルニア州の各基地から、出撃可能な戦闘機をあらいざらい発進させたのかもしれない。

多数の敵戦闘機を下方に貼り付かせたまま、一四機の富嶽は、太平洋へと進む。褐色の大地の上空を、富嶽のエンジン音と、敵戦闘機のエンジン音が、東から西に通過する。

敵戦闘機の数は、なお増え続けている。

Ｐ39、Ｐ38の他、ノースアメリカンＰ51〝ムスタング〟、カーチスＰ40〝ウォーホーク〟といった機体までもが出現している。

どの機体が来ようが同じだ。

富嶽は、敵戦闘機が高高度に上がろうともがき、悪戦苦闘している間に距離を稼ぎ、太平洋へと脱出してゆく。

最初に敵機の発見が報告されてから、富嶽は敵戦闘機と銃火を交わしておらず、当然のことながら、一機も失われていない。

この調子なら、残存全機が帰投できるかもしれないと、須藤は期待したが——。

「前方上空、敵機！」

主偵察員の成田栄大尉が、鋭い声で報告した。

須藤は前上方を見上げ、小さく罵声《ばせい》を漏らした。

右前方から左前方にかけて、五、六〇機の敵戦闘機が展開している。富嶽隊との高度差は、一〇〇〇メートル前後といったところだ。

機種は、グラマンＦ７Ｆ〝タイガーキャット〟。往路で遭遇し、夜間空中戦を戦った機体だ。

電探が捉えた富嶽の針路から、帰路を推定し、先回りして網を張っていたのだろう。

往路で捕捉に失敗し、復路でも取り逃がしたとあっては、米海軍航空隊の面目に関わる。一機たりとも生かして帰さない——そんな執念が、前上方に展開しているＦ７Ｆの姿に、現れているように思えた。

「このまま突っ切る！」

回避は間に合わない——そう直感し、須藤は全機に命じた。

一四機の富嶽は、緊密な編隊を組んだまま、敵戦闘機群の真下へと向かってゆく。

左前方に位置するＦ７Ｆが、機首を傾ける。急降下による一撃離脱だ。

二機目、三機目がこれに続き、右前方に展開するＦ７Ｆも、順次急降下を開始する。

須藤機の機首に発射炎が閃き、太い火箭が左上方に伸びる。後方からも腹に応えるような連射音が響き、曳痕が飛ぶ。

敵機を射界に収めた機首と胴体上面二箇所の機銃座が射撃を開始したのだ。

後続する富嶽も、射撃に加わる。

一四機の富嶽が発射する二〇ミリ弾の曳痕が縦横に飛び交い、高空の冷え切った大気を切り裂く。

最初の命中弾は、富嶽が得た。

先陣を切ったF7Fの左主翼に二〇ミリ弾が突き込まれた――と見えた直後、何かが回転しながら吹っ飛び、エンジン・カウリングから火焰が噴出した。

強風に煽《あお》られた炎が、数秒間でF7Fの左主翼を包み込み、後方に長い尾を引く。左の推進力を失い、機体の左半分を炎に包まれたF7Fは、急降下の速力を衰えさせることなく、そのまま海面に墜ちてゆく。

左上方でも、F7F一機が富嶽の射弾に捉えられている。

二基あるエンジンのうち、右のエンジンに被弾の閃光が走る。黒煙が噴出し、ほっそりとした機体が態勢を立て直そうとして、空中をのたうつ。

そこに新たな射弾が叩き込まれ、今度は左のエンジンを粉砕する。エンジンを二基とも破壊され、推進力を失った機体が、須藤の視界の範囲外に消える。

二機撃墜の戦果を喜ぶ余裕はない。

敵戦闘機は、右からも、左からも、急降下攻撃をかけてくる。

F7Fの尖った機首と両翼に大小の発射炎が閃き、八条もの火箭が、正面上方から迫る。

須藤が息を呑んだとき、F7Fの射弾は左に逸れる。

「左主翼に被弾！」

成田大尉が叫び声を上げる。

コクピットへの直撃は避けられたが、代わりに左の主翼が、敵弾を受け止めたのだ。

被弾の衝撃は、ほとんど感じない。計器も、異常を示していない。富嶽の巨体が、被弾の衝撃を吸収したようだ。

コクピットの左をかすめ、離脱してゆくF7Fに、胴体左側面の旋回機銃座が射弾を浴びせる。

戦果を確認する余裕はない。敵機は、なおも降ってくる。

お辞儀をするように機首を傾け、あるいは機体を翻し、二〇ミリの射弾を衝いて、逆落としに突っ込んでくる。

富嶽に一連射を浴びせた後は、そのまま下方へと離脱してゆく。

その射弾に、一機が捉まる。

「『朱雀』五番、被弾!」

尾部の機銃座を守る浅井一飛曹が、悲痛な声で報告を送る。先にジェット戦闘機との交戦で被弾した五番機が、更なる打撃を受けたのだ。

「『玄武』にも被弾機あり!」

右側面の機銃座を守る加島博明《かしまひろあき》二等飛行兵曹が報告する。

舌打ちしつつも、須藤は背後を振り返らない。

一機でも多くの富嶽を脱出させるべく、編隊の誘導に集中する。

須藤機にも、新たなF7Fが、コクピットの真上から襲いかかってくる。

尖った機首が急速に拡大し、火光が閃く。直撃を予感し、須藤が大きく眼を見開いた直後、機体の後方に異音が響く。

F7Fは、後ろ下方に飛び去っている。

「上一番、損傷。射手は戦死の模様!」

胴体上面後方の上一番機銃座を担当する松方譲《まつかたゆずる》二等飛行兵曹から報告が届く。

F7Fは、須藤機の二〇ミリ旋回砲塔一基を破壊し、射手を務めていた岡崎久《おかざきひさし》一等飛行兵曹を戦死させたのだ。

「『朱雀』七番より一番。『朱雀』五番墜落」

「『朱雀』九番より一番。『朱雀』一〇番損傷。現在のところ、飛行に支障なし」

「『玄武』一番より『朱雀』一番。『玄武』三、六番墜落」

麾下の各小隊と七三五空の高村少佐から、次々と報告が入る。

残存機は、これで一一機。攻撃隊は、半数以下にまで減ってしまったのだ。

前方上空には、なお多数のＦ７Ｆが待ち構えている。

「各機、距離を詰めろ」

須藤は、残存全機に下令した。

ここで死んだら、ウォール中佐や英国の空挺部隊員、三咲大尉ら乙型の搭乗員に合わせる顔がない。

これ以上は、一機も失わぬ。なんとしても、ここを突破してやる――その闘志を視線に込め、Ｆ７Ｆを見据えた。

不意に、Ｆ７Ｆの動きに異変が生じた。

敵機が次々と、機体を翻している。

胴体下面を陽光にきらめかせ、反転降下している。

訝《いぶか》る間もなく、機首機銃座の岩崎飛曹長が声を上げた。報告というより、歓喜の叫びだった。

「前方に味方機！」

須藤は、前方に双眼鏡を向けた。

一群の機影が、正面下方より接近しつつある。

単発機の編隊だ。

先頭に位置する機体の主翼に描かれている鮮やかな日の丸が、須藤の眼を射た。

第四章

「吾妻《あづま》」奮迅

1

空母「紅鶴」戦闘機隊長渡良瀬昇《わたらせのぼる》大尉は、即座に状況を見抜いた。

富嶽隊は一万一〇〇〇前後の高度を保ち、F7Fはその前上方から急降下攻撃をしかけている。

富嶽隊の後ろ下方からは、P38、P39、P40といった機体が追撃している。

新鋭機のF7Fが上空から富嶽に一撃を加え、傷ついて高度を下げた富嶽を、旧式機が攻撃するという構図だ。

「二航戦目標、F7F。四航戦目標、高度八〇《ハチマル》（八〇〇〇メートル）前後の敵陸軍機」

渡良瀬は、各戦闘機隊に攻撃目標の指示を与えた。

帰投する富嶽の援護に出撃したのは、第二航空戦隊の「紅鶴」「飛龍」より戦闘機四四機、第四航空戦隊の「黒龍」「紅龍」より戦闘機四〇機だ。

他に誘導用の機体として、艦上偵察機「彩雲」四機が付く。

八四機の戦闘機は、命令を受領するや、弾かれたように散開した。

渡良瀬は、直率する「紅鶴」戦闘機隊の陣頭に立ち、エンジン・スロットルをフルに開いた。

機首の中島「誉《ほまれ》」四二型が力強い咆哮を上げ、二〇〇〇馬力の最大出力を持つエンジンが、全備重量四・五トンの機体を加速させた。

高度上の優位を占めるF7Fに対し、緩やかな角度で上昇しつつ接近する。

F7Fも次々と機首を翻し、二航戦の戦闘機隊に機首を向ける。

敵機との距離が、急速に詰まる。太い二基のエンジンと、エンジンとは対照的なほっそりした機首が、視界の中で膨れ上がる。

発砲は、ほとんど同時だった。

渡良瀬が発射把柄を握り、愛機の両翼と機首に発射炎が閃き、Ｆ７Ｆの機首からも、多数の火箭がほとばしった。

両翼に各三丁、機首に二丁、合計八丁を装備した一三ミリ機銃から放たれた八条の火箭と、米戦闘機の標準装備とも言うべきブローニング一二・七ミリ機銃の火箭が、空中で交叉する。双方合わせて一二条の火箭が入り乱れ、瞬間的に複雑な紋様が描かれる。

目標を捉えたのは、渡良瀬の方だった。

一三ミリ弾の火箭は、敵一番機のコクピットを押し包むように命中し、機首から風防ガラスにかけて、真っ赤な曳痕がまつわりついた。

ジュラルミンの鋼鈑が引き裂かれ、ちぎれ飛び、風防ガラスが打ち砕かれ、きらきらと宙を舞った。

一瞬で操縦者を失った機体が、機首を大きく傾け、真っ逆さまに墜落してゆく。

敵の二、三、四番機には、小隊の二、三、四番機がかかっている。

一三ミリ弾と一二・七ミリ弾の火箭が飛び交い、彼我の機体が猛速ですれ違う。
二、三、四番機は、戦果を上げることはできなかったが、撃墜された機体もなかった。小隊同士の銃撃戦では、渡良瀬が一機撃墜の戦果を上げるにとどまった。
息つく間もなく、新たなＦ７Ｆの小隊が、第一小隊の正面上方から、押し被さるように接近している。

第一小隊は、俄然これを受けて立つ。機首をＦ７Ｆに相対させ、真正面から突進する。

再び一三ミリ弾と一二・七ミリ弾の火箭が飛び交う。口径に〇・三ミリの差しかない彼我の火箭は、太さがほとんど変わらない。

被弾したＦ７Ｆ一機が、左のエンジンから黒煙と炎を噴き出しながらのたうつ。燃料タンクに火が回ったのか、主翼の付け根付近で爆発が起こり、胴と主翼が分断される。

見るも無惨な残骸と化したＦ７Ｆは、黒煙の尾を引きながら、眼下の海面へと墜落してゆく。

「これで二機……」

渡良瀬は呟いた。

正面攻撃では、射撃の機会は一瞬しかない。第一小隊は、その僅かな機会を十全に生かし、二機撃墜の戦果を上げたのだ。

(奴らも面食らったろうな)

と、胸中で呟く。

第二航空戦隊の「紅鶴」と「飛龍」が搭載している戦闘機は、昨年九月、帝国海軍の新たな主力艦上戦闘機として制式採用された川西《かわにし》航空機の「陣風《じんぷう》」だ。

全長一〇・一メートル、全幅一二・五メートル、全備重量四・五トン。従来の主力艦戦「烈風」は、全般にずんぐりしていたが、陣風は大戦初期の主力艦戦「零戦」を彷彿《ほうふつ》とさせるスマートさを持つ。

エンジンは、戦闘機用の空冷エンジンとしては最大の出力を持つ中島の「誉」四二型が装備され、ドイツ製の過給器を装備することで、実用上昇限度一万三〇〇〇メートルの高高度飛行性能を確保している。

最大時速は、高度一万メートルで六七五キロと、帝国海軍の歴代艦戦の中で最速を誇る。

一三ミリ機銃八丁の兵装は、一見烈風よりも劣るように見える。

だが戦闘機の高速化に伴い、空戦時における射撃の機会は、短くなる一方だ。その一瞬の機会を確実にものにするためには、発射弾数を増やし、敵機を弾幕に絡め取ることが有効だ。

このため陣風では、零戦、烈風と受け継がれてきた二〇ミリの大口径機銃を敢《あ》えて廃し、中口径の機銃八丁を装備したのだ。

この方針は、どうやら図に当たったようだった。

第一小隊が二機を撃墜したときには、高度九〇〇〇前後の空域は、混戦の巷《ちまた》と化している。

第一小隊同様、F7Fと正面から撃ち合う陣風が

新型艦上戦闘機「陣風」

全長	10.1m
全幅	12.5m
発動機	中島 誉四二型（過給器付）
離昇出力	2,200hp
最大速度	675km/h
兵装	13ミリ機銃 ×6丁（翼内）
	13ミリ機銃 ×2丁（胴体）

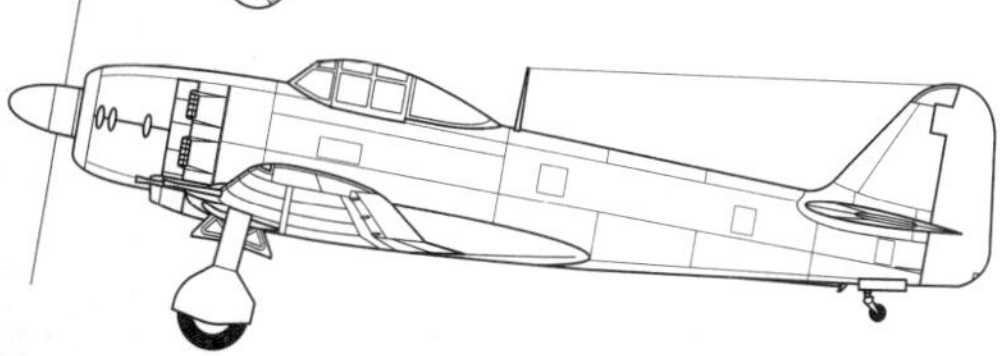

主力艦上戦闘機「烈風」の後継機として、昭和20年9月に制式採用された新型艦戦。「誉」42型にドイツ製の過給器を組み合わせることで、実用上昇限度1万3000メートルの高高度性能を得た。また、武装は従来用いられてきた20ミリ機銃の代わりに、13ミリ機銃を8丁搭載し、単位時間あたりの発射弾数を増している。

本機の高高度飛行性能は、米新鋭戦略爆撃機B36に対しても充分対抗可能だが、兵装はB36に対して威力不足であるため、海軍中央は、大口径機銃を装備した対重爆用「陣風」の開発を急がせている。

両陣営とも、噴進式戦闘機の研究開発を進めているが、発動機の信頼性や航続時間など問題も多く、今しばらくはレシプロ戦闘機が主力を務めると思われ、本機も長く主力の座にとどまると思われる。

あれば、F7Fの後方に回り込み、背後から射弾を浴びせる陣風もある。

逆に、F7Fに背後を取られ、二〇ミリ機銃、一二・七ミリ機銃各四丁の射弾を浴び、微塵に砕ける陣風もある。

単発と双発、大きく異なる機影を持つ機体が高く、低く飛び交い、二〇ミリ弾、一三ミリ弾、一二・七ミリ弾の火箭で斬り結ぶ。エンジンに直撃を受けた機体は黒煙の尾を引きずり、コクピットに被弾した機体は風防ガラスの破片を撒き散らしながら墜ちてゆく。

渡良瀬は第一小隊を率い、上昇を続けた。

数機のF7Fが、富嶽に向かっていることに気づいたのだ。

一一機にまで減少した富嶽は、緊密な編隊形を崩すことなく、西進を続けている。

F7Fは、その後方から追いすがっている。

エンジン・スロットルをフルに開いたまま、四機の陣風がF7Fを追う。

差は、なかなか縮まらない。渡良瀬機の照準器は、最後尾に位置するF7Fを捉えてはいるが、まだ一三ミリ機銃の射程外だ。今撃っても、命中はまず望めない。

(駄目か……!)

渡良瀬が呻いたとき、編隊の最後尾に位置する富嶽が、胴体下面と尾部に発射炎を閃かせた。

前をゆく富嶽も、次々と射撃に加わる。

富嶽の太い胴体から、二〇ミリの曳痕が夕立のように降り注ぎ、F7Fを迎え撃つ。

F7Fの機首から火箭が噴き延びるが、激しい弾幕に照準を狂わされたのか、富嶽を捉えることはない。二機目のF7Fも、結果は同じだ。富嶽に一連射を撃ち込むものの、射弾はかすりもせず、虚空へと消えている。

このときになって、ようやく渡良瀬は、最後尾に位置するF7Fを射程内に捉えた。

発射把柄を握ると同時に、機首と両翼に発射炎が閃き、発射の反動に照準器が躍った。Ｆ７Ｆと、その前方に位置する富嶽の巨体が何重にもぶれた。

だが敵の搭乗員は、追撃してくる陣風の機影に気づいていたのだろう。一三ミリ弾が命中するより早く、Ｆ７Ｆは機体を横転させ、下方へと消える。

双発機に似合わぬ俊敏な動きだ。ハワイで烈風が悪戦苦闘したのも無理はない。

渡良瀬は水平飛行に戻り、富嶽の後ろ上方に占位した。

陣風の高高度飛行性能を生かし、直援に付くつもりだった。

「後ろ上方、敵機！」

不意に、四番機に搭乗する榊真吾《さかきしんご》一等飛行兵曹の報告が飛び込んだ。

渡良瀬は即座に操縦桿を倒し、水平旋回をかけた。

三機のＦ７Ｆが降下してくる。陣風を蹴散らし、最後尾に位置する富嶽を攻撃しようという腹だ。

第一小隊は敵機の真正面に展開する。

Ｆ７Ｆも、臆せず向かって来る。

彼我共に、機首に発射炎を閃かせ、火箭をほとばしらせる。

一二・七ミリ弾の赤い曳痕が、風防の上を、あるいは左右を通過する。二、三発かすったのか、鈍い音が響き、機体が僅かに震える。

Ｆ７Ｆが、自ら放った一二・七ミリ弾の後を追ってくる。

鮫を思わせる鋭角的な機体が、風を捲いて至近を通過し、そのまま後方へと吹っ飛んでゆく。

今回は、撃墜に至らない。

三機のＦ７Ｆは、第一小隊の陣風四機と一連射を交わしただけで、下方へと離脱している。

Ｆ７Ｆの離脱を見届けるや、渡良瀬は富嶽に追いつくべく、再び反転した。

今また、富嶽の後方から、新たなＦ７Ｆが二機、食らい付こうとしている。先に追い払った三機同様、最後尾の機体を狙っているようだ。

「やらせぬ！」

一声叫び、渡良瀬は突進した。

急降下をかけるF7Fの鼻先目がけ、一三ミリ弾を撃ち込んだ。

発射のタイミングが僅かに遅れ、一三ミリ弾はコクピットの下面から斬りつける恰好になった。

F7Fのコクピットは、真下から襲って来た一三ミリ弾に貫通され、後部まで裂かれた。

火は噴かない。プロペラも回り続けている。

だがF7Fの機首から火箭がほとばしることはなく、機首が引き起こされることもなかった。

機体は急降下の姿勢を保ったまま、真っ逆さまに墜落してゆく。

後続する二番機に対しても、第一小隊の二、三、四番機が、真下から射弾を浴びせている。

思いがけないところから一三ミリ弾を撃ち込まれて仰天したのだろう、F7Fは富嶽への攻撃を断念し、急降下によって離脱した。

F7Fを追い払った第一小隊は、富嶽に追いつき、再び後ろ上方に占位した。付かず離れずの位置を保ち、直衛に徹するつもりだった。

F7Fは、更に三回、富嶽を狙い、第一小隊はその全てを撃退した。

通算六回目の襲撃を撃退したところで、空中戦は急速に終息し始めた。

下方の空域で陣風と戦っていたF7Fが、次々と戦場空域から離脱にかかっている。

P38、P39といった陸軍の戦闘機も同様だ。機体を翻し、後方へと飛び去ってゆく。

最後の敵機が離脱し、戦場から星のマークの機体が完全に消えるのを確認したところで、誘導機の彩雲が接近してきた。

機長を務める久慈重雄《くじしげお》少佐の声と、応答する攻撃隊総指揮官須藤憲雄中佐の声が、レシーバーに入り始めた。

「『白虎《びゃっこ》』より『朱雀』。貴隊の状況を知らされたし」

「こちら『朱雀』一番。残存一一機。うち、被弾損傷した機体は、当機も含めて六機だ」

「ハワイまで戻れそうですか？」

「損傷機は難しいな。エンジン出力が低下した機体や、燃料タンクに被弾した機体もある」

「分かりました。艦隊まで誘導しますから、帰還不可能な機体は不時着して下さい。搭乗員全員を収容します」

「了解した」

（出撃二四機中、現時点での残存一一機。うち六機は不時着か）

渡良瀬は、状況を反芻した。

敵中深く踏み込んでの戦い、しかも機数僅か二四機とあっては、致し方のないことかもしれない。むしろ一一機だけでも脱出に成功したことを、奇跡的な僥倖と考えるべきかもしれなかった。

――戦闘終了後、三〇分余り飛行したところで、第四艦隊の艦艇群が視界の中に入ってきた。

損傷が酷《ひど》く、帰還不可能と判断された富嶽が、不時着水すべく、高度を下げ始めた。

2

「一〇戦隊旗艦より命令。『不時着機は六機。各艦、溺者《できしゃ》救助用意』」

巡洋戦艦「吾妻」の艦橋に、通信長安西守《あんざいまもる》少佐の報告が上げられた。

艦長人見錚一郎大佐は、東の空に双眼鏡を向けた。

一〇機ほどの富嶽の編隊から六機が分離し、高度を下げている。

艦上から見た限り、大きな損傷を被っているようには見えない。火災を起こしているわけでも、黒煙を引きずっているわけでもない。

だが彼らは、米国の防空網をかいくぐって内陸深くに進入し、追いすがる敵戦闘機を振り切って脱出してきたのだ。

艦上からでは分からない重大な損傷や、空戦時の急激な機動に伴う燃料不足といった事態に見舞われているのだろう。

「もったいない話ですね」

航海長辰己真吾《たつみしんご》中佐が言った。「あれほどの巨人機を、むざむざ海に捨てるとは」

「ハワイまで保たない以上、致し方あるまい」

と、人見は答えた。「それに富嶽の搭乗員は、初めて米本土攻撃を経験したんだ。彼らには、貴重な戦訓を持ち帰って貰わねばならないし、彼ら自身にも、米本土で得た経験を、これからの戦いで活かして貰わねばならない。ハワイまで帰投できる見通しが立たなければ、搭乗員だけでも助けるのは、当然の措置だよ」

——去る二月二二日、連合艦隊司令部の命令に従ってアラスカのアンカレッジを叩くべく準備を進めていた第四艦隊は、連合艦隊参謀長酒巻宗孝《さかまきむねたか》中将の訪問を受けた。

酒巻は、緊急に決定された作戦命令を第四艦隊司令部に伝えるべく、第七三一航空隊の富嶽に便乗して、オアフ島に飛んできたのだ。

命令書には、

「第四艦隊ハ三月五日二〇〇〇《フタマルマルマル》マデニ米国本土西岸加州《カリフォルニア》沖ニ進出、『ロス・アラモス』攻撃ヨリ帰投セル第七三一、七三五両航空隊ヲ援護セヨ。『オアフ島』ニ帰還不能ノ機体アリシ時ハ、万難ヲ排シテ搭乗員ヲ収容セヨ」

とあった。

帰還する味方機の援護と不時着機の搭乗員収容だけのために一個艦隊を動かしたことは、過去に例がない。

酒巻が語ったところによれば、軍令部や連合艦隊司令部では、

「搭乗員の救助なら、潜水艦か飛行艇で充分。一個艦隊を動かすほどの大事ではない」

「米太平洋艦隊が弱体化しているとはいえ、第四艦隊のみで米本土に接近するのは危険が大きすぎる。二四機の富嶽のために、布哇《ハワイ》諸島防衛の中核兵力を危険にさらすべきではない」

といった反対意見があったようだ。

だが、当の第四艦隊は、司令長官の原忠一《はらちゅういち》中将以下、大いに乗り気であり、二つ返事でこの任務を引き受けた。

「富嶽隊は、米国の秘密兵器を破壊するため、敵国の内陸深く進入するという帝国海軍始まって以来の壮挙に臨もうとしている。その彼らを、帝国海軍の主力部隊が全面的に援護するのは当然だ」

「僅か二四機で、米国の内陸深く乗り込んでゆく富嶽の搭乗員に比べれば、第四艦隊が冒す危険など、さしたるものではない。この程度のことで尻込みしていては、富嶽の搭乗員に申し訳ない」

といった声が、第四艦隊の司令部幕僚、各戦隊の司令官、各艦の艦長から上がった。

唯一の反対意見として、

「内地が空襲を受けている現在、富嶽隊の援護よりも、B36の出撃基地を叩く方が優先順位は高いのではないか。第四艦隊は、当初の作戦計画通りアンカレッジを攻撃し、その後加州沖に移動、富嶽隊の援護に当たるという作戦案では駄目だろうか？」

というものがあった。

第四艦隊の指揮官たちも、本土がB36の空襲を受け、東京、横浜、名古屋、仙台、札幌といった諸都市が大きな被害を受けていることを、重く受け止めていたのだ。

だがこの意見も、

「原子爆弾の脅威を除くことが、何より優先する。これは我が国だけではなく、同盟諸国の総意である。内地のことは防空戦闘機隊に任せ、第四艦隊は富嶽の援護に専念して欲しい」

という酒巻の一言で封じられた。

第四艦隊は、第七三一、七三五両航空隊と作戦打

ち合わせを終えた後、二月二六日に真珠湾より出港、一旦北進し、攻撃目標がアンカレッジにあるよう偽装した。

二月二八日、第四艦隊は東に変針、東太平洋を押し渡って米国西岸に接近し、三月五日一七時（現地時間〇時）までに、カリフォルニア州サンフランシスコよりの方位二五五度二四〇浬の海域に進出した。

連合艦隊司令部が命じた三月五日二〇時（現地時間午前三時）までには、避退してくる富嶽隊の搭乗員を収容するため、艦隊の一部――巡洋戦艦「吾妻」、第一〇戦隊の軽巡「大淀」「仁淀」、第四水雷戦隊隷下の第一四、第一六両駆逐隊の陽炎《かげろう》型駆逐艦六隻が分遣隊として、本隊よりも九〇浬前進した。

そして今、富嶽は分遣隊の上空に飛来した。

米本土の上空で被弾、損傷した六機が、不時着の態勢に入ったのだ。

まず一機が、他の五機に見本を見せようとするかのように、速力を落としつつ降下した。

B29を上回る巨大な機体と海面の距離が縮まった。

波が少し高い。機体が波に叩かれ、海面に叩き付けられねばいいが――そう思いつつ、人見は固唾《かたず》を呑んで、富嶽の動きを見守った。

波高が高すぎると判断したのか、富嶽が一旦海面から離れ、上昇する。

高度を一〇〇メートル前後に戻し、再び降下を始める。

巨大な機体が、尾部を先に海面に接触し、プロペラが動きを止めた――と見えた直後、盛大な飛沫が上がった。

富嶽は尾部から引きずり下ろされるようにして、下腹を海面に叩き付けた。全長四八・二メートルの巨体が、海水を激しく蹴散らしながら海面を滑走し、着水点から一〇〇メートルほど移動したところで動きを止めた。

機体は損傷した様子もなく、海面に浮いている。

富嶽という機体の性格上、被弾した機体が途中不時着する可能性も大きいと考えられ、海面に不時着水しても、五分程度は浮いていられる構造になっているのだ。

コクピット脇の扉と胴体後部の扉が引き開けられ、搭乗員たちが次々と海面に身を躍らせる。

駆逐艦の一隻が隊列から離れ、ゆっくりと不時着した富嶽に接近する。

このときには、二機目の富嶽が降下を開始している。

一機目同様、いかにも慎重に機体を操っていることが分かる動きだ。速力を最小限に落とし、ゆっくりと海面との距離を縮める。

一機目のように、やり直しはしなかった。一機目同様、機首を僅かに上向きにしつつ、滑り込むようにして海面へと舞い降りた。

機首が海面に接触する寸前、不意に富嶽の真下の海面が大きくうねった。

「……!」

人見が声にならない叫びを上げたとき、富嶽は腹を波に叩かれていた。

次の瞬間、富嶽の尾部は大きく跳《は》ね上げられた。巨大な機体が中央部から折れ、前半分は飛沫を上げながら海面に叩き付けられ、後ろ半分は逆立ちになった。

二つになった機体の周囲で、海水が泡立ち、渦を巻き、残骸は急速に海中へと引き込まれた。

脱出する搭乗員はいない。機体が二つに折れた衝撃で、全員が機内に叩き付けられ、即死するか意識を失ったのかもしれない。

残った四機の富嶽は、降りてくる様子がない。二機目が着水に失敗し、搭乗員もろとも海中に引き込まれる光景を目の当たりにしたためだろう。分遣隊の上空を、旋回するばかりだ。

「一〇戦隊司令部より命令」

安西通信長が、報告を送ってきた。「残った富嶽四機の搭乗員は、落下傘降下するそうです。各艦は、海面に降りた搭乗員を、可及的速《すみ》やかに救出せよとのことでした」

「落下傘降下か」

人見は、過去の戦例を思い出した。

落下傘降下した場合、上空の風速によっては、かなりの距離を流されてしまうと聞いたことがある。

日本軍もフィリピンの攻略戦で、ルソン島東部に後退する米軍の退路を断つべく、落下傘部隊を降下させたことがあるが、強風によって降下した兵が広範囲に散らばってしまい、所期の目的を達せられなかったという。

落下傘で海面に降下した方が、富嶽の巨体を着水させるよりは安全であろうが、海面に降りた搭乗員を一人一人拾い上げるのは、手間がかかるのではないか。

そう思いつつ、人見は上空の動きを見守った。

富嶽は高度を五〇〇メートルほどに取り、分遣隊の上空を旋回している。

やがて各機の後方に、白い花が咲くように落下傘が開き、風に吹かれて空中を漂い始めた。


富嶽搭乗員の落下傘降下を見て、最初に動いたのは、第一四、第一六の両駆逐隊だった。

まず第一四駆逐隊の「陽炎」「不知火《しらぬい》」が一八〇度に変針し、続いて第一六駆逐隊のうち、不時着水した富嶽の乗員救助に当たっている「時津風《ときつかぜ》」を除いた三隻――「初風《はつかぜ》」「雪風《ゆきかぜ》」「天津風《あまつかぜ》」が一四駆に倣い、南下を開始した。

富嶽から脱出した搭乗員は、風に吹かれて南に流されている。搭乗員同士の距離も、開きつつある。

極力、彼らを見失わぬようにしなければならなかった。

ほどなく最初の一人が、「陽炎」の右前方に着水した。

「拾いますか?」

「いや、このままだ」

「陽炎」駆逐艦長泉田龍《いずみだりゅう》中佐の問いに、一四駆司令佐野直樹《さのなおき》大佐は即答した。「まだ、南に流されている搭乗員がいる。あの搭乗員は、一六駆に任せよう」

「取舵《とりかじ》！」

を泉田が命じる。

基準排水量二〇〇〇トンの駆逐艦は、海面に降りた搭乗員を巻き込まぬよう、艦首を左に振り、なおも進撃を続ける。

その間にも、新たな搭乗員が次々と着水する。落下傘が幾つも海面に漂う中、「陽炎」は「不知火」を従え、風に吹かれる富嶽搭乗員を追跡する。

最後の一人が着水したところで、

「停止！」

を、佐野が下令した。

「両舷停止！」

「溺者救助始め！」

泉田は、機関長と甲板上で待機している手空きの乗組員に命じる。

「陽炎」がゆっくりとその場に停止し、左右両舷からカッターが一艘《いっそう》ずつ降ろされる。

早くも一人の搭乗員が、「陽炎」の一番カッターに泳ぎ寄ってくる。

オアフ島のホイラー飛行場を発進して以来、丸一日以上富嶽に搭乗していた搭乗員だ。米本土上空では、死線をくぐっている。肉体面でも、精神面でも、疲労は半端なものではないはずだ。

それでもその搭乗員は、力強く海水をかき分け、一番カッターのすぐそばまで泳ぎ着いていた。

一人目を引き上げた直後、

「二人目が左前方にいる。波の向こう側だ」

泉田は、一番カッターの艇長を務める滝沢敦《たきざわあつし》一等兵曹に、ハンディトーキーで指示を送った。

カッターは視点が低いため、波の陰にいる溺者は見えないことがある。視点が高い艦橋から、指示を送る必要があるのだ。

一番カッターの艇員たちが力強くオールを漕《こ》ぎ、二人目の救助に向かう。

二番カッターも、少し離れたところに漂う搭乗員に向かっている。

「陽炎」の後方でも、「不知火」がカッターを降ろして搭乗員の収容作業を開始しており、更にその後方では、一六駆の「初風」「雪風」「天津風」が、救助作業にかかっている。

駆逐艦五隻の後方では、「吾妻」「大淀」「仁淀」が、主砲の砲身に仰角をかけ、周囲を睥睨《へいげい》している。敵水上部隊の出現という万一の事態に備え、分遣隊に加わった三艦だが、今のところ、出番はないようだ。

これなら、三〇分とかからずに収容作業を終えられる。

佐野も、泉田も、そう楽観していたが――

「逆探、感有り！　波長一〇センチ。出力大！」

不意に、電測長からの報告が飛び込んだ。

「なに――？」

泉田が半ば反射的に問い返したとき、

「『吾妻』、動き出しました。一〇戦隊、『吾妻』に後続します！」

今度は、後部見張員の報告が飛び込んだ。

「もしや――」

不吉な予感を覚え、泉田は前方に双眼鏡を向けた。

水平線付近に、複数の黒い艦影が見える。

こちらに接近しているらしく、次第に艦影が大きくなる。

その艦上に、明らかに発射炎と分かる火焔が躍り、濛々たる爆煙が甲板上に湧き立った。

3

これより少し前、巡洋戦艦「吾妻」艦長人見錚一郎大佐は、二つの重大情報を得ていた。

まず第四艦隊旗艦「紅鶴」より、

「我、空襲を受けつつあり。分遣隊は我を顧《かえり》みず、救助作業に専念せよ」

　との命令電が届いた。

　続けて電測長水木良次《みずきりょうじ》大尉が、

「電探、感三。大型艦四、小型艦一〇隻以上。右一五度、三二〇《サンフタマル》（三万二〇〇〇メートル）。大型艦は、巡洋艦らしい」

　との報告を上げた。

　敵は第四艦隊の本隊と分遣隊を、同時に攻撃してきたのだ。

「艦上機の援護は期待できませんね」

　航海長辰己真吾中佐が、小さく舌打ちした。

　空襲の規模は不明だが、おそらく本隊は、対空戦闘だけで手一杯だ。艦爆、艦攻を発進させ、敵の水上部隊を叩ける余裕があるとは思えない。

「敵機が分遣隊の方に来ていないだけ、よしと考えよう。敵機と水上部隊の両方を、同時には相手取れないからな」

　と、人見は答えた。「水上部隊だけが相手なら、こっちに分《ぶ》がある。本艦は、こういうときのために分遣隊に加わったんだ」

「一〇戦隊旗艦より命令。『攻撃、少し待て』」

　通信長安西守少佐が報告を上げた。

　第四艦隊の目的は、敵艦隊の撃滅ではなく、富嶽搭乗員の収容だ。

　敵艦隊が分遣隊を射程内に収める前に、収容作業を完了し、この海域から撤収できれば、今この場で敵艦隊と戦う必要はないというのが、分遣隊の指揮を執る第一〇戦隊司令官鍋島俊策《なべしましゅんさく》少将の判断だった。

　だが鍋島は、数分後にその命令を撤回した。

　巡洋艦、駆逐艦で編成された米艦隊の動きは思いのほか速く、

「敵と交戦せずに、富嶽搭乗員の収容を完了し、撤収するのは不可能」

　と判断、第一〇戦隊と「吾妻」に突撃を命じたの

だ。

「観測機発進！」

「面舵。針路一八〇度！」

「両舷前進全速！」

突撃命令の受領と同時に、人見は艦橋に仁王立ちとなり、大音声《だいおんじょう》で命じた。

艦の後部で乾いた音が響き、航空機の爆音が轟いた。煙突と予備射撃指揮所の間に設けられた射出機から、零式水上観測機が発進したのだ。

零式水上観測機、通称「零観」は、制式採用が昭和一五年と古く、複葉という古めかしい機体形状だが、信頼性は極めて高い。昭和二一年になっても、なお多くの機体が第一線にあり、弾着観測、対潜哨戒、近距離索敵等で働いている。

零観の発進直後に、「吾妻」は動いた。

艦首を大きく右に振り、基準排水量三万一八五〇トンの巨体が加速された。

「一〇戦隊、後続してきます」

後部見張員が、僚艦の動きを報告する。

「パナマ沖の『浅間』よりは、幾らかまし――か」

人見は、正面を見据えて呟いた。

昨年一二月に実施されたパナマ運河閉塞作戦の終盤、浅間型巡戦の一番艦「浅間」は、単艦で巡洋艦四隻、駆逐艦八隻を相手に大立ち回りを演じ、味方の撤収を援護している。

そのときに比べ、敵の数は多いが、「吾妻」には第一〇戦隊の「大淀」「仁淀」がついている。最上《もがみ》型、利根《とね》型で使用実績のある六〇口径一五・五センチ主砲三連装四基一二門、長一〇センチ連装高角砲八基一六門を搭載した、砲力に優れる軽巡だ。

この両艦と共同して戦えば、味方駆逐艦が溺者救助を終えるまでの時間稼ぎぐらいはできるはず――

と人見は睨んでいた。

「敵距離二八〇《フタハチマル》（二万八〇〇〇メートル）。陣形は単縦陣三組。最も右に位置する隊が巡洋艦です」

零観に搭乗する飛行長碓井久人《うすいひさと》中尉が、早速報告を送ってくる。

「一〇戦隊司令部より命令。『吾妻』目標、敵巡洋艦」

「そう来ると思った」

安西通信長の報告に、人見は頷いた。

駆逐艦は大淀型二隻が引き受けるから、「吾妻」は二八センチ主砲の威力を生かして、敵巡洋艦を叩け――との指示だ。

一見、一〇戦隊が楽な目標を選んだように感じられる。

だが作戦目的は、あくまで溺者救助の援護だ。救助作業中の駆逐艦にとっては、足が速い敵駆逐艦の方が、巡洋艦よりも大きな脅威となる。

速射性の高い中小口径砲多数を持つ大淀型二隻が駆逐艦を相手取るのは、当然だった。

「目標、右反航の敵巡洋艦」

人見は艦橋トップの射撃指揮所を呼び出し、命じた。

「敵巡洋艦の二番艦を狙います」

砲術長乾明中佐は、落ち着いた声で返答した。「観測機より、『敵二番艦はデ・モイン級』との報告がありました。デ・モイン級を最初に叩いておけば、以後の戦闘を有利に進められます」

「了解した」

とのみ返答し、人見は受話器を置いた。

その間にも、敵との距離は詰まり、味方の陣形も変化している。

速度性能で「吾妻」より四ノット勝る「大淀」「仁淀」が、左舷側より「吾妻」を追い抜き、前方に出る。

「敵艦発砲！」

艦橋見張員が報告する。

双眼鏡を向けると、敵一番艦の前甲板に、白い砲煙が立ちこめている様が見える。

敵二番艦の前甲板にも発射炎が躍り、敵三番艦も砲撃を開始する。

「吾妻」の艦内に、主砲発射を告げるブザーが鳴り響く。

前部六門の二八センチ主砲は大きく上向き、左舷前方を向いている。

ブザーの音は、ほどなく止んだ。

直後、六門の砲口から、巨大な火焰がほとばしった。乾砲術長は、各砲塔一門ずつの交互撃ち方ではなく、最初からの斉射を選んだのだ。

発射の瞬間、反動が全艦を刺し貫き、濡れ雑巾でぶちのめされるような衝撃に、人見の視界が一瞬暗転した。

「吾妻」艦長に任ぜられる前、艦長を務めていた軽巡「熊野」の一五・五センチ主砲も、発射の衝撃は痛烈だったが、二八センチ主砲発射の反動は、一五・五センチ主砲の比ではない。

弾着は、敵弾の方が先だった。

左前方をゆく「大淀」の前方に、複数の水柱がそそり立ち、「仁淀」の左舷付近にも弾着の飛沫が上がる。

「吾妻」の正面にも、弾着の水柱が噴き上がる。第一射のためか、射撃精度は甘い。最も近い水柱でさえ、一〇〇メートル以上離れている。

最初の弾着から数秒後、今度は「吾妻」の左舷側に、複数の水柱がまとまって噴き上がる。

弾着のばらつきは比較的小さいが、照準は、最初の弾着同様、正確さに欠ける。水柱の位置は遠く、水中爆発の衝撃が艦底を突き上げることもない。

水柱の太さ、高さから判断して、敵弾は全て二〇センチ砲弾のようだった。

「敵の目論見ははっきりしたな」

人見は、誰に言うともなしに呟いた。

敵の指揮艦は、巡洋艦四隻のうち、二隻で「吾妻」に集中砲火を浴びせ、二隻で「大淀」「仁淀」を叩くと決めたようだ。

四隻の巡洋艦で「吾妻」「大淀」「仁淀」を拘束し、一〇隻以上の駆逐艦で溺者救助中の味方駆逐艦を叩こうという腹だろう。

「目論見通りには行かせぬ」

そう呟き、人見は「吾妻」が放った第一斉射の弾着を待った。

ほどなく乾が具申したとおり、敵二番艦の近くに、「吾妻」の射弾が落下した。

海面が大きく盛り上がり、水柱の頂が、箱型の艦橋を越えて伸び上がる。

人見を驚かせたことに、二八センチ砲弾落下の水柱は、敵二番艦の左右両舷に噴き上がった。

幾多の実戦をくぐり抜けた歴戦の砲術長は、初弾からの挟叉《きょうさ》を得たのだ。

「艦長より総員へ。初弾より挟叉を得たり！」

人見は艦内放送用のマイクを取り、全艦に通達した。

直後、艦内に大きなどよめきが起きた。

戦艦、巡洋戦艦の乗員にとって、初弾からの挟叉は理想だ。「吾妻」は四年前のカロリン沖海戦で、他の浅間型巡戦三隻と共に初陣を飾って以来、幾多の海戦を戦い抜いてきたが、初陣から四年目にして、初めてその理想を体現したのだ。

この一瞬、「吾妻」の乗員――特に、竣工《しゅんこう》時から乗り組んでいるベテランの下士官、兵らは、幾度も修羅場《しゅらば》をくぐった経験が報われた思いだったに違いない。

艦内が歓喜に包まれる中、乾中佐以下の砲術科が最も冷静だった。

再び、前部六門の二八センチ主砲が咆哮した。発射の反動に、艦が武者震いのように震え、甲板上に噴出した発射炎が強風に煽られ、数秒間で後方へと流れ去った。

「吾妻」が第一、第二砲塔のみの第二斉射を放った直後、敵二番艦の動きに変化が生じた。

前部二基六門の主砲が、斉射を連続し始めたのだ。

前甲板に、ほぼ六秒置きに発射炎が閃き、濛々たる砲煙が湧き立つ。

斉射の砲煙が風に吹き散らされるより早く、新たな発射炎が閃き、爆風が煙を吹き飛ばして、艦上の様子を露わにする。

同盟諸国の海軍関係者を恐れさせているデ・モイン級重巡の連続斉射だ。

二〇センチの中口径砲ではあるが、六秒置きという短い発射間隔によって、短時間のうちに圧倒的な弾量を叩き付ける。それはときとして、戦艦すら圧倒する力を持つ。

事実、昨年七月の第一次ハワイ島沖海戦では、高速戦艦「比叡」が撃沈され、大和型戦艦の三番艦「信濃《しなの》」までが大破の憂《う》き目《め》を見ている。

デ・モイン級が「戦艦より強い重巡」と呼ばれる所以《ゆえん》だ。

ただ、人見の眼には、デ・モイン級が切り札である速射性能を発揮したというより、どこか狼狽《ろうばい》しているような動きに見えた。

滅多にない初弾からの挟叉を喰らったデ・モイン級の艦長が、慌てふためいて連続斉射の命令を出したのではないか。

デ・モイン級が六秒置きに発射する二〇センチ砲弾が落下する前に、「吾妻」の第二斉射は、デ・モイン級を捉えた。

デ・モイン級の左右の海面が大きく盛り上がり、白い海水の柱が、艦橋を越えて伸び上がった。

同時に、前甲板と箱形の艦橋の真上に直撃弾炸裂の閃光が走り、艦橋の上から、黒い塵を思わせる無数の破片が飛び散った。

「やった!」

艦橋の中に、誰かの歓声が上がった。

「うむ!」

人見も満足感を覚え、右の拳《こぶし》を打ち振った。

(見たか、米軍。これが巡戦の力だ)

胸中で、敵に呼びかけた。

デ・モイン級の二〇センチ主砲は、高い速射性能により、戦艦の大口径砲に匹敵する破壊力を持つが、防御力は重巡相応のものでしかない。重巡の二〇センチ砲弾や軽巡の一五・五センチ砲弾には耐えられても、浅間型巡戦の二八センチ砲弾に耐えられる道理はない。

先に命中弾を得ることさえできれば、浅間型が勝つのは自明の理だ。

乾砲術長以下の砲術科員たちは、実戦の修羅場の中で鍛え上げた砲術の腕を存分に発揮し、デ・モイン級の速射性能を封じたのだった。

「吾妻」が三度目の斉射を放つ。

入れ替わりに、デ・モイン級が発射した斉射弾が、六秒の時間差を置いて、次々と落下する。

最初の射弾は「吾妻」の前方に、六本の水柱を噴き上げ、次の斉射弾は「吾妻」の頭上を飛び越え、艦の後方に落下する。

かと思えば、「吾妻」の右舷付近に落下した砲弾が、六本の水柱を噴き上げる。水柱のうち一本が、「吾妻」の舷側に当たって砕け、水中爆発の衝撃が、艦底から伝わってくる。

米軍艦艇の弱点であった散布界——砲弾のばらつきの広さは、開戦時に比べて大きく改善されているようだが、砲撃の腕は優秀とは言えない。

斉射弾の中には、至近距離に落下するものもあるが、「吾妻」が挟叉されることは全くない。

二八センチ砲弾が二発も命中したにもかかわらず、デ・モイン級は、なお砲撃を続けている。前甲板にはこれまで同様、六秒置きに発射炎が閃き、甲板上に立ちこめる火災煙を、爆風が繰り返し吹き飛ばしている。

ただ、発射炎の数そのものは減少したようだ。「吾妻」の第二斉射弾は、デ・モイン級の前甲板を直撃した際、主砲塔一基を使用不能に陥《おとしい》れたに違いない。

「吾妻」の周囲には、依然変わることなく、デ・モイン級の二〇センチ砲弾が六秒置きに落下を続けている。艦の正面、左右両舷付近、後方——至るところに水柱が噴き上がり、海面は轟々と沸き返り続けている。

だが、それが「吾妻」を捉えることはない。第二斉射で射撃用電探を破壊されたためか、あるいは立ちこめる火災煙に照準を妨げられるためか、照準は不正確だ。

夜間の近距離砲戦では、恐るべき威力を発揮したデ・モイン級の速射性能だが、今この場では、威嚇《いかく》以上の効果はなかった。

ほどなく「吾妻」の第三斉射が、デ・モイン級を捉えた。

艦の正面と左右に水柱がそそり立ち、しばしデ・モイン級の姿を隠した。

それが崩れ、デ・モイン級が再び姿を現したとき、六秒置きに斉射を繰り返していた前部の主砲塔は完全に沈黙しており、箱形の艦橋も、大きくひしゃげていた。

艦の複数箇所で火災が発生したのだろう、噴出する黒煙が風に吹かれ、敵の三、四番艦を隠している。

機関には損傷がないのか、艦は依然航進を続けているが、戦闘力を失っているのは明らかだ。

もはやデ・モイン級は、何ほどの脅威にもなりそうになかった。

人見が乾砲術長に目標の変更を指示しようとしたとき、

「一〇戦隊、取舵に転舵。敵駆逐艦に丁字《ていじ》を描く模様」

水木電測長が、味方の動きを報告した。

トラック、マーシャル、ハワイと実戦経験を積んだ電測長の腕は確かだ。敵であれ、味方であれ、電探の管面上に映った輝点から、その動きを的確に見抜き、艦長が最も知りたい情報を送ってくる。

人見は、第一〇戦隊に双眼鏡を向けた。

「大淀」も「仁淀」も、被弾を免れたのだろう、火災煙を引きずってはいない。主砲も高角砲も、全て健在のようだ。

一艦当たり一二門の六〇口径一五・五センチ主砲と、片舷に指向可能な八門の長一〇センチ高角砲が、敵駆逐艦に向け、火を噴こうとしている。

「面舵。本艦針路二二五度」

人見は、辰己航海長に命じた。

右前方から向かってくる敵重巡三隻の頭を押さえる格好だ。

「吾妻」の役目は、敵巡洋艦を相手取り、「大淀」「仁淀」にも、富嶽乗員を救助中の味方駆逐艦にも手を出させないことにある。そのためには、この針路が最善だと判断した。

デ・モイン級の沈黙と共に、一時的に弱まっていた敵巡洋艦の砲撃が、再び烈《はげ》しさを増しつつある。

およそ六秒から七秒置きに、二〇センチ砲弾が唸りを上げて飛来し、「吾妻」の前方に、左右両舷付近に、弾着の飛沫を噴き上げる。

デ・モイン級が戦闘力を喪失したため、残った三隻の重巡が、「吾妻」に砲撃を集中し始めたのだ。

「よし、いいぞ」

人見は呟いた。

本艦に向けて、撃って来るがいい。全ては、こちらの思惑通りだ——と、胸中で呟いた。

次々に敵弾が飛来する中、「吾妻」は右舷側に回頭する。弾着に沸き返る海面を、鋭い艦首が弧状に切り裂いてゆく。

針路が二二五度を向いたところで、

「戻せ。舵中央！」

を、辰己が操舵室に下令する。

「吾妻」の巨体は、周囲の海面を白く泡立たせながら激しく身震いを続け、直進に戻る。

「吾妻」は三隻の敵巡洋艦を左舷側に見る形になっている。イの字の斜め棒を描く格好だ。

デ・モイン級と撃ち合ったときは、前部二基の主砲塔しか使えなかったが、今度は全ての主砲塔が使用可能となる。

「敵一番艦はシアトル級、三、四番艦はボルティモア級です。三番艦を狙います」

射撃指揮所の乾砲術長が、報告を送ってくる。

一番艦のシアトル級は、大戦前半における米海軍の主力重巡だ。同一の艦体から、重巡、軽巡、小型空母の三種類の艦艇が建造され、建造コストの低減が図られたことで知られている。

三、四番艦のボルティモア級は、一昨年初めより前線に登場し始めた重巡だ。シアトル級、ニュー・オーリンズ級より、若干大きい。

主砲は他の米重巡と同じ、二〇センチ三連装砲塔三基だが、砲火力よりも対空火力に重点を置いて建造された艦であるらしい。上甲板に所狭しと並べられた一二・七センチ両用砲やおびただしい機銃座が、偵察写真によって確認されている。

そのためか、このクラスはもっぱら機動部隊の対空直衛艦として働いており、水上砲戦では、あまり姿を見たことがない。

情報によれば、ボルティモア級とシアトル級の二〇センチ主砲は、一発当たりの破壊力は同じだが、速射性能はボルティモア級が若干高く、およそ一五秒置きの砲撃が可能だという。

乾は、ボルティモア級はデ・モイン級の次に危険が大きいと判断したのだ。

「よかろう」

とのみ、人見は返答した。

水雷出身の人見と異なり、乾は砲戦の専門家だ。「吾妻」での経験も、人見より長い。

その砲術長の判断を信頼すると決めた。

敵弾が繰り返し飛来し、水柱を噴き上げる狂騒の中、主砲発射を告げるブザーが鳴る。

ブザーの音が切れると同時に、艦の左舷側に向け、発射炎がほとばしり、爆風が甲板上を駆け抜ける。

発射の衝撃は、先にデ・モイン級を砲撃したときほどではない。乾はボルティモア級を砲撃するに当たり、各砲塔一門ずつの交互撃ち方から始めると決めたようだ。

二八センチ砲弾がボルティモア級を捉えるまでの間に、敵弾が七、八秒置きに飛来する。

敵重巡は、「吾妻」に向けられる二基の主砲塔で交互撃ち方を行っているのだろう、一度にそそり立つ水柱は二本だけだ。

弾着の精度も、さほど高くはない。敵弾の多くは、「吾妻」の左舷側にまとまって落下するか、全弾が「吾妻」の頭上を飛び越えて、右舷側海面を沸き返らせるかだ。

ボルティモア級への第一射が着弾する。

三発とも、敵艦の左舷付近に落下し、そそり立つ水柱が、ボルティモア級の箱形の艦橋や二本の煙突を大きく越えて伸び上がる。

弾着修正を素早く完了したのだろう、「吾妻」は各砲塔の二番砲で第二射を発射する。

これも、無駄弾に終わる。三発の二八センチ砲弾は、ボルティモア級の速力を過大に見積もったのか、艦の前方に落下しただけだ。

先にデ・モイン級に対し、初弾からの挟叉を得たのは偶然だったのか。よほどの僥倖に恵まれなければ、初弾挟叉または初弾命中の理想は、具現化できないものか。

人見が思いを巡らしている間にも、敵弾の飛来は続く。

弾着は、一射毎に精度を上げており、至近弾の衝撃も、次第に大きさを増している。

「吾妻」は負けじと、各砲塔の三番砲で第三射を発射する。

今度は、望み通りの成果が得られた。

直撃こそしなかったものの、敵三番艦の右舷付近に一本、左舷付近に二本の水柱が噴き上がった。

「吾妻」は、第三射にして挟叉弾を得たのだ。

零観を早めに発艦させ、弾着観測に当たらせたことが奏功したのだろう。

「次より一斉撃ち方」

乾が、報告を送ってくる。

挟叉を得た以上、やることはただ一つだ。二八センチ主砲九門で斉射を浴びせ、畳みかけるようにして撃沈するのだ。

乾の報告と前後して、

「敵艦、斉射に切り替えました！」

見張員の報告が飛び込んだ。

人見は、敵重巡三隻を見据えた。

敵一番艦の前甲板に、多量の砲煙が湧き立ち、その後方をゆく三番艦の艦上に、多数の発射炎が閃く。

見張員が報告したとおり、第一、第二砲塔六門の斉射に踏み切ったのだ。

交互撃ち方のそれよりも遥かに巨大な飛翔音が、頭上を圧して轟く。

「吾妻」の左舷側海面が大きく盛り上がり、弾け、六本の水柱が横一線に並んでそそり立つ。

それが収まったかと思うと、また新たな二〇センチ砲弾の飛翔音が大気を貫く。今度は「吾妻」の頭上を、左から右に駆け抜け、右舷側の海面にまとまって落下する。

続けて、四番艦の斉射弾が落下する。

これは「吾妻」の前方に障害物を作るかのように、六本の水柱を噴き上げる。

「吾妻」は速力を緩めることなく、林立する水柱の中に艦首を突っ込む。艦は水柱の間を抜け、あるいは鋭い艦首で突き崩し、悠然と前進してゆく。

敵が二度目の斉射を放つより早く、「吾妻」は第一斉射を放った。

九門の二八センチ主砲が同時に発射炎を閃かせ、交互撃ち方のそれを遥かに上回る反動が、艦を大きく震わせた。

人見自身も、衝撃に全身を打ちのめされ、しばし身じろぎもせず、その場に立ち尽くした。

「敵艦隊、右に変針！」

斉射の衝撃がまだ収まらぬうちに、碓井飛行長が敵の動きを報告した。

水木電測長も、電探の管面に映った敵の動きを報せてくるが、飛行長の報告の方が早い。夜戦であればともかく、昼間の砲戦では、電探よりも観測機搭乗員の肉眼の方が、早く敵の動きを見抜けるようだ。

人見は、双眼鏡を敵に向けた。

確かに報告通り、敵重巡三隻が、艦首を右に振り始めている。回頭に伴い、「吾妻」の艦橋からではっきりと見えなかった艦尾が見え始めている。

「まずいな」

人見が舌打ちしたとき、「吾妻」の斉射弾が着弾した。

九発の二八センチ砲弾は、水柱だけは盛大に噴き上げたが、直撃はない。ボルティモア級には傷一つついていない。

乾砲術長は、敵艦が直進を続けると想定し、その未来位置目がけて二八センチ砲弾を発射させた。発射直後に敵が回頭を始めたため、第一斉射は空振りに終わったのだ。

「面舵一杯。針路〇度!」

人見は咄嗟《とっさ》に判断し、辰己航海長に命じた。

敵重巡三隻が「吾妻」の後方を抜けようとしていると判断したのだ。

背後を抜けられれば、「吾妻」は艦尾から丁字を描かれる形になり、二〇センチ主砲二七門の集中砲火を浴びる。更に、敵重巡三隻に、味方駆逐艦への肉迫を許すことにもなる。

その前に反転し、敵の動きを抑えねばならない。

「観測機、被弾!」

舵の利きを待つ間に、艦橋見張員が悲報をもたらした。

人見は、咄嗟に双眼鏡を敵艦隊の上空に向け、思わず呻き声を発した。

零観が炎と煙の尾を引き、墜落しつつある。敵重巡三隻に近づき過ぎ、対空砲火を浴びたのだ。

「吾妻」は零観の搭乗員二名と共に、弾着修正に必要な空中の眼を失ったことになる。射撃精度の低下は免れない。

「敵艦隊、直進に戻ります。針路三〇度!」

「敵一番艦発砲。続けて三番艦発砲!」

「吾妻」が回頭を待つ間、水木電測長と艦橋見張員が、敵の動きを報告する。

観測機を失った今、敵の動きを知るには、電探と見張員だけが頼りだ。

「針路四五度！」

を、人見は下令した。

先に「針路〇度」と命じたが、針路を三〇度に取った敵艦隊に対し、「吾妻」が針路を〇度に取れば、後方から射弾を浴びることになる。

針路を四五度に向け、敵の頭を押さえると決めた。

（急げ、『吾妻』）

胸中で、人見は「吾妻」に呼びかけた。

二〇センチ砲弾多数の飛翔音が聞こえ始め、耐え難いまでになった――と思ったとき、「吾妻」はようやく艦首を右に振り始めた。

舵が利くまでには時間がかかるが、一旦利き始めれば動きは速い。艦首は見えない力に引っ張られるように、大きく右へと動き、左舷側に見えていた敵艦隊が視界の外に消える。

回頭が始まってから数秒後、敵の射弾がまとまって落下してきた。

まず艦の左舷前方に、多数の敵弾が落下して水柱を噴き上げ、次いで左舷正横に弾着の飛沫が上がった。

最後に、「吾妻」の正面に複数の水柱がそそり立った――と見えた直後、衝撃が艦を揺るがし、炸裂音が甲板上を駆け抜けた。

「……！」

人見は、声にならない呻きを上げた。

敵艦隊は、「吾妻」の回頭を読んでいた。

「吾妻」が自分たちの転舵に合わせて回頭するものと予測し、その未来位置を目がけて砲撃したのだ。

左舷前方と左舷正横に着弾したのは、「吾妻」が直進した場合、面舵を切った場合、取舵を切った場合の全てに対応できるよう、砲撃を行ったものだろう。三対一という数の優位を生かした戦法と言えた。

「まだだ」

人見は呟いた。

「吾妻」は、速度性能に重点を置いて建造された巡洋戦艦だが、「重防御・軽攻撃力」というドイツ製軍艦の特徴を持つ。

主砲の口径を二八センチに抑えた代わりに、艦体は強靭《きょうじん》に作られている。装甲の厚さは水線下三五〇ミリ、主砲前楯三六〇ミリ、司令塔三五〇ミリと、部分的には長門《ながと》型戦艦をも上回る。

重巡の二〇センチ砲弾であれば、多数を集中して喰らわない限り、十二分に耐えられるのだ。一発や二発、直撃弾を喰らったからといって、慌てることはない。

敵弾は、なおも飛来する。

「吾妻」の前後左右に、おびただしい水柱がそそり立つ。再び直撃弾が出たらしく、艦橋の後方から、衝撃音が伝わってくる。

敵弾が降り注ぐ中、「吾妻」は回頭を続ける。

艦が針路四五度、すなわち北東を向き、直進に戻ったとき、

「敵一番艦、『吾妻』の右三〇度、二二〇《フタフタマル》（二万二〇〇〇メートル）。針路〇度。三、四番艦、これに続きます」

水木電測長が報告を上げた。

（しまった）

人見は、失策を悟った。

「吾妻」が右に回頭している間に、三隻の敵重巡は取舵に転舵し、「吾妻」の艦首に左舷側を相対させたのだ。「吾妻」は前部の主砲しか使えないが、敵重巡三隻は、全主砲を使用できることになる。

「取舵一杯。針路三三〇度！」

「取舵一杯。針路三三〇度！」

人見が咄嗟に命じ、辰己が操舵室に下令する。

「吾妻」は敵の砲火の中に、自ら飛び込むようにして、しばらく直進を続ける。

敵一番艦の艦上に、発射炎が閃く。三、四番艦の

二〇センチ主砲も、遅れじと火を噴く。

「吾妻」の第一、第二砲塔も、右舷側に素早く旋回し、咆哮する。六つの砲口から火焔がほとばしり、右舷側の海面が、炎を反射して赤く染まる。

入れ替わりに、敵弾が唸りを上げて落下する。

艦の右に、左に、多数の水柱が噴き上がり、第一砲塔の正面防楯《ぼうじゅん》に直撃の火花が散る。

前甲板にも一発が命中し、揚錨機《ようびょうき》が周囲の板材もろとも粉砕され、宙に舞い上がる。

左舷後方からも鈍い爆発音が聞こえ、艦橋が不気味に振動する。長一〇センチ高角砲が直撃を受け、誘爆を起こしたのかもしれない。

敵重巡三隻が、新たな斉射を放つ。

入れ替わりに、敵三番艦――ボルティモア級の左舷付近に巨大な水柱がそそり立ち、艦橋を越えて伸び上がる。

轟沈を期待させる光景だが、ボルティモア級は悠然と姿を現す。直撃弾はなかったらしく、艦上に火災煙は見えない。

「吾妻」は、ひとたびはボルティモア級に挟叉を得たものの、回頭によって彼我の相対位置が大きく変わったため、砲撃は弾着修正のやり直しになったのだ。

敵三番艦が回頭後、三度目の斉射を放つ。四番艦がこれに続き、一番艦の斉射が最後になる。

シアトル級より発射速度で勝るボルティモア級の主砲が、その本領を発揮し始めたのだ。

敵弾が落下する寸前、「吾妻」は左舷側への回頭を始めた。

回頭する「吾妻」の正面から右舷前方にかけて、多数の水柱がそそり立ち、後方から鋭い音が響いた。

今度は、炸裂音はない。ボルティモア級の射弾は、命中はしたものの、主要防御区画に命中し、跳ね返されたのだろう。

数秒の時間差を置いて、四番艦、一番艦の射弾が続けざまに落下する。

こちらは、直撃弾はない。一発が至近距離に落下し、水柱が舷側に当たって砕けた程度だ。

弾着の狂騒が収まったとき、

「敵艦隊、取舵に転舵。針路二七〇度！」

水木の報告が飛び込んだ。

敵艦隊は、「吾妻」の頭を抑えるようにして、前へ前へと回り込みつつある。あたかも、「吾妻」の行く手を塞《ふさ》ごうとしているかのようだ。

当初「吾妻」は、敵重巡と第一〇戦隊の間に割って入るように動いていたが、今は敵艦隊の方が、「吾妻」と第一〇戦隊を分断するように動いている。

（俺は、考え違いをしていたのではないか？）

不意に、そのことに人見は思い至った。

今まで人見は、敵の重巡部隊から、第一〇戦隊と第一四、一六両駆逐隊を守るつもりで戦っていた。

しかし敵艦隊の目的が、溺者救助の妨害であるというのは、こちらの推測に過ぎない。

敵の目的が、「吾妻」の捕捉撃沈である可能性は、充分考えられるのだ。

「航海長──」

人見が新たな命令を出そうとしたとき、敵重巡三隻の射弾が、唸りを上げて襲いかかってきた。

「吾妻」の正面と左右両舷付近に、複数の水柱が噴き上がり、直撃弾炸裂の衝撃が連続して四回、「吾妻」の巨体を揺るがせた。

4

「吾妻」が単艦で米重巡三隻を向こうに回し、砲撃戦を戦っている間、第一〇戦隊の「大淀」「仁淀」は、敵駆逐艦の群れと渡り合っていた。

電測長は、「敵艦一四隻」と報告している。

敵の数は多いが、第一〇戦隊司令官鍋島俊策少将は、大淀型軽巡の一五・五センチ主砲、長一〇センチ高角砲の速射性能と「大淀」「仁淀」乗員の腕に全幅の信頼を置いていた。

「敵距離二四〇《フタヨンマル》（二万四〇〇〇メートル）！」

電測長海野直人《うんのなおと》大尉の報告が「大淀」の艦橋に飛び込むや、

「砲撃始め！」

鍋島は、大音声で下令した。

「主砲、砲撃始め！」

「大淀」艦長福岡徳治郎《ふくおかとくじろう》大佐の下令と同時に、既に左舷側に向けられ、今や遅しと発砲のときを待ち続けていた「大淀」の一五・五センチ主砲一二門が一斉に火を噴き、重量五五・九キロの砲弾を、秒速九二〇メートルの初速で叩き出した。

「仁淀」艦長白石長義《しらいしながよし》大佐も三秒ほど遅れて、

「主砲、砲撃始め」

を下令し、一二門の一五・五センチ主砲の砲声が、海面に轟き渡った。

通常であれば、各砲塔一門ずつの交互撃ち方によって弾着修正を行い、挟叉が得られたところで斉射に移るが、第一〇戦隊は敢えて最初からの斉射に踏み切った。

「大淀」も「仁淀」も、第一斉射の六秒後には第二斉射を放ち、第三斉射、第四斉射と砲撃を連続する。

第一〇戦隊が展開する海面には、三秒置きに一五・五センチ砲一二門の砲声が轟き、二隻の軽巡の艦上に多量の砲煙が流れる。

先に行った斉射の砲煙が流れ去る前に、次の斉射が放たれ、爆風が砲煙を散り散りに吹き飛ばし、また新たな砲煙が立ちこめる。

「大淀」「仁淀」から放たれた射弾は、二万メートル以上の距離を一飛びし、最大戦速で突進する敵駆逐艦の面前に、左右に、あるいは後方に、一二本ずつの水柱を噴き上げる。

「大淀」の射弾が噴き上げる水柱の色は若草色、「仁淀」のそれは紫だ。他艦の弾着と区別するため、主砲弾に仕込まれた染料が、水柱を染めている。

中口径砲弾の弾幕射撃とでも呼ぶべき猛射に対し、敵駆逐艦は一隻ずつばらばらになり、右に、左にと、転舵を繰り返しながら向かってきた。

砲術長は、敵の未来位置を狙って砲弾を撃ち込むが、不規則に転舵を行う敵艦の未来位置を見極めるのは容易ではない。

一五・五センチ砲弾が、確かに敵艦を捉えた――と見えた直後には、敵駆逐艦は水柱の間を抜け、健在な姿を現す。

艦上に火災炎が躍ることもなければ、速力が衰えることもない。

「大淀」「仁淀」は、圧倒的な弾量を叩き付けているように見えるが、それらはことごとく空振りに終わっている。三秒置きに発射される一二発の一五・五センチ砲弾は、空しく海面を抉るだけだ。

「敵距離二〇〇《フタマルマル》……一九〇《ヒトキュウマル》……」

海野電測長が、電探が示す数字を読み上げ、「大淀」の艦橋に報告を送ってくる。

「一八〇《ヒトハチマル》」

の報告が上げられた直後、ようやく「大淀」の射弾が、敵駆逐艦を捉えた。

先頭をゆく艦を、若草色の水柱が包み込んだ、と見えた直後、巨大な火焔が湧き出し、黒い塵のような破片が飛び散った。

続けて「仁淀」の斉射が、有効弾を出した。

敵駆逐艦一隻の艦尾付近に、紫の水柱がそそり立った――と見えた直後、その艦の速力がみるみる衰えた。のみならず、その場で円を描き始めた。艦尾への直撃弾ないし至近弾が、敵駆逐艦の舵を損傷させ、操舵不能に陥《おちい》らせたようだった。

辛くも二隻をしとめたものの、敵駆逐艦はなお一二隻が残っている。

「敵距離一七〇《ヒトナナマル》……一六〇《ヒトロクマル》……」

海野電測長が、報告を続ける。

後続艦の動きに変化はない。

僚艦の被弾に怯えた様子も見せず、左右への不規則な転舵を繰り返しながら突っ込んでくる。

また一隻、「大淀」の射弾が敵駆逐艦を捉える。

一五・五センチ砲弾の水柱が敵艦を包んだ——と見えた直後、巨大な火柱が水柱と高さを競うかのように奔騰した。

火柱に乗って、無数の破片が舞い上げられ、艦の周囲に飛び散った。

数十秒の間を経て、おどろおどろしい爆発音が伝わった。

おそらく一五・五センチ砲弾の一発が、魚雷発射管に命中し、誘爆を起こさせたのだろう。

米駆逐艦の魚雷は、五連装発射管を中央部と後部に一基ずつ配置していると聞く。うち一方が誘爆を起こしただけでも、五本もの魚雷が、艦上で炸裂する計算だ。

基準排水量が二〇〇〇トンそこそこの駆逐艦に、耐えられる打撃ではなかった。

敵駆逐艦の艦上に火柱が上がるのを確認してから、爆発音が届くまでの数十秒間にも、敵艦は突撃を続け、「大淀」「仁淀」の一五・五センチ主砲は咆哮を繰り返す。

最初の三隻は、比較的短い時間内にしとめることができたが、四隻目はなかなか捉えるに至らない。

どの艦も規則性のない転舵を繰り返し、容易に捕捉されない。

距離が一万五〇〇〇を切っても、新たな戦果はない。一〇隻前後の敵駆逐艦は、「大淀」「仁淀」との距離を、急速に詰めようとしている。

「距離一四〇《ヒトヨンマル》」

の報告があったところで、

「高角砲、砲撃始め！」

福岡「大淀」艦長と白石「仁淀」艦長は、前後して下令した。

直後、主砲のそれとは異なる砲声が、艦の左舷側に、四秒置きに轟き始めた。

片舷四基の長一〇センチ連装高角砲が、砲撃を開始したのだ。

砲弾の初速は秒速一〇〇〇メートル。最大射程は一万四〇〇〇メートル。敵駆逐艦を、射程内に捉えている。

一五・五センチと一〇センチ、大小二種類の砲が、繰り返し咆哮し、敵駆逐艦に多数の射弾を叩き付ける。

海面は、これまでよりも一層激しく荒れ狂い、弾着や水中爆発に伴う飛沫が、青い海面を激しく泡立たせ、白く染め変えてゆく。

米駆逐艦も、砲撃を開始する。

前甲板に発射炎が閃き、一二・七センチ両用砲弾が唸りを上げて飛来し、「大淀」「仁淀」の左舷側海面に、正面に、後方に、弾着の飛沫を噴き上げる。

右に、左にと目まぐるしく回頭を繰り返しながらの砲撃であるため、射撃は正確さを欠く。一二・七センチ砲弾のほとんどは、見当外れの海面に落下するだけだ。

それでも一度ならず、「大淀」「仁淀」の至近距離に敵弾が落下し、突き上がる水柱が舷側に当たって砕けた。

「大淀」「仁淀」が、砲撃の手を緩めることはない。

一五・五センチ砲装備の軽巡とはいえ、基準排水量八〇〇〇トンを超える大艦だ。一二・七センチの小口径砲弾が至近弾となったところで、小揺るぎもするものではない。

「距離一二〇《ヒトフタマル》」

の報告が、電測長から上げられる。

彼我の距離が、砲戦開始時点の半分以下にまで縮まったためだろう、彼我共に砲撃が正確さを増す。

敵駆逐艦一隻の前甲板に直撃弾炸裂の閃光が走り、箱形の一二・七連装砲塔が空中高く舞い上がる。

かと思えば、別の敵駆逐艦に、一〇センチ砲弾が続けざまに命中する。

直径一〇センチの小口径砲弾は、艦体に破孔を穿ち、甲板を直撃して板材を吹き飛ばし、両用砲の正面防楯を貫通し、電探用のアンテナを粉砕する。

米駆逐艦は、艦体といわず上部構造物といわず、至るところを鉄と火薬の牙で食いちぎられ、鉄のぼろと化してゆく。

米駆逐艦の一二・七センチ砲弾も、「大淀」「仁淀」を捉える。

一発が「大淀」の後甲板を直撃し、甲板の板材を引き剝がし、吹き飛ばす。

「仁淀」の左舷側に二発が命中し、砲撃を繰り返していた一〇センチ連装砲塔の正面防楯に閃光が走る。

長一〇センチ砲の砲身が、二門とも根元からちぎれ飛び、砲塔そのものも爆砕される。正面の防楯や天《てん》蓋《がい》が引き裂かれ、粉砕された部品が、爆炎に乗って舞い上げられ、海面に落下して飛沫を上げる。

「大淀」が六発を、「仁淀」が八発を、それぞれ被弾したところで、敵駆逐艦の動きに変化が生じた。

「敵艦、距離五〇《ゴマル》（五〇〇〇メートル）！」

海野電測長が報告を上げた直後、

「敵艦、二手に分かれます！」

艦橋見張員が、敵の動きを読み取って叫んだ。

鍋島は、思わず身を乗り出した。

これまでばらばらに動いていた敵駆逐艦が、ここに来て、統制の取れた動きを見せている。

五隻が面舵に転舵し、四隻が取舵に転舵したのだ。

二手に分かれ、第一〇戦隊の前方と後方を抜ける針路だ。

「いかん！」

鍋島は、顔から血の気が引くのを感じた。

敵駆逐艦は第一〇戦隊を回避し、左舷側に回ろうとしている。

そちらの海面では、一四駆と一六駆の陽炎型駆逐艦六隻が、富嶽搭乗員の救助作業中なのだ。

隊列を組んでの砲雷戦なら、決して米駆逐艦に引けを取るものではないが、各艦がばらばらになり、個別に救助作業を行っている状況下で、多数の敵駆逐艦に襲われれば、精強を以て鳴る陽炎型駆逐艦といえども、ひとたまりもない。

「目標、左舷前方の敵駆逐艦！」

福岡「大淀」艦長が、鍋島の命令を受けるよりも早く、砲術長常盤道雄《ときわみちお》中佐に下令する。

「大淀」の主砲が一時的に沈黙し、左舷前方に旋回する。ほどなく砲口に新たな発射炎が閃き、六秒置きの斉射を再開する。

左舷後方に眼を向けると、敵駆逐艦の正面や左舷側海面に、さかんに水柱が噴き上がっている様が見える。「仁淀」が、第一〇戦隊の後方を抜けようとしている敵駆逐艦に砲火を浴びせているのだ。

第一〇戦隊の前方を抜けようとしている敵駆逐艦は、全ての一二・七センチ両用砲を「大淀」に向け、四秒置きから五秒置きに斉射を放つ。

直径一二・七センチの小口径弾が唸りを上げて飛来し、「大淀」の正面に、左舷側に、右舷側に、多数の水柱を噴き上げる。

水柱の一つ一つは、さほどの大きさではないが、何と言っても数が多い。多数の細い水柱が同時に噴き上がる様は、海面が地獄の針の山と化したかのようだ。

敵弾の何発かは、「大淀」に直撃する。

艦中央部の主要防御区画に、斜め前から命中した一弾は、異音を発して弾き飛ばされる。

長一〇センチ高角砲塔への直撃弾は、爆炎と共に砲塔を粉砕し、引きちぎられた砲身や引き裂かれた鋼鈑を舞い上げ、海中へと投げ込む。

艦首の非装甲部への命中弾は、艦体に大穴を穿ち、兵員居住区で炸裂し、兵の私物も、官給品も、一緒くたに吹き飛ばす。

「大淀」も、砲撃を繰り返す。

前部二基の主砲塔は、敵駆逐艦の進撃に合わせて旋回し、六秒置きに火焰を吐き出す。

敵駆逐艦の前方に、左右に、一二・七センチ砲弾のそれより遙かに巨大な水柱がそそり立つ。

敵駆逐艦は、速力を緩めることはない。若草色の水柱の間をすり抜け、あるいは艦首で踏みつぶしながら、三五ノット以上の速力で突き進む。

「第三、第四砲塔、砲撃不能。敵艦が射界から外れました」

「第三、第四砲塔は、左舷後方の敵駆逐艦を砲撃せよ」

常盤砲術長の報告に、福岡艦長がすかさず応答を返す。

第一、第二砲塔は、これまで通り前方の敵駆逐艦を砲撃するが、第三、第四砲塔は、後檣《こうしょう》の予備射撃指揮所に指揮を委ね、後方の敵を砲撃させようというのだ。

ほどなく後方から、第一、第二砲塔の砲撃と三秒ほど時間差を置いて、砲声が轟き始めた。

福岡の命令に従い、第三、第四砲塔が、左舷後方を抜けようとする敵駆逐艦四隻を目標に、砲撃を開始したのだ。

「仁淀」の白石艦長も同じことを考えたのだろう、左舷前方を突き進む敵駆逐艦の前方や後方に、紫色の水柱が六本ずつ、六秒置きにそそり立っている。

今や「大淀」「仁淀」は、九隻の敵駆逐艦を同時に殲滅すべく、前部二基の主砲塔を左舷前方に、後部二基の主砲塔を左舷後方に向け、複数の目標を同時に砲撃していた。

直径一五・五センチの中口径砲弾と一〇センチの高角砲弾が唸りを上げて飛び、敵駆逐艦の周囲に、高さの異なる水柱を噴き上げる。

敵駆逐艦からも、四秒置きに直径一二・七センチの小口径弾が飛来し、海面を沸き返らせ、「大淀」「仁淀」の艦体や甲板を抉り、上部構造物を傷つける。

ほどなく左舷前方の敵駆逐艦のうち、先頭をゆく艦の中央部に、直撃弾炸裂の閃光が走った。

一五・五センチ砲弾がどこに命中したものか、何か細長いものが吹き飛ぶ様が見え、次いで甲板上に多量の黒煙が立ちこめ始めた。同時に、速力がみるみる衰え始め、後続艦に追い抜かれた。

「大淀」の一五・五センチ砲弾が、煙突を破壊し、煙路にまで損傷を与えたようだった。

「左舷後方の敵艦一、火災！」

　後部見張員も、弾んだ声で報告を送ってくる。

「大淀」「仁淀」の第三、第四砲塔合計一二門の一五・五センチ主砲が、更に一隻の敵駆逐艦をしとめたのだ。

　また一隻、左舷前方をゆく敵駆逐艦の艦上に、直撃弾の炎が躍る。

　今度は艦橋に命中したらしく、艦容が一瞬で大きく変わる。

　前部の主砲塔にも直撃弾を得たのか、前甲板に炎が躍っている。火災炎は艦の航進に伴い、強風に煽られ、赤い大蛇のように甲板をのたうちながら、後方へと燃え広がっている。

　砲戦を開始してから現在までに撃沈破した敵駆逐艦の数は、これで八隻。残りは六隻だ。

　戦力の半分以上を失っても、敵はなお突撃を止めない。被弾炎上した僚艦には眼もくれず、「大淀」「仁淀」の前方と後方を迂回《うかい》しようとしている。


「一〇戦隊、針路〇度。『大淀』主砲右砲戦、『仁淀』主砲、左砲戦！」

　敵の先頭艦が「大淀」の真正面近くに来たとき、鍋島は慌ただしく下令した。

「面舵一杯。針路〇度！」

「主砲右砲戦。回頭終わり次第、砲撃始め！」

　福岡艦長が、航海長と砲術長に命じる。

「面舵一杯。針路〇度！」

　航海長山本英三《やまもとえいぞう》少佐が、怒鳴り込むようにして操舵室に命じる。

　舵が利くのを待つ間にも、「大淀」の主砲は砲撃を続ける。

　敵駆逐艦の航進に合わせて、左舷前方から右舷前方に旋回し、六秒置きの砲撃を繰り返す。敵を射界に収めた右舷側の高角砲も火を噴き、敵駆逐艦の正面に、左舷付近に、後方に、一〇センチ砲弾落下の飛沫が上がる。

　舵が利き始め、「大淀」が艦首を振る。

「『仁淀』、回頭始めました」

後部見張員が、僚艦の動きを報せてくる。

以後は、敵駆逐艦と同航戦を戦いつつ、敵の戦力を削いでゆけばよい。

そう、鍋島は思っていたが――。

「右舷、雷跡多数！」

「左舷にも雷跡！」

艦橋見張員の報告に、鍋島は思わず呻いた。

敵駆逐艦は、ただ第一〇戦隊を迂回するだけではなかった。駆逐艦が大艦を食うことができる唯一の武器――魚雷をぶっ放していったのだ。

「舵、まだ戻すな。切り続けろ！」

福岡が咄嗟に、山本航海長に命じる。

双眼鏡を左舷前方と右舷前方に交互に向け、魚雷の針路と「大淀」との相対位置を見極めようとしている。

右舷から向かってくる魚雷には艦首を、左舷から向かってくる魚雷には艦尾を向け、対向面積を最小にして、回避しようというのだ。

「大淀」は身震いしながら、回頭を続けている。

鍋島の眼にも、雷跡が見え始める。

「大淀」の艦橋から見えるだけでも、一〇本以上が、扇状に迫ってくる。

その雷跡に、自ら艦首を突入させるようにして、「大淀」は回頭を続ける。

鍋島は両眼を大きく見開いて、雷跡を見つめた。息を呑んで、その瞬間を待った。

頃合いよしと判断したのだろう、

「戻せ。舵中央！」

「戻せ。舵中央！」

福岡が下令し、山本が操舵室に命じた。

急角度で右舷側に回頭していた「大淀」の描く円弧が、緩やかになる。

艦が直進に戻るのとほとんど同時に、正面から向かってきた二本の雷跡が艦首の陰に消えた。

鍋島は命中を覚悟して身構えたが、

「右の魚雷、後方に抜けました！」

「左の魚雷、回避しました！」

連続して飛び込んだ見張員の報告に、大きく安堵の息を漏らした。

雷跡に対する福岡艦長の見極めは完璧だった。絶妙のタイミングで舵を戻し、迫る魚雷の間に艦を乗り入れたのだ。

「『仁淀』はどうか？」

「魚雷の回避に成功せる模様！」

鍋島の問いに、首席参謀八木沢四郎《やぎさわしろう》中佐が間髪入れずに応答を返した。

「よし、戦隊針路〇度。敵駆逐艦を――」

鍋島が声を上げかけたとき、

「後方より雷跡六！」

後部見張員の報告が飛び込んだ。

「司令官、このまま行きます」

「……よかろう」

福岡の有無を言わさぬ口調に気圧《けお》され、鍋島は頷いた。

艦尾に被雷すれば、舵や推進軸を損傷し、動けなくなる危険がある。反面、艦尾からの雷撃は、対向面積が最小になることに加え、魚雷が艦を追いかける形になるから、命中する危険は減少する。

下手に転舵するよりも直進を続けた方が、魚雷をかわせる可能性が高いと、福岡は睨んだのだ。

ほどなく、見張員が新たな報告を送ってきた。

「魚雷、本艦右舷。並進します！」

「本艦左舷付近に魚雷二。並進します！」

「なに？」

鍋島は右舷側の海面を見、次いで左舷側の海面を見た。

見張員が報告した通り、「大淀」は魚雷に左右を挟まれている。

直進を続ける限り被雷はしないが、右にも左にも回頭できない。

「艦長――」

「このまま行きます」

先ほどと同じ言葉を、福岡は繰り返した。「魚雷の燃料が尽きて沈むまで、直進する以外にありません」

「しかし……」

鍋島はしばし絶句し、艦の左舷側を見つめた。

このままでは、敵駆逐艦からどんどん離れることになる。その間に、一四駆、一六駆が、敵駆逐艦の攻撃を受けたらどうなるのか。

「司令官、『仁淀』を先行させましょう」

八木沢が具申した。「現状では、他に方法がありません」

「分かった」

鍋島は即断し、隊内電話の受話器を取り上げた。

「仁淀」の白石艦長を呼び出し、

「本艦を顧みず、敵駆逐艦を追撃せよ」

と命じた。

やがて「大淀」の左舷後方に、「仁淀」の姿が見え始めた。

最大戦速で航進し、敵駆逐艦を追っている。

「間に合ってくれよ、『仁淀』」

鍋島はそう呟き、「大淀」の左右両舷を交互に見やった。

雷跡は、依然艦と平行に走っている。

敵魚雷の燃料は、すぐには尽きそうになかった。

5

六隻の米駆逐艦が「大淀」「仁淀」の迎撃を突破したとき、第一四駆逐隊の司令駆逐艦「陽炎」は、三名の富嶽搭乗員を、一番カッターと共に収容していた。

他に二名の搭乗員が二番カッターに収容され、一名が海面に残っている。

この時点で、第一六駆逐隊の「初風」「雪風」「天津風」「時津風」は、救助作業の完了を宣言し、後

方への避退を始めており、第一四駆逐隊の僚艦「不知火」も、

「八名収容。今より避退す」

と報告した。

二番カッターの二名と海面の一名、合計三名を収容すれば、富嶽搭乗員の救助は完了する。

最後の一人までの距離は、「陽炎」から約三〇〇メートル。波に揺られながら、救助を待っている。

二番カッターは、波飛沫をくぐり、波浪を乗り越えながら、搭乗員に接近している。

そこに第一〇戦隊司令部から、

「敵駆逐艦六、貴方に向かう」

の緊急信が飛び込んだのだ。

事実、敵駆逐艦の姿は肉眼で見えている。いつ、砲撃が始まってもおかしくない。

このような場合は、二番カッターの艇員四名と未収容の富嶽搭乗員三名よりも、艇員以外の「陽炎」乗員と救助を終えた搭乗員を優先するのが、戦場の常識だ。

だが佐野直樹一四駆司令も、泉田龍「陽炎」艦長も、敢えてその常識に逆らった。

「敵駆逐艦、向かって来ます。距離一三〇《ヒトサンマル》（一万三〇〇〇メートル）！」

艦橋見張員が緊張に上ずった声で報告したとき、

「両舷前進微速！」

を、泉田は命じた。

二番カッターとの距離を詰め、収容を急ごうと考えたのだ。

周囲の海面が泡立ち、「陽炎」はゆっくりと前進を開始する。

「敵距離一二〇《ヒトフタマル》！」

見張員が、重ねて報告する。

敵艦が距離を詰める速度に比べ、「陽炎」がカッターに接近する速度は、亀の歩みにも似て遅い。ともすれば、機関長に増速を命じたくなる。

だが、ことを焦れば、「陽炎」の艦体でカッター

を踏みつぶす危険がある。状況の如何《いかん》に関わらず、慎重な行動が不可欠だった。

二番カッターが最後の一人を収容したとき、「陽炎」は五〇メートルまで、カッターとの距離を詰めていた。

「両舷停止！」

を、泉田は命じた。

逆進がかけられ、艦の周囲の海水が泡立ち、「陽炎」はその場で停止した。

二番カッターの艇員が、顔面を紅潮させ、力一杯オールを漕ぐ。

その間にも敵駆逐艦は、最大戦速で突進してくる。

「距離一〇〇《ヒトマルマル》！」

を見張員が報告したとき、ようやく二番カッターは、「陽炎」の右舷側に横付けした。

「収容始め！」

の号令と同時に、ラジアル型ボート・ダビットからワイヤーが海面に降ろされ、先端のフックが艇体にかけられた。

「上げえ！」

の号令一下、「陽炎」乗員と三名の富嶽搭乗員を乗せたまま、ボート・ダビットが二番カッターを吊り上げる。

いつ、敵が砲撃を開始してもおかしくない。

泉田自身も、首筋に冷たいものが伝うのを感じながら、迫る敵駆逐艦と、二番カッターの収容作業を見守った。

二番カッターが搭載位置に収容され、富嶽搭乗員三名、艇員四名が上甲板に足を降ろしたとき、

「敵距離九〇《キュウマル》（九〇〇〇メートル）！」

の報告が飛び込んだ。

ほとんど同時に、敵一番艦の艦上に、発射炎が閃き、砲煙が甲板上に流れた。

一番艦だけではない。後続艦も、次々と砲撃を開始している。

「両舷前進全速！」

「面舵一杯！」

泉田は、機関長と航海長に下令した。

次いで上甲板の兵に、

「艦内への避退、急げ！」

を命じた。

その間にも、敵弾の飛翔音が聞こえ始める。

来る！　——そう直感した直後、「陽炎」の左右両舷に何本もの水柱が噴き上がり、水中爆発の衝撃が、艦底部を突き上げた。

敵の砲撃は連続する。

敵駆逐艦六隻のうち、最低でも四隻が「陽炎」を狙い、甲板上に次々と発射炎を閃かせている。

停止していた「陽炎」が動き出す。

機関の唸りが高まり、艦が加速される。

だが、その動きはもどかしいほど鈍い。三五ノットの俊足を誇る駆逐艦といえども、停止状態から最大戦速に移行するには時間がかかるのだ。

「魚雷発射始め。砲撃始め！」

敵弾が唸りを上げて飛来する中、泉田は戦闘開始を命じる。

もとより一隻で、六隻の駆逐艦を相手取れるとは思っていない。目的は、あくまで牽制《けんせい》だ。

左舷側の海面に、四本の魚雷が躍り出し、海面に突入する様子が見える。

艦橋からは、一番発射管の四本しか確認できなかったが、二番発射管も四本の魚雷を放ったはずだ。

魚雷が突入した海面が僅かに泡立つが、魚雷発射の痕跡はすぐに消える。

航跡を見ることはできないが、八本の九三式六一センチ魚雷は迫る敵駆逐艦を阻止すべく、四八ノットの雷速で、海面下を突き進み始めたはずだ。

魚雷発射と前後して、「陽炎」の一二・七センチ連装主砲三基六門が砲声を轟かせ始めた。

直径一二・七センチ、重量二三キロの砲弾が、五秒から六秒置きに、秒速七二〇メートルの初速で放たれ、敵一番艦目がけて飛ぶ。

それに対する返礼は、三倍、四倍にして返される。

敵駆逐艦は「陽炎」に艦首を向けており、使用可能な砲は前部の二基だけだが、艦の数が多いため、砲の門数は「陽炎」を圧倒しているのだ。

「陽炎」の右舷に、左舷に、次々と水柱がそそり立つ。

艦の正面にも、「陽炎」の行く手を塞ぐかのように、複数の水柱がまとまって噴き上がる。

かと思えば、艦尾付近に弾着があり、艦の後部から、蹴飛ばされるような衝撃が伝わってくる。

「敵距離七〇《ナナマル》……六五《ロクゴ》……」

見張員が上ずった声で報告し、その声を敵弾の飛翔音、弾着の水音がかき消す。

距離が詰まるにつれ、敵の弾着は正確さを増す。

弾着位置が次第に「陽炎」に近づき、至近弾落下の衝撃が、無視できないほどになってくる。

艦が右舷側への回頭を終え、速力が二〇ノットまで上がったとき、

「左舷に味方艦。『不知火』のようです！」

「なに？」

泉田は驚いて、艦の左舷側を見た。

見張員の報告通り、一四駆の僚艦「不知火」が、「陽炎」の左舷後方に向かっている。

「陽炎」と敵駆逐艦の間に割り込む格好だ。

「無茶は止めろ、下田《しもだ》！」

泉田は、「不知火」駆逐艦長下田学《まなぶ》中佐の名を呼んだ。

「不知火」は既に救助作業を終了していたはずだ。

収容した富嶽搭乗員と「不知火」乗員の安全を考慮すれば、「陽炎」に構わず、避退しなければならない。

にもかかわらず、「不知火」は「陽炎」の後方に突進し、敵艦隊に立ち向かおうとしている。

「不知火」の周囲にも、弾着の飛沫が上がり始める。

海が剝き出した牙を思わせる、林立する水柱の中を、陽炎型駆逐艦の二番艦が突き進んでゆく。

「不知火」が艦橋の死角に入り、視界から消えた――と思った直後、後部見張員から報告が入った。

「『不知火』、本艦後方で面舵に転舵。本艦の左舷後方に占位します」

「そうか……！」

泉田は「不知火」が見せた動きから、下田駆逐艦長の意図を悟った。

「不知火」は「陽炎」の後方に回り込み、敵駆逐艦に雷撃を敢行したのだ。

先に「陽炎」が行ったように、敵駆逐艦を牽制し、追撃を遅らせせようと考えてのことだろう。

「ありがたい……」

そう呟き、泉田は左舷後方についた「不知火」を見やった。

先に「不知火」の突撃を見たときには、下田の無茶を咎める声を上げたが、今はただ感謝の気持ちだけがあった。

敵駆逐艦の砲撃は、なお続いている。

「陽炎」の左舷側に、あるいは右舷側に、数秒置きに多数の水柱が噴き上がる。「陽炎」を援護するため、雷撃を敢行した「不知火」も同様だ。

「陽炎」も「不知火」も、後部二基の一二・七センチ主砲で応戦する。

五秒から六秒置きに、四発ずつの一二・七センチ砲弾を、敵駆逐艦の一番艦目がけて放っている。

最初に直撃弾を受けたのは「陽炎」だった。

艦の後部から衝撃と爆発音が伝わり、基準排水量二〇〇〇トンの艦体が震えた。

「第三砲塔損傷！」

の報告が、艦橋に飛び込んだ。

「『不知火』被弾！」

の報告が、続けて飛び込む。

泉田が左舷後方に眼をやると、「不知火」の後甲板から、火災煙が後方に伸びている様が見える。「陽炎」同様、後部に被弾し、火災が発生したようだ。

僚艦のことを案じる余裕はない。

新たな直撃弾が「陽炎」を襲い、被弾の衝撃が艦を貫く。

更に一発が命中し、

「第二砲塔損傷！」

の報告が、艦橋に送られる。

ごく短時間のうちに、「陽炎」は後部二基の主砲を粉砕されてしまったのだ。

これで「陽炎」の後部は、完全に丸裸になったことになる。

沈黙した「陽炎」に、更に追い打ちをかけるように、敵弾が撃ち込まれる。

左右両舷付近の海面に、至近弾落下の水柱が絶え間なく噴き上がり、直撃弾が艦体を容赦なく抉る。

敵弾落下の狂騒と、直撃弾炸裂の衝撃の中で、泉田はあるものを待っていた。

そろそろ来るはずだ――と、口中で呟いた。

その期待に応えるかのように、

「敵駆逐艦、隊列乱れます」

「敵駆逐艦一に水柱確認。魚雷命中です！」

後部見張員が、続けざまに報告を送ってきた。

「やったか！」

泉田は思わず身を乗り出し、右の拳を打ち振った。

「陽炎」が魚雷を発射したときの敵駆逐艦との距離は、約八〇〇〇メートル。

九三式六一センチ魚雷の雷速は、射程距離を一万五〇〇〇メートルに調整した場合で四八ノットだが、敵駆逐艦は最大戦速で、「陽炎」「不知火」を追ってきた。

魚雷と敵駆逐艦の相対速度は八〇ノット以上になり、八〇〇〇メートルの距離を、三分程度に縮めることになる。

ほどなく、おどろおどろしい爆発音が、後方から伝わってきた。

魚雷が敵駆逐艦を捉えた証《あかし》が、二〇秒余りの時を経て、「陽炎」に届いたのだった。

「敵の隊列、更に乱れます」

後部見張員が、続けて報告を送ってくる。

魚雷を放ったのは「陽炎」だけではない。「不知火」も時間差を置いて、八本の酸素魚雷を、敵駆逐艦に発射している。

敵艦隊は、駆逐艦一隻の被雷を見せつけられた直後に、新たな魚雷が向かってきたため、恐慌状態に陥っているのかもしれない。

「いいぞ。これで距離を稼げる」

泉田がほくそ笑んだとき、

「敵駆逐艦の後方に、味方巡洋艦。『大淀』か『仁淀』のようです！」

見張員が、新たな報告を送った。

数十秒の間を置いて、一二・七センチ砲のそれとは明らかに異なる砲声が、後方から聞こえ始めた。

――敵駆逐艦に背を向けている「陽炎」の艦橋から、直接視認することはできなかったが、米駆逐艦の隊列は、混乱の極みにあった。

航跡をほとんど引かないうえ、五〇ノット近い速力で突き進んでくる酸素魚雷の恐ろしさは、太平洋でも、大西洋、地中海でも知れ渡っている。その威力はたった今、目の前で見せられたばかりだ。

その恐るべき魚雷を回避しようと、各艦が右往左往しているところに、後方から追いすがってきた「仁淀」が、一五・五センチ砲弾を続けざまに撃ち込んだのだ。

艦尾に直撃弾を喰らった駆逐艦の一隻が、推進軸を引きちぎられ、黒煙を噴き上げながら、ゆっくりと停止する。

後甲板に被弾した駆逐艦は、一二・七センチ連装両用砲を爆砕され、吹き飛ばされた砲身や引き裂かれた鋼鈑を、空中高く舞い上げる。

被弾した艦から流れる火災煙が、他艦の視界を妨げ、混乱に一層の拍車をかける。

魚雷の航走音が後方に通り過ぎても、混乱は止まない。

「仁淀」は一五・五センチ主砲の砲撃を繰り返し、

米駆逐艦を一隻、また一隻と炎上させている。

もはや米軍の駆逐艦部隊に、組織だっての戦闘を行う力は残されていなかった。

彼らに「陽炎」「不知火」の追撃を続行し、この両艦を、救助した富嶽搭乗員もろとも撃沈する力など残っていないことは、誰の目にも明らかだった。

6

「富嶽搭乗員の救出作業、完了せり」

との報告を、巡洋戦艦「吾妻」艦長人見錚一郎大佐は、砲声と巨弾の飛翔音、至近弾の炸裂音が絶え間なく轟く中で受け取った。

本作戦における「吾妻」の役割は、敵の有力艦の牽制だ。

事前の作戦打ち合わせでは、救出作業が終わり次第、速やかに戦闘を打ち切り、撤収するものとされていた。

だが今の「吾妻」は、それができる状態にはない。

シアトル級重巡一隻、ボルティモア級重巡二隻の二〇センチ砲弾は、絶え間なく「吾妻」を襲い、既に数発が直撃している。

三連装三基九門の二八センチ主砲や測距儀、電探といった重要な部位はまだ無事だが、長一〇センチ連装高角砲二基、四連装二〇ミリ機銃座三基が破壊され、後甲板にも被害が生じている。

敵の砲撃は、熾烈《しれつ》さを増す一方だ。

敵重巡三隻との砲戦に勝ち、これを撃滅しない限り、この場からの離脱はできない。

「面舵一杯。針路三〇度！」

「回頭完了後、左砲戦。目標、敵四番艦！」

人見は仁王立ちとなり、砲声に負けぬほどの大音声で命じた。

現在、「吾妻」の針路は三三〇度、敵重巡三隻の針路は二七〇度だ。

敵は「吾妻」の右前方に位置し、イの字を裏返したような位置関係にある。

そこで人見は、「吾妻」を面舵に変針させ、敵の背後を取ろうと考えたのだ。

うまくすれば、これで脱出路が開ける。

「面舵一杯。針路三〇度！」

航海長辰己真吾中佐が、操舵室に下令する。

敵の射弾は七、八秒置きに飛来し、周囲の海面を轟々と沸き返らせ、直撃弾の衝撃が艦を震わせる。

中央の主要防御区画に命中した敵弾は弾き返すが、艦首、艦尾の非装甲部や上部構造物への命中弾は、損害を累積させてゆく。

艦が回頭を始めるまでの間に、艦首の非装甲部に二発が直撃して破孔を穿ち、射出機にも一弾が命中、これを根元から引きちぎり、吹き飛ばした。

兵員居住区には火災が起こり、艦は黒煙を後方に引きずった。

舵が利き、「吾妻」が右舷側に回頭する。

主砲塔は、艦とは逆に左舷側へと旋回し、二八センチ主砲の砲身が俯仰する。

敵の斉射弾が、「吾妻」の左舷付近にまとまって落下し、九本の水柱を奔騰させる。

それに続く斉射弾は、「吾妻」を追いかけるようにして左舷至近に落下し、新たな水柱を噴き上げる。

幸いなことに、直撃弾はない。至近に二発が落下し、突き上がる水柱が舷側に当たって砕けるが、艦体にも上部構造物にも被害はない。

「吾妻」が直進に戻る直前、

「敵艦隊、右一斉回頭！」

を、水木電測長が報告した。

人見は、双眼鏡を向けた。

報告された通り、敵重巡三隻が、一斉に面舵を切っている。

四番艦を先頭に、三番艦、一番艦と並ぶ格好だ。

「吾妻」に、食い下がるつもりらしい。

回頭中の敵四番艦目がけて、「吾妻」が第一射を放つ。各砲塔一門ずつの交互撃ち方だ。

三発の二八センチ砲弾が、唸りを上げて宙を飛び、敵四番艦の至近に巨大な水柱を噴き上げる。

「吾妻」の主砲は、第二射、第三射と砲撃を連続する。回頭を続ける敵四番艦の正面に、左右に、弾着の水柱が次々と噴き上がり、膨大な量の海水が、ボルティモア級重巡の巨体を翻弄《ほんろう》する。

「吾妻」の艦橋からは、艦そのものが苦悶にのたうっているかに見える。

だが、それはあくまで錯覚だ。巡洋艦以上の大艦が、至近弾で致命傷を負うことはない。

直撃弾を連続して与え、完全に沈黙させない限り、安心はできない。

第三射で挟叉弾が得られる。

観測機を失ったにもかかわらず、射撃精度は落ちない。先に初弾からの挟叉を得たことといい、今日の砲術は、いつになく冴えている。

斉射に移行するためか、二八センチ主砲がしばし沈黙する。

三隻の敵重巡は回頭を終え、針路を九〇度に向けている。「吾妻」との間に、楔形を描く格好だ。

やがて、斉射を告げるブザーが鳴り響く。

それが切れるや、前甲板から左舷側に向け、巨大な火焔がほとばしり、発射の反動が艦を震わせる。

敵四番艦に対する最初の斉射弾九発が、唸りを上げて飛ぶ。

敵は、まだ砲撃を再開しない。二隻のボルティモア級も、殿軍《しんがり》に位置するシアトル級も、沈黙を守っている。

「吾妻」の斉射弾は、狙い過たず敵四番艦を挟叉した。

弾着の瞬間、ボルティモア級の後部に、直撃弾のそれと分かる火焔が上がった。人見が身を乗り出した瞬間、多数の水柱が奔騰した。

「吾妻」の主砲弾が噴き上げた海水の柱は、しばし敵艦の姿を隠している。艦長としては、一秒でも早く戦果を見極めたいが、今は待つしかない。

　やがて水柱の陰から、ボルティモア級が姿を現す。後甲板から多量の黒煙が噴出し、その中に炎が躍る様が見える。

「吾妻」の二八センチ砲弾は、第三砲塔を直撃し、これを破壊したようだ。

　敵四番艦が現れるのを待ちかねていたかのように、「吾妻」は第二斉射を放った。

　直後、水木電測長から、

「敵四番艦、取舵に転舵。敵三、一番艦も、転舵する模様」

　との報告が飛び込んだ。

「粘るな、敵も……」

　人見は小さく舌打ちし、敵艦隊を見据えた。

　主砲発射の直後に回頭されては、命中はまず望めない。「吾妻」も初陣以来、何度も素早い回頭によって、敵の射弾に空を切らせてきたのだ。

　案の定、「吾妻」の第二斉射は空振りに終わった。

　九発の二八センチ砲弾は、ことごとく敵四番艦の右舷側海面に落下し、海水を滾《たぎ》らせただけだった。

　前甲板で、六門の主砲が仰角を上げる。

　六つの砲口から火焔がほとばしり、轟然たる砲声が甲板上を駆け抜ける。

　乾砲術長は、素早く射角を修正し、第三斉射を放ったのだ。

「吾妻」の第三斉射に合わせたかのように、敵艦の艦上に、次々と発射炎が閃いている。

　敵四番艦の前甲板に多数の発射炎が閃き、後方をゆく三番艦も、数秒遅れて砲撃を開始する。殿軍となった一番艦――シアトル級重巡も、九門の主砲に仰角をかけ、二〇センチ砲弾九発を発射する。

「敵艦隊、針路三〇度！」

　水木電測長の報告が届く。

「吾妻」と同じ針路だ。敵重巡三隻は、同航戦を挑んできたのだ。

　弾着は、「吾妻」の斉射弾が先だった。

　敵四番艦の中央よりやや後ろ寄り――後檣付近に

爆炎が躍り、箱状のものが吹き飛ぶ様が見えた。直後、周囲に噴き上がった水柱が、敵四番艦の姿を隠した。

「吾妻」の周囲にも、敵重巡三隻の斉射弾が、続けざまに落下した。

まず四番艦が放った六発が、左舷側海面にまとまって落下し、数秒の時を置いて、三番艦の射弾が襲ってきた。

これは「吾妻」の頭上を飛び越え、右舷側海面に落下したが、一発だけが命中したらしく、後部から衝撃と炸裂音が伝わった。

更に敵一番艦の射弾が、唸りを上げて落下した。これは見積もりが甘かったらしく、「吾妻」の後方に落下しただけに終わった。

水柱が崩れ、敵四番艦の姿が露わになる。

後部で発生した火災はますます激しくなり、二番煙突から後ろは、ほとんど黒煙に覆い隠されている。

「吾妻」の二八センチ砲弾は、後檣付近を直撃し、一二・七センチ両用砲を吹き飛ばした後、装薬に誘爆を起こさせたようだ。

後檣付近で発生した火災と、第三砲塔付近で発生した火災が合流し、手のつけられない大火となっているのかもしれない。

これだけの被害を受けながら、敵四番艦は、なお前部二基の主砲で斉射を続行した。敵三、一番艦がこれに続き、前甲板と後甲板を発射炎が彩った。

「吾妻」もまた、第四斉射を放った。

九門の砲口に発射炎が閃き、艦が反動に震えた——と思った直後、敵四番艦の斉射弾が落下してきた。

後部から二度、直撃弾の衝撃が走り、左舷側海面に三本、右舷側海面に一本の水柱がそそり立った。

敵四番艦は、後部に大火災を起こしながらも砲撃を継続し、「吾妻」に直撃弾を得たのだ。

恐るべき執念だった。

さほど間を置かず、敵三番艦と一番艦の斉射弾が落下した。

再び「吾妻」の艦体を、直撃弾炸裂の衝撃が揺るがした。衝撃はこれまでになく大きく、艦橋全体が痺《しび》れるように震えた。

被弾箇所は、艦橋にかなり近いと思われた。

「吾妻」の第四斉射弾は、敵四番艦を捉えている。

今度は二発が命中し、前部と中央部に一つずつ、巨弾炸裂の閃光が走った。

人見は四番艦に双眼鏡を向け、注視した。

第四斉射は、決定的といっていい打撃を与えたようだ。

一番煙突は根元から折れて吹っ飛び、メインマストも消えている。

第二砲塔付近からは、多量の黒煙が噴出し、艦橋の前に設けられている一二・七センチ連装両用砲や艦橋の下半分が見えなくなっている。

速力も衰え始めたらしく、敵三番艦との距離が縮まりつつあった。

「目標、敵三番艦！」

人見は乾を呼び出し、下令した。

四番艦は、もはや脅威にならないと判断したのだ。

「目標、敵三番艦」

乾が復唱を返し、二八センチ主砲がしばし沈黙した。

前甲板では、主砲塔が旋回し、砲身が俯仰する様が見える。「吾妻」の主砲は、新たな目標に狙いを定めているのだ。

その間にも、敵重巡の砲撃は続く。

驚いたことに、敵四番艦は、この期に及んでなお砲撃を続けている。

ただ一基残った第一砲塔のみの砲撃だが、前甲板に発射炎が閃き、爆風が火災煙を吹き飛ばして、束の間艦上の様子を露わにする。

二八センチ砲弾の直撃によって、三門の砲身のうち二門を吹き飛ばされ、砲塔の天蓋を大きく裂かれた第二砲塔の姿が、ごく短時間さらけ出されるが、それはすぐに火災煙によって隠される。

敵三番艦、一番艦も、新たな斉射を放つ。

飛翔音が急速に近づき、耐え難いまでに拡大した、と感じた直後、「吾妻」は新たな命中弾の衝撃に身を震わせた。

艦橋の左舷後方より、爆発音が繰り返し届き、その度に艦橋が振動した。敵弾が長一〇センチ高角砲を襲い、誘爆が起こったものと思われた。

(本艦の被害状況はどうなのか)

そんな想念が、ちらと人見の脳裏をかすめるが、その先に思いを巡らせる前に、

「敵四番艦沈黙！」

艦橋見張員の報告が届く。

敵四番艦は、隊列から完全に脱落し、戦闘は一対二となったのだ。

(勝てる)

その確信を、人見は抱いた。

砲戦開始時点では一対四だったが、「吾妻」はうち二隻を撃破し、なお充分な戦闘力を残している。敵の戦力が半分以下になった今、「吾妻」が敗れる道理はない。

二八センチ砲弾の装塡《そうてん》が完了したのだろう、主砲発射を告げるブザーが鳴り響く。

それが終わると同時に、「吾妻」は敵三番艦への第一射を放つ。

「……！」

人見は、小さく呻いた。

基本に忠実に、交互撃ち方から始めるかと思っていたが、発射の反動も、強烈な砲声も、明らかに斉射のそれだ。

乾は敵三番艦を砲撃するに当たり、最初からの斉射を選んだのだ。

敵重巡二隻のうち、三番艦は既に挟叉弾を得ており、「吾妻」は何発もの二〇センチ砲弾を被弾している。

乾はその現状を考え、最初からの斉射を選んだの

かもしれない。

「吾妻」が弾着を待つ間にも、敵三、一番艦は斉射を続ける。

一艦当たり九発ずつの二〇センチ砲弾が、時間差を置いて殺到する。

今度は、これまでにない強烈な衝撃が「吾妻」を襲った。

「吾妻」の左右両舷に、弾着の飛沫が上がると同時に、何かに叩き付けられたような衝撃が艦橋に襲いかかり、人見を初めとする艦橋要員たちは、大きくよろめいた。

被弾の衝撃が収まらぬうちに、敵一番艦の射弾が落下し、再び被弾の衝撃が「吾妻」を襲った。

空振りを繰り返していた敵一番艦も、ここに至り、直撃弾を得たのだ。

「吾妻」の第一斉射が落下する直前、敵重巡二隻は、新たな斉射を放った。

敵三番艦の艦上に発射炎が躍った、と見えた直後、その左舷側海面に多数の水柱が奔騰し、艦の姿を隠した。

「まだだな」

人見は呟いた。

第一斉射の九発は、全て手前に落下したと判断したのだ。初弾命中の快挙は、そう毎回出せるものではないということか。

(大丈夫。乾なら大丈夫だ)

と、自身に言い聞かせた。

今日の戦闘における乾の砲戦指揮は、人見が知る中でも最高の出来だ。

デ・モイン級に対しては初弾からの挟叉を得たし、他の重巡に対しても、砲撃三回以内で挟叉ないし直撃を得ている。

あと二回以内で、「吾妻」の斉射は敵三番艦を捉えるはずだ。

「副長より艦長」

このときになり、応急総指揮官を務める副長深山《みやま》直人《なおと》中佐から報告が入った。「現在までの直撃弾二〇発以上。一、三、五番高角砲、並びに射出機損傷。艦首、艦尾の非装甲部、上甲板、兵員居住区も損害大！」

人見が応答を返す前に、新たな敵弾が落下する。

新たな直撃弾の衝撃が走り、周囲に水柱が奔騰し、海面が轟々と沸き返る。

艦橋で感じる衝撃は、さほどのものではない。被弾箇所は、艦橋からかなり離れているようだ。

「砲術より艦橋」

今度は、乾から報告が届いた。「第三砲塔、使用不能。砲員との連絡が途絶しました」

「何だと？」

人見は、顔から血の気が引くのを感じた。

主砲塔一基が使用不能になれば、「吾妻」の火力は三分の二に落ちる。

「『天城』の二の舞か……」

その呻きが、人見の口から漏れた。

第二次ハワイ島沖海戦で、「吾妻」と共に第一一戦隊を編成していた姉妹艦「天城」は、多数の二〇センチ砲弾、一五・二センチ砲弾を前部に被弾し、累積した被害が電路に及び、第一、第二砲塔を使用不能に陥れられたのだ。

全く同じことが、「吾妻」にも起きたのだ。

「大丈夫です。主砲塔は、まだ二基使えます」

乾が返答した。

人見が受話器を置いた直後、前甲板に新たな炎が躍った。「吾妻」が二基六門に減った二八センチ主砲を発射したのだ。

入れ替わりに、敵三、一番艦の二〇センチ砲弾が落下する。

直径二〇センチの中口径砲弾が、二度、三度と繰り返して「吾妻」の艦体を叩く。

中央部の主要防御区画は敵弾を受け付けず、跳ね返しているが、艦首、艦尾の非装甲部や上部構造物には、被害が積み重なってゆく。

艦橋から直接視認することはできないが、艦首、艦尾は、相当に酷い有様になっているはずだ。

早く決着を付けねば――その焦慮に駆られつつ、人見は弾着を待った。

二度目の斉射からおよそ二〇秒後、敵三番艦の中央部――第一煙突と第二煙突の中間に、直撃弾炸裂の閃光が走った。直後、多量の水柱が奔騰し、敵三番艦を隠した。

「やったか!」

人見は、思わず身を乗り出した。

命中箇所から考えて、「吾妻」の第二斉射弾は、かなりの高確率で缶室か機械室を損傷させたはずだ。敵三番艦にとっては、「吾妻」の第三砲塔損傷よりも遙かに甚大《じんだい》な打撃になる。

水柱が崩れ、敵三番艦が姿を現す。

被弾した中央部から、黒煙が噴出し、海面に流れ落ちている。心なしか、速力が落ちたようだ。

人見が予想したとおり、「吾妻」の第二斉射は、敵の心臓部である機関部に損害を与えたのだ。

だが敵三番艦は、まだ余力を残していた。

三連装三基の主砲塔は、これまでと変わることなく斉射を放ち、敵一番艦もこれに続いた。

敵の斉射弾が落下する寸前、「吾妻」は第三斉射を放った。

前甲板に火焔が躍り、砲声が海面に轟き、発射の反動に艦が震えた。

斉射の余韻が残る「吾妻」の艦体を、新たな直撃弾が襲った。

衝撃は三度、時間差を置いて襲い、その度に「吾妻」の艦橋は、痙攣するように震えた。

衝撃の大きさは、さほどでもない。

敵弾は、艦橋からかなり離れた位置――おそらく艦尾付近に集中したのだ。

人見は、敵三番艦を見据えた。

今は自艦の被害状況より、第三斉射の成果が気になった。

敵三番艦の艦上に、再び直撃弾の閃光が走った。

それも二つ。

一つは、先に直撃弾を得た箇所から、さほど離れていない。第二煙突の付け根付近だ。

もう一つは、艦尾付近に確認されている。

「どうだ……？」

人見が身を乗り出したとき、新たな衝撃が「吾妻」の艦体を震わせた。

敵三番艦は、「吾妻」が先に直撃弾を受けたときには、既に新たな斉射弾を放っていたのだ。

被害状況報告が届くよりも早く、崩れる水柱の向こう側から、敵三番艦が姿を現す。

人見が期待したとおり、相当な被害を受けた様子だ。二番煙突は付け根から吹っ飛び、艦の中央部から湧き出す黒煙は、これまでよりも遙かに多い。

速力も、相当に衰えている。敵一番艦との距離が縮まり、今にも追い越されそうだ。

「吾妻」の第三斉射が、第二斉射と共に、敵三番艦の機関部に深刻な打撃を与えたのは間違いなかった。

艦の心臓部に打撃を受けているにもかかわらず、敵三番艦は、なお新たな斉射を放った。敵一番艦も、三番艦より僅かに遅れて砲撃した。

前甲板と後甲板に、合計九個の発射炎が閃き、爆風が火災煙を吹き飛ばして、艦の後部を露わにした。

「吾妻」も、敵三番艦への第四斉射を放った。

敵艦が機関部を損傷した以上、一番艦に目標を変更すべきか、と思ったが、主砲をまだ撃てる以上、脅威が去ったわけではないと判断したのだ。

弾着は、敵弾の方が先だった。

敵三番艦の射弾は全て外れたが、敵一番艦の射弾が直撃した。

直撃弾炸裂の衝撃は、これまでのものとは違っていた。艦底部からの、突き上げるような一撃だ。

敵弾は、「吾妻」の水線下に命中したのかもしれない。

数秒遅れて、「吾妻」の射弾も、敵三番艦を捉えた。

艦の前部と中央部に閃光が走り、複数の巨大な水柱が、檻《おり》のように敵三番艦を包み込んだ。

水柱が崩れたとき、敵三番艦の姿は、それまでとほとんど変わっていないように見えた。

前部二基の主砲塔は健在であり、艦橋や一番煙突にも、被弾の跡はない。

ただ、行き足は完全に止まっている。三基の主砲塔も、火を噴く様子はない。

海上に停止し、多量の黒煙を、活火山のように噴出し続けるだけだ。

「吾妻」の第四斉射が、敵三番艦を戦闘、航行不能に追い込んだのは明らかだった。

「目標――」

敵一番艦、と下令しかけて、人見は異変に気づいた。

艦が、緩やかな弧を描いている。左へ左へと、艦首を振っている。

「どうした、航海長⁉」

「たった今、操舵室より報告が入りました」

怒声を発した人見に、辰己航海長は、青ざめた表情を向けた。「水線部への被弾により、舵を損傷したようです」

「何だと？」

棒立ちになった人見に、新たな報告が届けられた。機関長尾藤礼治《びとうれいじ》中佐の報告だった。

「水線下への被弾により、一番推進軸損傷。使用可能な推進軸は二番のみ」

人見は、しばし言葉を失った。

舵を失っただけなら、推進軸を逆方向に回すことで回頭はできる。

だが舵に加えて、左舷側の一番推進軸まで失ってしまえば、艦は左舷側に旋回することしかできなくなってしまう。

「敵一番艦発砲！」

見張員の報告に、人見は顔を上げた。

敵一番艦――四隻の重巡のうち、最後に残ったシアトル級が「吾妻」の前方に回り込み、丁字を描いている。

いや、これはシアトル級が回り込んだというより、舵と推進軸一基を損傷し、行動の自由を失った「吾妻」が、自らの艦首を敵の艦腹に向けたと言うべきかもしれない。

「目標、敵一番艦！」

人見は、乾に命じた。

舵と推進軸を失ったことについては、後で考えればよい。今は、目の前の敵を倒すことが先だ。

「吾妻」の第一、第二砲塔が火を噴き、轟然たる咆哮を上げる。行動の自由を失っても、二八センチ主砲はなお六門が健在だ。一隻だけに減った重巡――それも、最新鋭とは到底言えないシアトル級ごときに負けるわけにはいかない。

その意地が、砲声に込められているように感じられた。

だが、左舷側に回頭しながらの砲撃であったためだろう、六発の二八センチ砲弾は、見当外れの海面に落下した。

最も近い水柱でさえ、シアトル級の艦尾から、二〇〇メートル以上離れている。

逆にシアトル級の砲撃は、的確に「吾妻」を捉える。斉射のたび、最低一発が直撃し、甲板の板材を吹き飛ばし、残存する高角砲や機銃を残骸に変え、艦体の非装甲部に破孔を穿ってゆく。

「電測より艦橋。三二号電探損傷！」

「通信より艦橋。通信機、使用不能。通信アンテナを損傷した模様」

水木電測長と安西通信長から、前後して報告が飛び込む。

「吾妻」は行動の自由に加えて、電波の眼と耳まで失ったのだ。

「敵艦、面舵に転舵！」

見張員の報告を受け、人見はシアトル級の動きを見つめる。

確かに報告通り、シアトル級が面舵に回頭している。「吾妻」に対し、反航戦を挑む格好だ。

「まずいぞ、これは……」

人見は、敵の意図を察して呻いた。

シアトル級は、「吾妻」の後方に回り込むつもりだ。「吾妻」の第三砲塔は旋回不能になっているから、後方からであれば、二八センチの巨砲で撃たれることなく、悠々と「吾妻」に射弾を浴びせられる。

阻止したくとも、今の「吾妻」にはどうすることもできない。右舷側の推進軸だけを回転させ、左へ左へと回るだけだ。

「吾妻」の第一、第二砲塔は、なお砲撃を繰り返したが、ことごとく空振りに終わった。二八センチ砲弾は、海面だけを空しく抉り、飛沫を上げただけだった。

戦闘の序盤、デ・モイン級に初弾からの挟叉を出したことが信じられないほどだ。

やがてシアトル級が艦橋の死角に入り、視界の外に消えた。

(来る……!)

そう直感し、人見は目を閉ざした。

後方から、一方的に射弾を浴びる「吾妻」の姿が脳裏に浮かんだ。

だが、恐れていたものは来なかった。

代わりに、

「敵艦の周囲に弾着!」

の報告が、後部見張員より上げられた。

「どういうことだ?」

人見が顔を上げ、聞き返したとき、

「右舷後方に味方艦!　『大淀』のようです!」

人見の問いに答えるかのように、新たな報告が飛び込んだ。その報告に、砲弾の飛翔音が重なった。

砲声は、ほぼ六秒置きに聞こえる。帝国海軍軽巡洋艦の標準装備となっている一五・五センチ砲が、連続して砲撃を加えている証だ。

やがて艦が大きく回頭し、再びシアトル級重巡が視界に入り始めた。

その周囲に、多数の水柱が繰り返し噴き上がっている。水柱の一つ一つはそれほど大きくないが、速射性は重巡の二〇センチ砲に比べて段違いだ。

一射に伴う水柱が完全に収まるよりも早く、次の射弾が落下し、新たな水柱を噴き上げる。

新たな水柱と、崩れる水柱の飛沫がぶつかり、混《こん》淆《こう》し、海面に朦《もう》気《き》を立ちこめさせている。

人見は、シアトル級の後方に双眼鏡を向けた。

見張員が報告した味方艦——大淀型軽巡が、繰り返し前甲板に発射炎を閃かせている様子が見えた。

その後方にも、別の艦影が見えている。第一〇戦隊に所属する、もう一隻の大淀型らしい。

シアトル級の動きは、一変していた。

九門の二〇センチ主砲は火を吹き続けているが、その砲門は大淀型に向けられている。

砲撃を繰り返しながら、「吾妻」からも、大淀型からも遠ざかりつつある。

明らかに、避退にかかっているのだ。

大淀型は、一発当たりの破壊力ではシアトル級重巡に劣るものの、速射性能では遙かに優《まさ》る。

その大淀型が、新たに二隻も出現したとあっては、到底勝算はないと見たのだろう。

大淀型も、深追いするつもりはないようだ。

シアトル級への砲撃を繰り返しつつ、「吾妻」とシアトル級の間に割り込みつつある。

「吾妻」を守り、敵艦を追い払えれば、それでいい。その姿勢を明確にする動きだった。

砲声は、やがて止んだ。

シアトル級の二〇センチ主砲も、大淀型の一五・五センチ主砲も共に沈黙し、海面には静寂が戻った。

大淀型が、ゆっくりと近づいてきた。

隊内電話による呼び出しに応答がないためだろう、艦橋の信号員より、手旗信号が送られた。

「一〇戦隊司令部より命令。『貴艦ノ状況報セ』」

「一〇戦隊司令部宛、返信。『舵、及ビ推進軸損傷。

自力航行不能』」

と、人見は返答した。

一語一語の意味を確認するような、殊更ゆっくりした言い方だった。


二時間後、人見は第一四駆逐隊の駆逐艦「陽炎」の甲板に腰を下ろし、他の「吾妻」乗員と共に、自分の艦を見つめていた。

自分でも息を呑むほどの叩かれようだ。

艦首と艦尾の非装甲部には多数の穴が開き、目を覆わんばかりの惨状を呈している。

中央部から後部にかけて装備された長一〇センチ高角砲、四連装二〇ミリ機銃はほとんどが失われ、甲板上は屑鉄の堆積場《たいせきじょう》と化している。

浅間型巡戦の艦型を特徴付けている艦橋下部――箱形の頑丈な構造物も被弾し、潰した紙箱のような姿に変わっている。

敵重巡との砲戦中には把握できなかったが、「吾妻」は多数の直撃弾によって、これほどまでに痛めつけられたのだ。

艦が耐えて来た試練を思うと、落涙せずにはいられなかった。

「人見艦長」

背後から、第一四駆逐隊司令佐野直樹大佐が声をかけた。「『吾妻』乗員の救助作業、たった今終了したとの報告が入りました。正確な被救助者の人数はまだ確定できていませんが、一四駆と一六駆を合わせて、九〇〇名程度を収容できたようです」

「分かった。ありがとう」

「それから……」

佐野は、幾分か躊躇《ためら》いがちに言った。「『吾妻』の処分には、一六駆の『天津風』『時津風』が当たります。このようなことになり、残念です」

今度は、人見は返答しなかった。ただ、無言のまま頷いた。

——敵重巡四隻との砲戦終了後、人見と「吾妻」の乗組員は、艦を生還させようと力を尽くした。

空母「紅鶴」の第四艦隊司令部からは、「大淀」の第一〇戦隊司令部を通じて、

「我、空襲ヲ撃退ス。被害僅少。極力、艦ノ保全ニ努メヨ」

との電文が届いている。

また「吾妻」は、機関は無傷であり、二八センチ主砲塔も二基が健在だ。第三砲塔も、ハワイに戻って電路を修理すれば、問題なく使用できる。

まだまだ、充分使える艦なのだ。

何よりも「吾妻」は、カロリン沖海戦での初陣以来、他の浅間型巡戦三隻に劣らぬ活躍振りを見せている。

その艦を放棄するわけにはいかなかった。

とりあえず、第一〇戦隊旗艦「大淀」が曳航することになり、艦の間にワイヤーロープを渡して、避退が始まった。


最初のうちは、うまくことが運ぶかに見えた。

だが間もなく、カリフォルニア州に展開する米軍の海兵隊航空部隊が、「吾妻」に襲いかかってきた。

分遣隊が敵水上部隊と砲火を交わすのと並行して、海兵隊航空部隊は第四艦隊本隊——六隻の空母を攻撃したが、そちらが不首尾に終わるや、矛先を「吾妻」に向けてきたのだ。

「吾妻」は懸命に戦ったが、推進軸一基と舵を破壊されて運動の自由を失い、高角砲、機銃の過半を砲戦で失ったとあっては、ろくな抵抗ができなかった。

のたうつ「吾妻」の艦上に、一一発の一〇〇〇ポンド爆弾が炸裂し、左舷に三本、右舷に一本の魚雷を撃ち込まれるに及んで、人見は遂に「吾妻」の帰還を断念、第一〇戦隊司令部を通じて第四艦隊司令部に、

「爆弾命中一一。魚雷命中四。傾斜復旧ノ見込ミナシ」

との報告電を送った。

ここに至り、原第四艦隊司令長官は、「吾妻」の放棄を決定、第一〇戦隊司令部に、乗員の救助と「吾妻」の雷撃処分を命じたのだ。

人見は「吾妻」と運命を共にするつもりだったが、部下たちの説得によって思いとどまり、「陽炎」に移乗した。

開戦前、帝国海軍では、艦が沈没するとき、艦長は運命を共にすることが不文律となっていたが、同盟諸国との交流を通じ、そういった考えが改められている。

実際、乗艦を失った後、海軍省や軍令部の要職に栄転したり、一定期間地上で勤務した後、再び艦長職に任ぜられたりした者は少なくない。

人見も、最近の考え方に倣うと決めたのだ。

「陽炎」の上甲板には、収容された「吾妻」乗員の他、「陽炎」の手空きの乗組員も集合し、「吾妻」との永訣に臨もうとしていた。

「陽炎」乗組員の中に、飛行服を着けた男が数名混じっていることに人見は気がついた。

うち一人は、中佐の階級章を付けている。

「君は、須藤憲雄中佐かね？　七三一空飛行隊長の」

須藤と呼びかけられた中佐は、訝しそうに顔を向けたが、人見の階級章に気づいて、幾分か慌てたように敬礼した。

「第七三一航空隊飛行隊長、海軍中佐須藤憲雄であります」

「私は巡洋戦艦『吾妻』艦長、海軍大佐人見錚一郎だ。決死の大任、まことに御苦労だった」

「ありがとうございます。部下を代表して、御礼申し上げます。それから――」

須藤は「吾妻」を見やった。「本艦の艦長より、救助作業の間、『吾妻』が敵巡洋艦を引きつけてくれた旨をうかがいました」

「君たちには、なんとしても生還して貰わねばならないからな。新鋭重爆『富嶽』に初陣を飾らせ、米本土の奥深くまで長駆進攻し、作戦目的を達成して引き上げてきた。この作戦だけで、これまでにはなかった貴重な戦訓が、数多く得られたはずだ。それを持ち帰って貰わなければ、この作戦は、成功とは言えない。そう考えたからこそ、私も、『吾妻』の乗組員も全力を尽くした」

須藤は、視線を甲板に落とした。

「貴重な艦と、多くの『吾妻』乗員を犠牲にしたことは、誠に申し訳なく思っています」

「『吾妻』の喪失は、全て私に責任がある。君が気に病むことではない。残念な結果に終わりはしたが、私としては、悔いの残らない戦いができたと思っている」

「その点につきましては、私も同じです。多くの部下と、一九機もの富嶽を失いはしましたが、悔いを残すような戦いはしませんでした」

「多くの部下」の一言を口にしたとき、須藤の表情が僅かに歪んだ。ほんの一瞬のことだったが、人見には須藤の表情の変化がはっきり分かった。

前例のない作戦で、二四機の富嶽が半分以下になるまで戦ったのだ。当事者にしか分からない、悲壮な一幕があったことをうかがわせたが、人見は問い質さなかった。

(互いに、本作戦に従事した者同士だ。俺も、須藤中佐も、それぞれの立場で最善を尽くした。それでよい。米本土の上空で何があったのか、敢えて聞くには及ぶまい)

人見は自身にそう言い聞かせ、話題を替えた。

「ところで、着水、ないし落下傘降下した富嶽の搭乗員は、全員の収容に成功したのだろうね?」

「現海域で放棄した富嶽は六機、乗員総数は八五名です」

と、須藤は返答した。「うち一四名は着水に失敗、一二名は現海域に到着する前、敵戦闘機との空戦で機上戦死しましたので、残りは五九名です。駆逐艦六隻に収容された搭乗員の合計は五九名でしたから、全員が収容されたことになります」

「そうか」

　人見は頷いた。

「吾妻」の犠牲は、無駄ではなかった。第四艦隊は、三隻しかない貴重な巡洋戦艦の一隻と引き替えに、富嶽乗員救助の任務を成功させたのだ。

「吾妻」の最後の艦長としては、満足すべき成果といえた。

「肝心の任務については、どうだったのかね？　ロス・アラモスの研究所攻撃は成功したのか？」

　それに対し、須藤が答えかけたとき、

「艦長、始まります」

　最後まで射撃指揮所で奮闘した後、人見と共に「陽炎」に移乗した乾砲術長が声をかけた。

「吾妻」の左舷側海面に、第一六駆逐隊の二隻——「天津風」と「時津風」が進み出ている。

　雷撃処分が下されるのだ。

　人見は直立不動の姿勢を取り、「吾妻」に向かって敬礼した。

　人見の脇で、踵《かかと》を打ち合わせる音が響いた。須藤もまた、人見と同じ姿勢で敬礼し、「吾妻」に敬意と謝意を表していた。

　駆逐艦に収容された「吾妻」の全乗員も、そして他艦の手空きの乗組員全員も、人見や須藤と同じ姿勢を取った。

　やがて「天津風」「時津風」の舷側に、魚雷発射に伴う飛沫が上がった。

　四分ばかりが経過したとき、「吾妻」の艦首から艦尾にかけて、八本もの水柱が噴き上がった。

　水柱の頂がカリフォルニア沖の陽光を反射し、ガラス屑のような輝きを放った。

第五章

遣欧艦隊

1

「信じ難き失態だ！」

ホワイトハウスの大統領執務室に、アメリカ合衆国大統領チャールズ・L・リンドバーグの怒声が響いた。

居並ぶ合衆国軍の最高幹部——統合参謀本部議長ウィリアム・レーヒ、陸軍参謀総長ジョージ・マーシャル、海軍作戦本部長チェスター・ニミッツ、陸軍戦略航空軍司令官ヘンリー・アーノルドといった面々は、身じろぎもせず、自分たちよりも年下の大統領を見つめていた。

——三月五日のロス・アラモス攻撃で、アメリカ合衆国は、マンハッタン計画で得た技術資料の大半を失った。

原子力研究所に突入したイギリス陸軍空挺部隊の兵士たちは、組み立て中の原子爆弾ばかりではなく、円形荷電粒子加速装置《サイクロトロン》、直線荷電粒子加速装置《ヴァンデ・グラーフ》等、原爆の製造に不可欠な設備を高性能爆薬によって破壊し、蓄積された実験データや報告書のほとんどを焼き払った。

加えて、マンハッタン計画の研究者、技術者のうち、職員宿舎に墜落した富嶽《オリビア》の爆発に巻き込まれた者と、イギリス軍の空挺部隊に撃たれたり、手榴弾を投げつけられたりした者を合わせ、一二〇〇名余りが死傷した。

死者の中には、実験核物理学部門や爆弾物理学部門の主任といった、不可欠の人材も含まれている。

設備と実験データ、そして人材を失っては、原爆の開発継続は不可能だ。

直ちに原子力研究所の再建を開始したとしても、原爆の完成は、早くて二年先になるというのが、計画進展部門主任エンリコ・フェルミ博士の報告だ。

失態は、それだけに留まらない。

ロス・アラモスに駆けつけた州兵部隊は、イギリス軍の空挺部隊と交戦、二一三名を戦死させ、二七名を捕虜としたが、捕虜となった者はいずれも下士官、兵であり、重要な情報は何一つ知らなかった。

州兵部隊と研究所職員の報告によれば、十数名が研究所からの逃亡に成功したため、現在州兵部隊と州警察が協同で、山狩りに当たっているという。

ロス・アラモス上空に進入した敵重爆全機の殲滅も、果たされなかった。

日本軍はロス・アラモス攻撃部隊を援護するため、カリフォルニア沖に空母六隻を中心とした機動部隊を繰り出しており、防空戦闘機隊は烈風《サム》や初見参の新型戦闘機に阻まれ、敵重爆を追いきれなかったのだ。

水上部隊と海兵隊航空部隊が日本艦隊と交戦、アサマ・タイプの巡洋戦艦一隻の撃破に成功したことだけが、唯一の戦果と言える。

だが原子爆弾は、同盟を屈服させると共に、戦後の世界で合衆国が主導権を握るために不可欠の武器だ。アサマ・タイプ一隻と、引き替えにできるようなものではない。

合衆国はロス・アラモスで、あまりにも大きなものを失ったのだ。

「貴官は以前、合衆国の防空態勢は万全であると言ったな、ミスター・マーシャル」

リンドバーグは糾問者《きゅうもんしゃ》の口調で言って、マーシャルに指を突きつけた。「東海岸にも、西海岸にも、ただ一機も敵機の侵入を許すことはない、と。その大言を、どこに置き忘れたのだ。それともあの一言は、ただのリップサーヴィスだったのか⁉」

「確かに……今回の失態は、許されないことだと考えます」

マーシャルは、顔色を青ざめさせながら返答した。

「第二四航空軍《24AF》の司令官を初めとする主だった幕僚には、早急に査問委員会を開き、真相の究明に努めると共に、責任者への厳重な処罰を行います。私自身も、引責辞任を考えております」

「現地部隊ばかりを責められますまい」

ニミッツが言った。「今回の一件、原爆の機密保持態勢が、かえってマイナスとなった可能性もあります。24AFにも、その麾下にあるカリフォルニアやネバダの州兵航空隊にも、マンハッタン計画や原子力研究所の情報は知らされていませんでした。知っていれば、彼らも北緯三六度線上にレーダー・サイトを設置する、サンディエゴの太平洋艦隊と協同して洋上哨戒に力を入れるといった方策を採ったはずです。機密の厳守は重要ですが、時として、味方に必要な情報を与えないという弊害《へいがい》をもたらすこともあります」

ニミッツは、大統領特別顧問官兼USSL所長アドルフ・ヒトラーに視線を向けた。

原爆の機密保持については、USSLの助言を、ほとんどそのまま容れている。貴官にも、責任の一端はあるのではないか——との非難を込めたつもりだった。


「統合参謀本部としては、今回のロス・アラモス攻撃が、合衆国国民に与える精神的な影響を問題視したい」

レーヒが発言した。「マンハッタン計画の存在は別として、合衆国本土の内陸深くに敵機の進入を許したとなれば、国民は動揺するだろう。厭戦《えんせん》気分の蔓延《まんえん》、政府支持率の更なる低下といった事態が懸念される」

リンドバーグが、露骨に嫌な表情を浮かべた。

B36による日本本土爆撃を大々的に宣伝したおかげで、リンドバーグの支持率はいっとき六〇パーセント台まで回復したが、今回の一件で、支持率が再び低下することは必至だ。

「我が機関が、手だてを講じます」

ヒトラーが自信ありげに言った。「原子力研究所の存在が国民に知られていないことを逆手にとり、国民の士気を煽るという手もあります。研究所の被災状況を大々的に報道し、同盟の残虐《ざんぎゃく》さをアピールする方法が。国民は、同盟との共存が不可能であると認識し、戦争完遂の決意を固めるでしょう。——無論、合衆国本土の防空態勢を徹底的に見直し、二度と本土上空への敵機の侵入を許さぬことが大前提ですが」

それは、あなた方の責任ですぞ——統合参謀本部のメンバーを睨め付けるヒトラーの顔は、無言のうちにそう言っていた。

「防空態勢の強化は、当然のこととして——」

レーヒがヒトラーに言った。「貴官は、以前に言ったな。マンハッタン計画が完了し、原爆を実戦投入できるようになれば、この戦争は一気に決着を付けられると。夏を迎える前に、合衆国は勝つと。その原爆が失われた今、合衆国は今後、どのように戦っていくべきと考えているのかね？」

「戦略爆撃を、従来以上に強化すること。攻撃目標は、イギリスと日本の二国に置くこと。それ以外には、ありません」

ヒトラーは、明確な口調で言い切った。「合衆国の戦略の基本は、一貫しています。戦略爆撃によって、同盟を屈服に追い込むと。原爆が使えなくなっても、その方針に変更はありません。通常爆弾だけでは、同盟を屈服させるのに多少の時間を要することになりますが、この際、それも止むを得ますまい」

「イギリスと日本にとっては、むしろ残酷な結果になるかもしれませんな」

アーノルドが薄く笑った。「通常爆弾や焼夷弾による戦略爆撃は、言うなれば国を一寸刻みのなぶり殺しにされることと同義です。原爆でひと思いにやられた方がましだったと、彼らは感じるかもしれません」

（現実には、戦略爆撃以外の手段は採りようがないということだ）

ニミッツは、胸中で呟いた。

合衆国は、北アフリカ、アゾレス、アイスランドから叩き出され、フィリピンとハワイを失った。

海軍は長い戦争の間に弱体化し、渡洋侵攻作戦を実施できるだけの力はなくなった。

陸軍も、海軍も当てにならなくなった今、同盟に打撃を与えることが可能な戦力は、もう陸軍戦略航空軍しか残っていない。

好むと好まざるとに関わらず、B36に頼らざるを得ないのが現状だ。

海軍の最高責任者としては忌々《いまいま》しい限りだが、従来通りの基本方針に従わないわけにはいかない。

残り少なくなった水上部隊を、アイスランドのような北の果ての島に貼り付けておく必要がなくなったのは救いだが……。

「戦略爆撃の継続により、同盟が屈服すると、貴官らは確信しているようだが――」

マーシャルが、ヒトラーとアーノルドの顔を交互に見た。「いつまで、それを続ければよいと考えるかね?」

「同盟が屈服するまでは、一年でも、二年でも」

ヒトラーは言った。「その間に同盟が屈服すればよし。屈服しなければ、作り直した原爆を投下するまでのことです。遅かれ早かれ、最後の勝利を摑むのは、我が合衆国です。ロス・アラモスの研究所が破壊されたのは、確かに痛手でしたが、それは勝利の日が多少延びただけに過ぎません」

「一年でも、二年でも……か」

マーシャルは呟いた。

それまでの間に、国民の意識はどう変化しているだろうか。現政権は、安泰でいられるだろうか――と考えているようだった。

「私はドイツからの移民ですが、今では心から合衆国を愛し、合衆国に忠誠を誓っています。そして私は、合衆国国民を信じています、ミスター・マーシャル」

ヒトラーは、力のこもった声で言った。「大統領閣下もまた、国民を信じておられます。合衆国国民は、世界でも稀《まれ》に見る、強靱な精神力を持つ人々です。その精神力があったからこそ、何もない荒野をゼロから開拓し、世界で最も強大な国家を作り上げることができたのだと、私は認識しております。かのローマ帝国は、勇将ハンニバルの前に、敗北の辛酸を舐めたこともありましたが、最終的にはカルタゴを屈服させ、滅亡に追いやりました。二〇世紀のローマ帝国たる合衆国の国民が、あと一年や二年、耐えられないはずがありません。合衆国国民の不屈の精神力が、この偉大な国を最後の勝利に導くことを、私は確信しております」

2

「作戦の達成度は、六〇パーセントないし七〇パーセントと見るべきです」

同盟軍事連絡会議の会議室に、英国陸軍代表ルイス・マウントバッテン大将の声が響いた。「ウォール中佐と第六空挺師団の精鋭たちは、確かに一定の成功を収めました。しかし、それによって、アメリカが原子爆弾の開発能力を完全に喪失したわけではありません」

——三月一五日、同盟軍事連絡会議に、ロス・アラモス攻撃の結果についての報告が届けられた。

ロス・アラモスの原子力研究所に突入した英国陸軍特殊作戦部中佐アルバート・ウォールと第六空挺師団から選抜された二五五名は、富嶽隊に宛て、

「作戦成功。レベルＢ＋《プラス》」

と打電し、以後の消息を絶った。

レベルＢ＋とは、組み立て中の原子爆弾、及び研究所内の主要施設の破壊と、所内にある原爆の技術資料全ての焼却、そして原爆の開発スタッフ若干名の抹殺に成功したことを意味する。

原爆の完成を、当面阻止することは確かにできた。だが、マンハッタン計画のスタッフ全てを抹殺することはできなかった。

生存者がいる以上、米国は依然原爆の開発能力を

有している。

そしてリンドバーグ政権が、原爆の開発を断念するとも思えない。

その意味では、マウントバッテンが言った通り、原爆の脅威が消滅したわけではない。

一年先、あるいは二年先に、東京やロンドンやパリやベルリンに原爆が投下される危険は、依然残っている。

「アメリカが、原爆の開発計画を再開したとしても、我が軍が今回のような作戦をもう一度実行することは、現実問題として不可能でしょうな」

ドイツ陸軍代表エーリヒ・ヘープナー大将が言った。「マンハッタン計画を追っていたウォール中佐は未帰還となりましたし、新たな研究施設の場所を突きとめる手段もありません。アメリカが今回のように、内陸深くへの航空機の進入を許すとも思えません」

「仮に、原爆の完成時期が一年延びたとして、その前に我々は決定的な勝利を収め、アメリカを屈服させねばならない——ということですな」

ドイツ空軍代表のフーゴー・シュペルレ大将が、後を引き取った。

「正確には、アメリカを、ではなく、リンドバーグ政権を、です」

議長を務めるオランダ海軍中将カレル・ドールマンが言った。「リンドバーグ政権が諸悪の根源であり、同政権の打倒に成功すれば、アメリカを講和のテーブルに着かせることができる、というのが、同盟各国の共通認識ですから」

「Z機《プレーン》によるアメリカ本土空襲を、早急に開始しなければなりませんな」

英国空軍代表リチャード・ソール中将が発言した。

「大使館情報によれば、一九四四年以降の相次ぐ敗北と後退により、リンドバーグ政権の求心力は大きく低下しています。ここで我々同盟にも、アメリカ本土を叩き、ロンドンやグラスゴーやマンチェスター空襲の返礼ができる力があることを、アメリカ国民に具体的な形で見せつければ、国民の心は、完全に現政権から離れるでしょう」

ロス・アラモス攻撃作戦を進めている間にも、Z機の生産は進展し、前線に配備される機体も増えている。

三月一二日時点におけるZ機の装備機数は、英国が一二〇機、ドイツが一〇〇機だ。日本だけは、先のロス・アラモス攻撃による損耗が響き、五〇機にとどまっているが、英国とドイツは、米本土に対する攻撃を開始できる条件が整い始めている。

「問題は、米国の防空態勢です」

日本海軍代表井上成美大将が注意を喚起した。「今回のロス・アラモス攻撃で、我が軍は作戦参加機二四機のうち、一九機を失いました。損耗率八〇パーセントというのは、ただごとではありません」

「それは、作戦の特殊性故ではありませんか？」

シュペルレが聞いた。「ロス・アラモス攻撃隊は、ニューメキシコ州にまで進入しています。敵戦闘機との交戦も、それだけ長時間にわたり、被撃墜機数も増えたはず。我がドイツ空軍では、ニューメキシコ州まで二四機という少数機で進入したZ機が、五機だけであっても生還できたことを評価する声が大きいのです。全機未帰還となってもおかしくないところを、五機が生還できたことは、Z機の優秀性の証である、と」

「攻撃隊の指揮官は、帰路にジェット戦闘機の攻撃を受けたと報告しています」

井上の一言に、シュペルレは眉をぴくりと動かし、しばし押し黙った。

米国から見た場合、西海岸は、東海岸よりも重要性が低い。東海岸には、首都ワシントンや米国最大の都市ニューヨークがある他、海軍工廠や兵器工場多数が集中しているためだ。

その西海岸にさえ、最新鋭のジェット戦闘機が配備されていたとなると、東海岸には、より多数のジェット戦闘機が配置され、Z機を待ち構えていると考えられる。

Z機といえども、多数のジェット戦闘機による迎撃を突破し、ニューヨークやワシントンに対する攻撃を敢行できるだろうか、と考えている様子だった。

「作戦目的は、あくまでリンドバーグ政権に対するアメリカ国民の信頼を失わせ、同政権を打倒することです」

英海軍代表トーマス・フィリップス大将が発言した。「Z機によるアメリカ本土の爆撃は、そのための手段に過ぎません。他にも、リンドバーグ政権を打倒する方法はあると考えますが」

「〝キャメロット〟のことですな?」

マウントバッテンが口にした作戦名に、フィリップスは大きく頷いた。

「リンドバーグ政権に対するアメリカ国民の信頼を失わせるには、アメリカ軍にはもはやアメリカ本土を守る力がないことを、具体的な形でアメリカ国民に見せつけることです。ニューヨーク沖に同盟軍の戦艦が出現するのを見れば、アメリカ国民も悟るでしょう。このままリンドバーグ政権の下で戦争を続ければ、行き着く先にあるのは破滅のみ、ということを」

「海戦に勝てれば、という条件が付きますな」

ソールが、難しい表情で言った。「現代の海戦は、制空権を取らねば勝てません。そのことは、太平洋でも、地中海でも証明されています。ニューヨークの沖で、我が方が制空権を確保できるとお考えですか?」

「その点につきましては、もう少し作戦内容を、子細に検討する必要があるでしょう。今回のロス・アラモス攻撃で、日本軍が見せたように、Z機と艦隊の連繫を取るような工夫も必要と考えます」

「同盟国の海軍と空軍が総力を結集しての作戦、ということですか」

「その通りです」

「陸軍に働きの場がないのが、少々気に入らないところではありますな」

ドイツ陸軍代表のエーリヒ・ヘープナー大将が、苦笑混じりに言った。「アメリカ軍の新型戦車と、手合わせしてみたいと思っていたのですが」

「戦争の性質上、致し方がありますまい。敵は、大西洋の彼方にいるのですから」

マウントバッテンが言った。「ただ……戦争が更に長期化し、アメリカ本土への直接進攻といった事態が生じれば、我々陸軍にも、新たな活躍の場が出てくるでしょう」

「幸い日本海軍も、〝キャメロット〟への参加を承諾してくれました」

フィリップスが、井上に笑顔を向けた。「それも、最も有力な艦艇を派遣してくれるとの回答をいただきました。〝キャメロット〟の実施をためらう理由はありません」

——去る三月八日、日本帝国海軍は〝キャメロット〟作戦への参加を決定し、作戦に参加する艦艇の編成表を井上に送ってきた。

先の世界大戦で、日本海軍が欧州に派遣したのは駆逐艦に留まり、地中海で対潜作戦に参加しただけだったが、今度は戦艦、空母といった有力艦が多数含まれている。

パナマ運河閉塞の成功により、米太平洋艦隊の脅威が大きく減少したこと、その反面、米大西洋艦隊は依然多数の有力艦を持ち、欧州諸国の海軍のみでは戦力面で不安が残ることから、有力艦の派遣が決定されたのだ。

連合艦隊司令部や軍令部には、この〝キャメロット〟作戦が、事実上米海軍との最終決戦になるとの認識があり、その決戦に参加する機会を逃したくないとの思いもあったのかもしれない。

「問題は、作戦参加艦艇の到着までに、少々時間がかかるということです」

井上は言った。「お渡しした編成表の中には、パナマ運河閉塞作戦に参加した艦も含まれており、整備や修理に、まだ時間を要すると考えられますので」

「ことは、貴国にとっても一刻を争うのではありませんか?」

シュペルレが発言した。「貴国も今年の一月三〇日以来、B36による空襲を繰り返し受けているはず。〝キャメロット〟によって、アメリカを一気に屈服させることがかなえば、貴国も空襲の恐怖から解放されるはずです」

「本国に、部隊の欧州展開を急ぐよう、具申してみます。それ以上のことは、お約束できないのが、もどかしい限りではありますが」

「貴官はこの会議のメンバーに任じられて以来、常に同盟全体の利益を考え、誠実に役割を果たして下さったと、私は認識しています」

フィリップスが言った。「貴軍の精鋭がヨーロッパに到着し、共に戦える日を、期待してお待ちします」

3

紅海《こうかい》は、海の名前に反し、鮮烈なまでに青かった。

空気の透明度が、非常に高い。海岸のナツメヤシを一本ずつ、はっきりと見分けられる。

右舷側には、ごつごつした山並みが遠望され、左舷側には黄白色の砂の大地が、地平線の彼方まで広がっている。

陽光は、暴力的なまでに強烈だ。

ここに来るまでに通過してきた南シナ海やマラッカ海峡、あるいは一〇ヶ月以上前に戦ったハワイの陽光も、これほど強くなかったような気がする。

この海を初めて訪れる多くの日本帝国海軍の将兵にとっては、紛れもない異郷の海だった。

「右舷側に見えるのはシナイ半島、左舷側に見えるのはエジプトです」

戦艦「大和」艦長有賀幸作《あるがこうさく》大佐に、同乗している英国海軍の連絡将校リッキー・ハンター大尉が言った。「スエズ運河の入り口までは、およそ三〇浬。現在の速度を維持すれば、二時間以内に運河に入れます」

「ここがエジプトか」

有賀は、感心したように言った。「有名なピラミッドやスフィンクスは見えないかな？」

「あれは、もっと内陸に行きませんと」

ハンターは苦笑した。「ピラミッドやスフィンクスがあるのは、カイロの郊外です。カイロ自体が、内陸にある都市ですし」

「ナイル川も、ここからでは駄目か？」

「地中海に入れば、ナイル河口は見られると思います。ナイル川は、地中海に注ぐ河ですので」

「そうか」

有賀は頷き、艦の正面に向き直った。

前方では、英国海軍の駆逐艦四隻が先導役を務めている。

後甲板からは、「大和」の姉妹艦「武蔵《むさし》」「信濃」、及び護衛の秋月型駆逐艦四隻が付き従っている様が見えるはずだ。

（ピラミッドも、スフィンクスも、見る機会はあるまい）

有賀は、胸中で呟いた。

三隻の大和型戦艦と四隻の秋月型駆逐艦は、物見遊山でこの海を訪れたのではない。

遣欧艦隊——同盟各国の要請に従って編成され、欧州に派遣される艦隊の第一陣として、この海にやって来たのだ。

スエズ運河を通過した後は、地中海を西進し、イタリアのタラント湾に入泊するよう命じられている。

ピラミッド見物どころか、エジプトに上陸する機会さえ、艦隊の将兵には与えられていなかった。

「それにしても、強烈ですね」

航海長の網代良《あじろりょう》中佐が、苦笑混じりの声で話しかけた。「今が四月の半ばだとは、信じられないほどですよ」

「そうだな」

有賀は返答した。「柱島《はしらじま》の春は、穏やかそのものだからな」

有賀は、しばし目を閉ざした。

春の柱島泊地や江田島の風景が、脳裏に浮かんでくる。

波穏やかな瀬戸内の海。海面を渡る、爽《さわ》やかな風。江田島に咲き誇る満開の桜。古鷹山《ふるたかやま》の頂上から見下ろす瀬戸内海の風景。そして、厳しいながらも充実した海軍兵学校の教育を受ける、海軍将校の卵たち……。

「江田島の桜は、もうあらかた散っただろうな」

ぼそりと、有賀は呟いた。

有賀は昨年四月、ハワイに向けて出撃する少し前、部下と共に花見を楽しんだが、今年はとうとうその機会はなかった。


瀬戸内の桜が満開を迎える頃、「大和」は「武蔵」「信濃」と共に南シナ海におり、第一の寄港地であるシンガポールに向かっていたのだ。

江田島の桜はとうに満開の季節を終え、梢《こずえ》には葉ばかりが目立っているに違いない。

「来年こそは、花見を楽しみたいものですね。――出撃前の慌ただしさに、煩《わずら》わされることなく」

「同感だな」

有賀は頷いた。

そのためには、これから待ち受ける戦いに勝たねばならない。

勝って、生還しなければならない。

だが、戦場となる海域が敵の本拠地に近いことを考えると、前途を楽観はできない。

来年、部下たちと共に花見を楽しめるかどうかは、これから先の「大和」の武運と、戦争そのものの帰趨にかかっていた。

昭和一二年四月一五日、遣欧艦隊の第一陣として派遣された大和型戦艦三隻、秋月型駆逐艦四隻は、英駆逐艦四隻の先導を受け、一六ノットの速力で、スエズ運河の入り口を目指し、突き進んでいた。

【『北米決戦・2』に続く】

ご感想・ご意見をお寄せください。

イラストの投稿も受け付けております。

なお、投稿作品をお送りいただく際には、編集部
(tel:03-3563-3692、e-mail:cnovels@chuko.co.jp)

まで、事前に必ずご連絡ください。

〒104-8320 東京都中央区京橋2-8-7
中央公論新社 C★NOVELS編集部

C★NOVELS

北米決戦《ほくべいけっせん》1
――巡洋戦艦《じゅんようせんかん》「浅間《あさま》」

2007年9月25日 初版発行

著 者 横山《よこやま》 信義《のぶよし》
発行者 早川 準一
発行所 中央公論新社
〒104-8320 東京都中央区京橋2-8-7
電話 販売 03-3563-1431 編集 03-3563-3692
URL http://www.chuko.co.jp/

印 刷 三晃印刷（本文）
大熊整美堂（カバー・表紙）
製 本 小泉製本

Published by CHUOKORON-SHINSHA, INC.
Printed in Japan ISBN978-4-12-500994-0 C0293

応募規定

❶原稿：必ずワープロ原稿で40字×40行を1枚とし、80枚以上100枚まで（400字詰め原稿用紙換算で300枚から400枚程度）。プリントアウトとテキストデータ（FDまたはCD-ROM）を同封してください。

【注意!!】 プリントアウトには、通しナンバーを付け、縦書き、A4普通紙に印字のこと。感熱紙での印字、手書きの原稿はお断りいたします。データは必ずテキスト形式。ラベルに筆名・本名・タイトルを明記すること。

❷原稿以外に用意するもの。

ⓐエントリーシート
（http://www.chuko.co.jp/cnovels/cnts/ よりダウンロードし、必要事項を記入のこと）

ⓑあらすじ（800字以内）

❷のⓐⓑと原稿のプリントアウトを右肩でクリップなどで綴じ、❶❷を同封し、お送りください。

応募資格

性別、年齢、プロ・アマを問いません。

選考及び発表

C★NOVELSファンタジア編集部で選考を行ない、大賞及び優秀作品を決定。2009年3月中旬に、以下の媒体にて発表する予定です。

- 中央公論新社のホームページ上→http://www.chuko.co.jp/
- メールマガジン、当社刊行ノベルスの折り込みチラシ及び巻末

注意事項

- 複数作品での応募可。ただし、1作品ずつ別送のこと。
- 応募作品は返却しません。選考に関する問い合わせには応じられません。
- 同じ作品の他の小説賞への二重応募は認めません。
- 未発表作品に限ります。但し、営利を目的とせず運営される個人のウェブサイトやメールマガジン、同人誌等での作品掲載は、未発表とみなし、応募を受け付けます（掲載したサイト名、同人誌名等を明記のこと）。
- 入選作の出版権、映像化権、電子出版権、および二次使用権など発生する全ての権利は中央公論新社に帰属します。
- ご提供いただいた個人情報は、賞選考に関わる業務以外には使用いたしません。

締切

2008年9月30日（当日消印有効）

あて先

〒104-8320 東京都中央区京橋2-8-7
中央公論新社『第5回C★NOVELS大賞』係

主催・C★NOVELSファンタジア編集部

海鳴り果つるとき 1

FS作戦発動

横山信義

日本海軍軍令部は、米豪分断を企図する「ＦＳ作戦」を発動させた。南雲忠一率いる第一航空艦隊は、真珠湾の奇襲を免れた米機動部隊と南太平洋ニューカレドニア沖で遂に激突！

ISBN4-12-500798-5 C0293　価格945円（900）　カバーイラスト　高荷義之

海鳴り果つるとき 2

フィジー沖海戦

横山信義

攻略目標をフィジーに変更した日本軍の動きを事前に察知した米軍は、付近の小島に主力空母の精鋭航空攻撃隊を配備した。果たして日本軍は、「不沈空母」と化した迎撃網を突破できるのか⁉

ISBN4-12-500800-0 C0293　価格945円（900）　カバーイラスト　高荷義之

海鳴り果つるとき 3

ソロモン転戦

横山信義

米軍に先手を打たれ、ガダルカナル島攻略を許してしまった日本軍。精鋭第八艦隊が泊地突入を図るが、そこには40センチ砲を有する米新鋭戦艦が待ち受けていた‼　ガ島攻略の帰趨は⁉

ISBN4-12-500806-X C0293　価格945円（900）　カバーイラスト　高荷義之

海鳴り果つるとき 4

鉄壁の島

横山信義

ニューカレドニア再進攻を図る日本軍は、ガダルカナル島攻略に成功。更に南下しエスピリットゥサント島を急襲するが、同島には米軍鉄壁の海上要塞が——果たして日本軍機動部隊の運命は⁉

ISBN4-12-500813-2 C0293　価格945円（900）　カバーイラスト　高荷義之

烈日　上

ミッドウェー1942

横山信義

真珠湾で討ち漏らした米機動部隊の殲滅を目論み、太平洋の要衝ミッドウェー基地への攻撃を敢行する日本軍。主力空母を擁し、無敵皇軍の進撃を阻むものなしと思われたが……。

ISBN4-12-500863-9 C0293　価格945円（900）　カバーイラスト　高荷義之

烈日　下

ミッドウェー1942

横山信義

米機動部隊の航空攻撃により主力空母が被弾し、たちまち劣勢に陥る日本軍。だが、空母「飛龍」の獅子奮迅の活躍で米空母を撃沈、戦いは艦隊決戦へともつれこむ。——壮絶な戦いの行方は⁉

ISBN4-12-500864-7 C0293　価格945円（900）　カバーイラスト　高荷義之

遠き曙光 1

柱島炎上

横山信義

「柱島空襲サル。演習ニアラズ」米国の奇襲で幕を開けた太平洋戦争。山本五十六長官が戦死、主力戦艦をことごとく失った帝国海軍に打つ手はあるのか⁉　太平洋の激闘を描く海戦巨篇、開幕！

ISBN4-12-500893-0 C0293　価格945円（900）　カバーイラスト　高荷義之

遠き曙光 2

南シナ海海戦

横山信義

柱島を奇襲し台湾をも襲撃した米艦隊は、英東洋艦隊との合流を図り南下した。南雲中将率いる第一航空艦隊——空母六隻を擁する精鋭機動部隊がこれを猛追！　南シナ海に機動部隊決戦が‼

ISBN4-12-500906-6 C0293　価格945円（900）　カバーイラスト　高荷義之

遠き曙光 3
蘭印挟撃

横山信義

日本軍は辛くも南方資源地帯を制圧したが、米英連合軍は日本の自給自足体制を崩壊させるべく東西から挟撃作戦を発動。急行する戦艦「伊勢」「日向」は、生命線を死守できるのか⁉

ISBN4-12-500915-5 C0293　価格945円（900）　カバーイラスト　高荷義之

遠き曙光 4
鋼鉄の墓標

横山信義

米英連合軍はボルネオの製油所を急襲、さらに米太平洋艦隊がスマトラ島に肉迫する。日本の継戦能力を左右する重要拠点を死守せんと、一航艦が立ちはだかるが——⁉　海戦巨篇第一期完結‼

ISBN4-12-500920-1 C0293　価格945円（900）　カバーイラスト　高荷義之

海の牙城 1
マーシャル航空戦

横山信義

中部太平洋で対峙する日米。ついに米軍は大規模なマーシャル諸島侵攻を開始した。米最強戦艦「モンタナ」が艦砲で日本軍飛行場を撃砕。新鋭空母「武蔵」が救援に向かうが——⁉

ISBN4-12-500925-2 C0293　価格945円（900）　カバーイラスト　高荷義之

海の牙城 2
サイパン沖海戦

横山信義

空前の大規模艦隊で米海軍、マリアナに来寇‼　雷撃機アベンジャーが空母を強襲し、「モンタナ」は四〇センチ砲弾で飛行場を蹂躙！　絶対国防圏を死守すべく「大和」は急行するが——⁉

ISBN4-12-500930-9 C0293　価格945円（900）　カバーイラスト　高荷義之

海の牙城 3
本土強襲

横山信義

千島沖に「モンタナ」率いる米艦隊出現!! 米国は同時にマリアナ再侵攻を図り、二正面作戦を発動させた。本土防衛を担う重雷装艦「北上」擁する第五艦隊は、押し寄せる米軍を撃破できるか!?

ISBN4-12-500940-6 C0293 価格945円（900） カバーイラスト 高荷義之

海の牙城 4
帝都攻防

横山信義

モンタナ級戦艦二隻を率いたハルゼー艦隊が帝都を強襲！ 怒濤の砲撃で連合艦隊旗艦「三笠」は爆砕。東京は火の海と化した。本土防衛の切り札、新鋭戦闘機「炎龍」に日本の運命が託される!!

ISBN4-12-500943-0 C0293 価格945円（900） カバーイラスト 高荷義之

海の牙城 5
真珠湾の凱歌

横山信義

「トラ・トラ・トラ」――我奇襲ニ成功セリ。満身創痍の日本軍は乾坤一擲、ハワイ攻撃を敢行。太平洋の覇権を決する戦いに、戦艦「大和」、空母「武蔵」「信濃」猛進！ 海戦巨篇、堂々完結。

ISBN4-12-500952-X C0293 価格945円（900） カバーイラスト 高荷義之

巡洋戦艦「浅間」
閃光のパナマ

横山信義

全世界対米国!!―欧州と同盟した日本は太平洋で米国と激突。高速巡戦「浅間」を擁する挺身攻撃隊がパナマ西岸沖に肉迫、新鋭機「雷光」が出撃した。一方、伊五四潜は運河を閉塞すべく甲標的を放つ！

ISBN4-12-500965-1 C0293 価格945円（900） カバーイラスト 高荷義之

巡洋戦艦「浅間」

激浪の太平洋 1

横山信義

パナマ閉塞作戦に先立つこと二年——。太平洋の覇権を巡り日本と敵対するリンドバーグ米国大統領は、フィリピン奪還を目論む氷河作戦を強行。迎え撃つ高速巡戦「浅間」の初陣は⁉

ISBN978-4-12-500969-8 C0293　価格945円（900）　カバーイラスト　高荷義之

巡洋戦艦「浅間」

激浪の太平洋 2

横山信義

ロンドン炎上！　欧州が米重爆撃機Ｂ29の脅威に直面する一方、中部太平洋では巡戦「浅間」擁する一機艦がマーシャル進攻作戦を発動。米新鋭大型巡洋艦「アラスカ」と宿命の激突‼

ISBN978-4-12-500973-5 C0293　価格945円（900）　カバーイラスト　高荷義之

巡洋戦艦「浅間」

激浪の太平洋 3

横山信義

中部太平洋を制圧した日本は帝国陸海軍史上空前の進攻作戦を発動させた。だが、緒戦で空母二隻が大破。全兵力を投入し後がない日本軍は不沈空母オアフ島を陥すべく総力を挙げ進撃！

ISBN978-4-12-500979-7 C0293　価格945円（900）　カバーイラスト　高荷義之

巡洋戦艦「浅間」

激浪の太平洋 4

横山信義

ハワイ島攻略を図る日本軍だが、敵の新鋭双戦Ｆ７Ｆと新型巡洋艦の速射性能の前に、戦艦「信濃」大破！　残る戦力を結集し攻略部隊が再攻勢をかけるが……。太平洋の覇権の行方は⁉

ISBN978-4-12-500987-2 C0293　価格945円（900）　カバーイラスト　高荷義之